東京プレデターズ

チャンネル登録お願いします!

七尾与史

ハルキ文庫

角川春樹事務所

プロローグ

「みんな〜、おはこんばんにちはぁ！　血溜《ちだ》まりボンボンのリーダー、ボンボンです。見てください、この風景。どこだか分かります？　今、メンバー全員東京の外れ、奥羅摩《おくらま》の山の中にいます。これから心霊スポットとして超有名な廃墟《はいきょ》ホテルを探検します。そして今回は血溜まりボンボン初のライブ中継です。みんなぁ、ちゃんと映ってる？」

ボンボンがカメラに向かって手を振った。カメラマンはトミオが担当している。彼は最近購入したばかりの高性能ビデオカメラをリーダーに向けている。

他にも予備のカメラ二台と高性能ドローンを一台持ち込んできている。長時間撮影もできるようバッテリーも多めに用意した。

「チャコ、動画ちゃんと映ってる？」

ノートパソコンを手にしたキャン太郎が声をかけてきた。

彼はトミオの近くに立っている。トミオの撮影するカメラとキャン太郎のノートパソコンはビデオキャプチャー機を介して取り回しが利くよう長めのケーブルでつながれている。

それぞれ背中にリュックサックを背負っている。中には撮影に必要な機材が詰め込まれているのだ。

チャコはスマートフォンで確認する。

「うん、OK。ちゃんと配信されてるよ」

インターネットにはモバイルWi－Fiでつながっている。人里離れた僻地《へきち》だがここら界隈《かいわい》はハイキングコースになっていることもあるのか電波の送受信圏内である。電波状況も存外に良好だ。ライブ配信にも問題ない。

「チャコ、出番」

ボンボンが声をかけてきた。

ボンボンというのは彼の愛称であるが、金持ちのボンボンからきている。

事実、彼の父親はレストランチェーンを全国展開する会社の社長だ。

チャコはカメラを向けられると途端に笑顔になった。

どんな角度の表情が可愛《かわい》く見えるか研究済みなのだ。最近はチャコのファンも増えてきた。

「私たちは二十年前に閉鎖されたホテル『イムヴァルド』のホテル名の書かれたプレートの前にいます。イムヴァルドはドイツ語で『森の中』という意味です。実際、ここは深い森の中。時刻は午後十時半。真夏なのにひんやりとした空気が漂ってます」

チャコは両腕をさすりながらレポートした。本当に肌寒い。

周囲は鬱蒼《うっそう》と生い茂る木々に囲まれ、倒木には苔《こけ》がむしている。澄んだ空気に混じって苔の湿った臭《にお》いがほのかに漂っている。

照明に照らされて「Im Wald」と洒脱《しゃだつ》な筆記体が浮かび上がる。

ところどころスプレーによって落書きされたプレートは相当に傷んでいて表面の木材の一部が剝《は》がれ落ちていた。

土台も崩れているため全体的に斜めに傾いている。

周囲には空き缶やゴミが散乱していた。歩くたびに落ち葉や枝を踏みしめる音が聞こえてくる。

照明の向けられていない空間には漆黒の闇《やみ》が広がっている。照明の光ですら吸い込んでしまいそうな深い闇だ。

「きゃっ！」

強い風が吹いてきてチャコは思わず声を上げてしまった。

先ほどから強風が断続的に吹きつけている。その音が獣の吠《ほ》え声や時には人の叫びに聞こえる。

チャコは早くもここに来たことを後悔し始めていた。

キャン太郎もトミオも不安げだ。

なのにボンボンだけは実に愉快そうである。

血溜まりボンボンは一年前に結成された四人組グループだ。全員、敬明《けいめい》大学の学生で同じ手品サークルのメンバーだ。

ある日、ボンボンが「ネオチューブやってみようぜ」と高額なビデオカメラを持ってきてチャコたちに持ちかけた。

それまでネオチューブは視聴するだけのものだったが、自分たちが動画を発信するなんて面白そうと思いチャコたちは参加してみた。

そこで撮影したのが手品の種明かし動画だった。

最初は再生数が一日で良くて二桁《けた》だったのが、ある手品の動画が大きくバズって一気に五十万再生に達した。それに伴ってチャンネル登録者数も一日で三万人を超えたのだ。その前の日は三十人しかいなかったのに。

それからボンボンがイケメンとかトミオが面白いとか、紅一点のチャコが可愛いなどネット上で話題になって徐々に人気も上がっていった。

当初は手品の種明かし動画がメインだったが、そのうちにネタも尽きてしまったのでバラエティに転向した。

コーラにメントスを入れて噴き出させる通称メントスコーラ、激辛のデスソースを舐《な》める罰ゲーム、ガチャに大金をつぎ込む、夜店のクジを全部買い占めるなどのネオチューバーの定番企画はもちろん、バンジージャンプをしたり、海外の危険といわれるエリアに突入したりと身体《からだ》を張った企画にも挑戦した。

とはいえチャコたちは芸人ではない。

アドリブでなかなか面白い台詞《せりふ》やリアクションを繰り出せるはずもない。だから事前に台本が用意されていた。ドッキリも細部にわたって仕込まれたもので完全にヤラセである。台本はシナリオライター志望のトミオが書いた。

動画をアップするたびに再生数もチャンネル登録者数もうなぎ上りで、今では登録者数は八十万人を突破している。

それによって高額な広告収入も入るようになった。

とはいうものの動画を作るにも高価な撮影機材を揃《そろ》えたり、他にもいろいろと準備が必要だ。その他交通費や宿泊費など、クオリティの高い動画を作ろうと思えば想像以上に経費がかかる。

それに大学生である以上、勉学が本分だ。

勉強の時間を確保するために動画編集の多くは外注している。技術力の高いプロフェッショナルにオファーするわけだから費用は決して安くない。

それら経費を差し引いたものが利益となるが、それを四人で均等に分配することになる。大学生の収入としてはかなり高額だと思うが、これで家族を養って生活していくとなると幾分不安を覚える金額である。

またそれぞれ人気やかける労力が違うのに分配金が均等であることに不満を持つメンバーもいる。

さらに動画作りの方向性の違いによって揉《も》めることも多々ある。

一度はキャン太郎が抜けると言い出したが、チャコの説得によってなんとか収めることができた。個人と違ってグループで制作するネオチューバーの辛《つら》いところだ。

それでもここまでなんとか四人でやって来た。

四人とも一生ネオチューバーで生きていこうと思っている。

さらに登録者数や再生数を伸ばしてトップネオチューバーになりたいと思っているし、チャコ自身、達成できる目標だと思っている。当面の目標は百万人だ。ネオチューバーの人気は一度火がつけば加速度的に広がっていく傾向にある。たとえば登録者数百人に達するのに三ヶ月かかったとしても、そこから千人に増えるのは一ヶ月もかからないなんてこともままある。そこからさらに半月で一万人を超えたりする。血溜まりボンボンもそうやってファンを獲得してきた。雑誌にも取り上げられたことがある。

この増加ペースなら今年中には百万人を実現できるだろう。

しかしそれは通過点に過ぎない。そこから先には次のステージが待っている。

ネオチューバーにとって重要なのは終わったコンテンツ、いわゆるオワコンにならないことだ。

同じような企画を続けていけばいつかは飽きられる。一度視聴者離れが起こるとこちらも加速度的に減っていく。実際、登録者が百万人もいるのに一日の再生数が一万回にも満たないチャンネルがある。登録しているファンがアクセスしてくれないのだ。そういったチャンネルの動画はマンネリ気味である。

だから常に新しいネタを提供していく必要があるのだ。

そこで血溜まりボンボンは初のライブ配信を決行した。

それまでは撮影編集した動画ばかりだった。最近はライブ配信も人気がある。それで今回、挑戦してみようということになった。この経験は今後のノウハウにつながる。

「心霊スポットやろうぜ」

提案したのはリーダーのボンボンだ。

これまでも心霊スポットを扱った動画は数多くあったがライブ配信は珍しいという。

「ライブなら臨場感が出るだろ。心霊スポットには最適だ」

キャン太郎もトミオも乗り気だった。チャコはわずかに胸騒ぎを覚えたが賛同した。

とはいえ心霊スポットなんて数え切れないほど存在する。

「どこにするの？」

「奥羅摩に廃墟ホテルがある。曰《いわ》く付きのホテルなんだよ」

ボンボンがニヤリとしてホテル「イムヴァルド」の解説を始めた。

「このホテルの創業は一九七〇年。全百室の六階建てです。近くにはゴルフ場もあってバブル期前後はかなり賑《にぎ》わっていたそうで、当時の総理大臣や財界人、有名芸能人たちにも多く利用されていました。建物のつくりも豪奢《ごうしゃ》な高級ホテルでした。事件が起きたのが一九九八年。三十代以上の方なら覚えているかもしれません。その日は強風が吹いていて宿泊客たちの多くはホテルの中で過ごしていました。そんな中、富士見要蔵《ふじみようぞう》という料理人見習いが突然狂い出し、厨房《ちゅうぼう》の包丁を振り回して宿泊客たちを襲いました。パニックになって逃げまどう客たちを彼は追いかけて切りつけました。それが死者三人、重軽傷者十三人という大惨事になりました。犯人の富士見要蔵は勇気あるホテル従業員たちによって取り押さえられましたが、そのとき『急な殺意を抑えることができなかった』と涙ながらに主張しています。そして警察が到着する前に、富士見は押さえ込んでいた従業員たちを振り切って屋上に逃げ込みます。彼はそのまま飛び降りて帰らぬ人となりました」

チャコはニュース番組のレポーターを気取って原稿を読み上げた。

男性視聴者の多くはチャコ目当てだというアンケート結果も出ている。

彼らの関心は主にチャコに恋人がいるかどうかだ。

表向きには彼氏なしとなっているが、実は半年前からボンボンと交際している。

キャン太郎もトミオもそのことは知っている。特にトミオはチャコに恋心を向けていたようだが、揉め事にはなっていない。ここで腹いせにチャコとボンボンの関係を暴露しようものなら、チャンネルのファン離れが起きかねない。トミオもそのことはよく分かっているのだ。やはり多額の広告収入は手放しがたい。

トミオとの間にはなにもないのだが、最近ボンボンは二人の関係を疑っているようだ。

そんなこともあってトミオに冷たく当たることもある。

チャコも何度も否定しているのに嫉妬《しっと》深い性格のボンボンは信じてくれない。

このごろ、そんな彼のことが疎ましくなってきた。むしろトミオのことが気になっている。もちろんそんな思いは表に出さない。自分を応援してくれているファンのためである。

またも強風が吹きつけてきた。

遠くの方で獣の咆哮《ほうこう》のようななり声が聞こえる。

嫌な風だ。

ここは東京都と埼玉県の県境に近い、奥羅摩エリアの山中。この界隈は年間を通して他の地域より風が強いことで有名だそうだ。そんなこともあって近くの神社では風神が祀《まつ》られているという。

「犯人が自殺してしまったので動機が謎《なぞ》のままです。富士見要蔵は一九六五年東京生まれ。事件当時は三十三歳でした。高校を出てからミュージシャンを目指してバンド活動に励んでいたものの結局挫折《ざせつ》。その後、さまざまな職を転々として一九九六年にイムヴァルドの料理人見習いとして近くの寮に住み込みで勤務し始めました。口数は少なく人づき合いは苦手だったようですが、遅刻や無断欠勤は一度もなく仕事ぶりは真面目《まじめ》で、どちらかといえば温厚な性格だったようで、それまで従業員や客たちとのトラブルは一度もなかったといいます。酒もギャンブルもやらず、借金や前科もありません。そんな彼がどうしていきなり狂い出して宿泊客たちを襲い始めたのか。被害者となった宿泊者たちとの接点はなく互いに面識はなかった。彼は取り押さえた従業員たちに『急な殺意を抑えられなかった』

と言い残しています。いったいこれはどういうことなのでしょうか」

トミオのカメラがじっとチャコをとらえている。

その隣に立つボンボンがうなずきながら眺めている。

キャン太郎はノートパソコンのモニタをチェックしていた。

「その日、ホテルの周囲では奇怪な出来事が起きていました。まずは夜空に浮かぶ光る物体。事件が起こったのと同時刻にホテルの上空に光る物体を見たという複数の証言があります。その光は十五秒ほどホテル上空を浮遊すると南西の方向に飛び去っていったそうです。目撃した人たちはＵＦＯではないかと言っています。そして富士見要蔵が住み込んでいた寮の部屋ですが、以前から幽霊が出ると噂《うわさ》されていました。実は富士見が入居する十年前にその部屋では一人の男が自殺をしています。男の名前は内村大吉《うちむらだいきち》。内村は府中《ふちゅう》市で起きた女性連続殺人事件の犯人で全国で指名手配をされていました。内村は変装をして偽名を使ってこのホテルの従業員として勤務していたんですが、遺書も残さずに首を吊《つ》ったそうです。当時は長い逃亡生活によるプレッシャーに耐えきれなくなったといわれてました。その内村ですが年齢は違えど富士見と同じ誕生日なんですね。さらに女性連続殺人の殺害方法も同じく包丁による刺殺。これが単なる偶然といえるでしょうか」

これらの情報はすべてインターネット上から得たものである。真偽のほどは定かではないがなんとも、怪奇ロマンがあふれている。それだけに視聴者の関心を惹《ひ》きやすいだろう。

「アクセス数、十万突破！」

キャン太郎が小声で伝えた。

まだライブを始めて十分ほどしか経《た》っていないのにもう十万アクセス突破である。

それだけオカルトネタは需要があるのかもしれない。

実はこの先、明るいうちにボンボンたちが仕込んだ仕掛けが発動するようになっている。ところどころで物音や足音、女性の泣き声が聞こえてくるのだ。さらに暗い廊下を漂う火の玉の演出もある。

ライブなので一発勝負、失敗は許されない。

だからリハーサルも入念だった。

それら諸々《もろもろ》の演出が連発する頃《ころ》になれば視聴者数はさらに増えていくだろう。

それにしても開始十分で十万アクセス突破とはこちらの予想を大きく上回っている。思わず笑みがこぼれてしまった。

ボンボンもガッツポーズを決めている。彼はここに来るとき、「このライブで勝負する」と言っていた。彼なりに勝算があったのだろう。

「結局、富士見要蔵の事件がきっかけとなり宿泊客は激減、それから二年後の二〇〇〇年にホテルは閉鎖してしまいます。曰く付きのホテルということもあり買い手もつかず今ではすっかり荒れ果てて廃墟となっています。それからこの廃墟ではさまざまな怪奇現象が目撃されています。特に多いのが富士見要蔵の幽霊を見たという目撃情報です。さらには富士見に殺された宿泊客の亡霊、他にも内村大吉の目撃情報もあとを絶ちません。それだけではありません。ここら界隈はＵＦＯの目撃情報も多いんですね。光る飛行物体の写真や映像もネオチューブにアップされています。また、ここから一キロ離れたところに『ガイアの使徒』というカルト教団の施設がありました。教団は十五年前に解散しましたが、当時、さまざまな人体実験を行い、人間の精神をコントロールする装置を製造していると噂になっていました。ホテル上空に浮かんだ光る物体もその装置が放った光線かなにかではないかともいわれています」

最近はナレーションのスキルも上がってきた。

「三年前にはこの廃墟ホテルに肝試しに来た若者三人が行方不明になっています。さらにはホテルが閉鎖されてから屋内で自殺をした人が十人以上も出ているんですね。そんなこともあり地元の人たちは呪《のろ》われたホテルと呼んで決して近づきません。心霊スポットマニアの間でもここはタブーにされているようです。そんな曰く付きの廃墟ホテル『イムヴァルド』にかけられた呪いの真相を突き止めるためこれから私たちが潜入します。何が起こるか分かりません。その様子をライブ映像で皆さんにお届けします。私たちになにかあったらすぐに警察に通報してください。視聴者の皆さん、お願いします」

それからチャコはメンバーの紹介をした。

それぞれが意気込みを語る。

「それでは行きましょう！」

チャコとボンボンの二人がホテルの玄関に向かう。

その後ろをカメラマンのトミオと配信管理を担当するキャン太郎が続く。

それぞれが頭に照明と小型のアクションカメラを取り付けたヘルメットを被《かぶ》っている。

これらの映像はライブが終了したあと、編集して配信する手はずとなっている。

ライブの視聴者もまた違う角度からの映像を楽しめるというわけだ。そうやって一度のロケで再生数をさらに稼ぐのである。

六階建ての建物に光を当てると外壁の損傷が激しいのが分かる。

ところどころ外壁材がはげ落ちて、その周囲に得体の知れないつる植物が絡みついている。

窓枠の多くはガラスを失っているようで内部は深い闇が沈殿していた。

建物全体もどことなく傾いているように見える。

林の方から鳥の啼《な》き声が聞こえた。チャコは思わず身をすくめてしまった。

玄関はガラス扉になっていたはずだが、ガラスは見当たらない。その代わり、「立ち入り禁止」と書かれた大きな板で封鎖されていたようだ。

しかし今ではその板も外されて地面に横たわっている。

ここは心霊スポットとあって好奇心旺盛《おうせい》な若者たちが訪れてくるらしい。だが幸いなことに今夜はチャコたちだけのようだ。今日が平日ということもあるだろう。

玄関の中に光を当てると荒れ果てたホールの様子が浮かび上がった。

「ねぇ、なんなの？　その石」

チャコはボンボンの手にしているものを指して尋ねた。彼はホテルに到着してからその石を手にしている。

「ああ、パワーストーンだよ」

「なんのパワーストーンなの？」

「なんでもいいだろ。今は撮影に集中しろよ」

彼は隠すように石をポケットに収めた。

「なんなのよ、もぉ」

別に教えてくれたっていいじゃん！

「入るぞ」

ボンボンの合図でチャコたちはホテルの中に足を踏み入れた。

ホールは二階まで吹き抜けになっており玄関から入って左側に半円状にカーブする階段が見えた。

真正面にはフロントのカウンターが設置されて玄関から入ってきた宿泊客たちを迎え入れる。

カウンターデスクの正面板には鳳凰《ほうおう》を象《かたど》った紋章が彫り込まれていて荒れ果てた風景の中でも高級ホテルの風格を放っていた。

部屋の真ん中には天井に吊《つる》されていたと思われるシャンデリアの残骸《ざんがい》が、まるで地表に不時着した宇宙船のように落ちていた。

全体にわたって巧緻《こうち》なガラス細工が施されたそれは高さ三メートル以上はあるだろう。ランプの数も軽く百を超えていそうだ。

当時はセレブな客たちが集まるホールをロマンチックに彩っていたに違いない。そんなシャンデリアにトミオはカメラを向けていた。

「二階に上がろう」

ボンボンの指示に従って階段を上る。

「ああ、クソ……ここは電波がかなり弱い。ついさっきまでは良好だったのに」

パソコンのモニタを見つめているキャン太郎が舌打ちをした。

「このエリアは電波の状態が不安定なんだ。数メートル移動しただけで圏内になったり圏外になったりする」

そういうこともあってネタを仕込むのは電波状況が良好な場所を厳選しているというわけだ。

二階に上ると手すりからホールを見下ろすことができる。ホールの二階からは左右と真正面に廊下が延びている。

壁には館内マップが掲げられていてこちらも汚れと傷みが激しいがなんとか読み取ることができた。

真正面の通路を進めば三階に上る階段にたどり着く。左右の廊下には客室が並んでいるようだ。客室の数とフロアの面積からして、客室ひとつひとつはゆったりとした広さが確保されているようだ。

「電波はどうだ？」

「良好」

ボンボンの問いかけにキャン太郎が答える。

外では風の轟《とどろ》きが響いている。

ホテルに入ってから急に風が強まってきたようだ。

先ほどまで断続的だったのにホテルに足を踏み入れてから音が続いている。

胸騒ぎが大きくなる。

チャコは早くも帰りたくなった。

しかしメインはこれからだ。四人が事前に仕込んだ怪奇現象が連発するのである。そのたびに絶叫しながら館内を走り回るという手はずだ。

「おい、あれ！」

ボンボンが左側の廊下の先を指した。台本通りだ。

「どうしたの？」

チャコも台本に倣う。

「なんか、人の影みたいのが見えたんだ」

「ちょ、ちょっと……おどかさないでよぉ」

「いや、冗談なんかじゃない」

ボンボンは真剣な表情で言った。こみ上げそうになる笑いを抑えた。

「行くぞ」

「ほ、ホントに行くの？　私、嫌だよ」

「俺《おれ》たちは事件の真相を知るためにここに来たんだろ。行くぞ」

ボンボン、役者になれるんじゃないかしら。

チャコたちはボンボンの後について廊下を進んだ。

「なにあれ⁉」

突然、光が廊下の突き当たりを横切った。それはドローンに搭載したライトである。床に待機させておいたドローンをキャン太郎が操作している。

「人魂《ひとだま》だ！」

チャコたちはホールの二階に走り戻った。

「ヤ、ヤバいよ、ここ」

チャコは呼吸を荒くしながら訴えた。もちろん台本通りだ。

「とりあえず上の階に行こう」

ボンボンの指示通り、誰《だれ》も拒否することなく正面の廊下を進み階段を上る。

そこではあらかじめ客室のひとつに置いた目覚まし時計のベルが鳴り響く。

チャコたちは走って四階に上がる。普通なら階下に向かうのだがそこは台本付きのヤラセだ。

四階では女性の泣き声が聞こえてくる。もちろんこれもスピーカーを仕込んである。

「呪われてる！　このホテルは呪われているわ！」

チャコは頭を抱えて絶叫した。

我ながら名演技だ。

そんなチャコをキャン太郎とトミオが宥《なだ》める。

台本ではボンボンもそうしてくるはずだが、彼はところどころ絨毯《じゅうたん》がちぎれて、塵埃《じんあい》で汚れたコンクリートがむき出しになっている床をぼんやりと見つめていた。

「どうした？」

台本通りに進行しないことに気づいたキャン太郎が怪訝《けげん》そうにボンボンに声をかけた。

「こんなものが落ちてた」

ボンボンは腰を曲げると床に落ちている物を拾い上げた。

「斧《おの》じゃねえか」

キャン太郎が言うとおりそれは斧だった。光を当ててみると刃先の一部は錆《さ》びついている。ズシリと重そうだ。

「なんでこんなところに？」

「どうせ肝試しかなにかに使われたんだろ」

チャコの疑問にキャン太郎が答えた。

ボンボンはぼんやりとした表情で手にした斧を見つめていた。

そんなやりとりは台本にはないはずだ。ボンボンの思いついたアドリブだろうか。

それともドッキリ？

男子三人でチャコをはめようとしているのかもしれない。

だけど三人にそんな様子は窺《うかが》えない。

夜になって廃墟ホテルの不気味さにキャン太郎もトミオも怖《お》じ気《け》づいているように思える。

外ではまだ風による轟音《ごうおん》が鳴り響いている。チャコは心霊や宇宙人といった存在を信じてないが、それでもこの廃墟にはなにかしらただならぬものが巣くっているように感じる。

「上に行くぞ……」

ボンボンがぼんやりしているので代わりにトミオが指示を出した。チャコは斧を持ったボンボンの後について五階に上がった。

そして今度は台本通りに一番奥の部屋に向かう。

そこではポルターガイスト現象が起こる演出となっている。物を投げつけるのはカメラマンのトミオだ。暗闇の壁に向かって用意しておいた皿やグラスを投げつけてそれらが割れる音にチャコたちがパニックに陥るという流れだ。

キャン太郎がゆっくりと扉を開けて中に入る。

「きゃっ！」

チャコがテーブルに置かれた少女の人形を見て声を上げる。もちろん人形はチャコたちが事前に用意したものだ。

「お、おい……なんだよ」

キャン太郎を見ると彼は後ずさりをしている。彼の前にはボンボンが立っていた。ボンボンは斧を持ち上げて刃先をキャン太郎に向けていた。

「ちょ、ちょ……なにしてんだよ」

トミオがカメラを向けたまま声をかけた。

こんなシーンは台本にない。これもボンボンのアドリブだろうか。それともやっぱり、三人が結託してのドッキリ？

突然、ボンボンは斧を振り上げた。

「止《や》めてく……」

言い終わらないうちに刃部がキャン太郎の頭に直撃した。

「嘘《うそ》……」

キャン太郎はその場で崩れるように倒れた。ボンボンは倒れたキャン太郎に向かってさらに斧を叩《たた》きつける。キャン太郎の顔はグシャグシャと音を立てながら崩れていった。

「ヤ、ヤラセだよね……」

もしヤラセならキャン太郎の頭はどういう仕掛けになっているのか。

「見るな！」

気がつけばトミオに腕を引っぱられていた。チャコは彼と一緒に部屋を飛び出て廊下をダッシュした。トミオの持つカメラが長いケーブルを引きずっている。キャン太郎のノートパソコンとつながっていたケーブルだ。トミオは走りながらカメラからケーブルを外すと投げ捨てた。当然、ライブ中継も中止となる。

「行くぞ！」

チャコはトミオについて階段を駆け下りる。

「きゃあ！」

チャコは途中でつまずいて階段から転げ落ちてしまった。

「チャコ！」

すぐにトミオが駆け寄ってくる。

「大丈夫か⁉」

「骨折したかも……立てないよ」

右足首に力が入らない。痛みと一緒に吐き気がする。

「諦《あきら》めるな。ほら、肩を貸してやるから」

チャコはトミオの肩を借りて立ち上がる。それだけで右足に激痛が走る。

トミオは階段にカメラを向けた。ボンボンの姿は見えない。

「ヤラセなんでしょ？　そうなんでしょ」

「それは俺が聞きたいよ！　ヤラセならそう言ってくれ」

トミオの表情には悲壮を超えた絶望感が浮かんでいた。彼は嘘をつくのが苦手だしここまでの演技ができる人間ではない。

「ヤラセで骨折なんてする？」

チャコが答えるとトミオは納得したように一回だけうなずいた。

「とにかく逃げよう。ここからできるだけ遠くに離れるんだ」

「無理だよ。私は歩けない。あなた一人で行って」

「俺が君を守る。とにかくどこかに隠れよう。手当が必要だ」

トミオは力強く言った。そんな彼のことが頼もしく思えた。

二人は近くの階段を降りずに廊下を進んだ。

客室に入ろうと木製扉のドアノブに手をかけるが鍵《かぎ》がかかっているようで動かない。ひとつひとつ扉を確認していく。四番目の部屋の扉が開いた。

二人はすかさず部屋の中に忍び込んで扉を閉める。鍵はサムターン式になっている。トミオは鍵を掛けて扉が開かないか確認した。

室内には三人は横たわれそうな大きなベッドが置かれている。

ガラスのはまっていない出窓の枠から外を覗《のぞ》くと月が見えた。雲の流れが早く、月はかき消されたり姿を現わしたりをくり返していて、そのたびに部屋の中が暗くなったりぼんやりと明るくなったりしていた。

外からはまた風の響く音が聞こえてくる。先ほどよりかなり風が強まっている。林の木々の頭がファサファサと音を立てながら一斉に傾いている。

「救急箱はないか」

トミオは部屋の中を捜し始めた。チャコはベッドの上に腰掛けるとスマートフォンを取り出した。

「ダメ、ここは圏外だわ」

「場所によって電波の強度が変わりすぎだ」

先ほどは通信通話圏内だったはずだ。だからライブが配信できた。

「ボンボン、なんでいきなりあんなことに」

「分からん。急に狂い出した」

トミオは声を震わせている。

そのときだった。

「チャコ！　トミオ！　出てこいっ！」

廊下からボンボンの怒鳴り声が聞こえた。

チャコは思わず口を手のひらで覆った。二人はベッドの陰にしゃがみ込んで身を隠した。

「お前ら、俺に隠れてこっそりつき合ってるんだろ。こっちは知ってるんだぞ」

誤解だ。しかしボンボンからトミオに好意が移っているのは否定できない。

二人は息を潜めた。外から斧を叩きつける音が聞こえてくる。ボンボンが部屋の扉を破っているのだ。その音が隣の部屋まで迫ってきた。

「あなただけでも逃げて」

チャコはトミオに告げた。チャコは走ることができない。逃げようがないのだ。

「バカ言うな。君だけは俺が守る」

「どうやって……」

「ロープがある。これで下に降りるんだ」

彼はリュックからロープを出した。しっかりしたつくりだが長さは三メートルほどだ。

「ここは四階よ。下まで届かないわ」

トミオが窓の下を覗き込む。

「一個下の部屋に降りるんだ。窓ガラスははまってないようだ。そこから入ろう」

さっそくトミオはロープをベッドの脚にくくりつけると片方の先端を窓から垂らした。

そのとき、部屋の扉が振動しながら大きな音を立てた。ボンボンが廊下から斧を叩きつけているのだ。木製の扉の表面に亀裂《きれつ》が入る。音がするたびに亀裂が大きくなってさらに隙間《すきま》が広がっていく。

「そこにいたのかぁ」

ボンボンの憎悪に満ちた顔が隙間から垣間見《かいまみ》えた。その目は明らかに正気を失っている。邪悪な魔物に取り憑《つ》かれたような表情だった。

「先に行け！」

トミオはチャコを持ち上げると出窓に乗せた。

「行くんだ！　早く」

カメラマンの彼はこんなときでもカメラを回している。

そうこうするうちに扉には大きな穴が空いていた。ボンボンが手を突っ込んで鍵を解除しようとしている。彼が押し入ってくるのは時間の問題だ。

チャコはロープを握ると傷んでない左足だけを建物の外壁につけて外に出た。風がチャコの髪の毛を大きくなびかせた。

下を見ちゃダメ！

アドレナリンが体中を駆け巡っているのか、右足の痛みをさほど感じなくなった。しかし右足は使えない。

チャコはロープに体重をかけた。ロープはギリギリと苦しそうな音を立てている。二人分の体重を支えるのは無理そうだ。つまりなるべく早くチャコが三階の部屋に降りなければならない。

「トミオォォォォォ！」

上からボンボンの怒号が聞こえた。ついに扉を破って入ってきたのだ。

「やめろぉぉぉぉ！」

直後にトミオの叫び声がチャコに降りかかってきた。グシャリと鈍い嫌な音がした。トミオの叫びがさらに大きくなったがすぐに止んだ。

「チャコォォ」

見上げるとボンボンが外に顔を出してチャコを見下ろしている。その瞳《ひとみ》は殺意に満ちていた。それはもうチャコが知っているボンボンではなかった。それどころか人間でもない。ホテルに呪われた魔物だ。

チャコは確信した。

呪いは実在する。あの富士見要蔵もホテルに呪われて大量殺戮《さつりく》に走ったのだ。

こんな所、来なければよかった……そもそもネオチューバーなんかにならなければよかった。

ボンボンが顔を部屋の中に引っ込めた。

ヤバい！　ロープを切られたら一巻の終わりだ。

こんなロープ、一撃で切られてしまう。

チャコは意を決してロープを握る力を緩めた。

スルスルと身体が滑り落ちていく。

その瞬間、身体がフワリと宙に浮く感覚に襲われた。

「きゃあ！」

ボンボンがロープを切断したのだと分かった。

目の前に三階の出窓があった。チャコは反射的に窓枠にしがみついた。下を見るとロープが落ちていき闇の中に消えた。

チャコは三階の窓に吊り下がっていた。手を放せば一気に落下してしまう。

チャコは左足だけを外壁につけた状態で両腕に力を入れて身体を持ち上げる。高校時代は体操部に所属していたこともあり片足だけでなんとか部屋の中に潜り込むことができた。

今ならボンボンはチャコが地面に落下したと思い込んでいるだろう。一階に向かっているかもしれない。

スマートフォンを取り出す。通信通話圏内だ。電波状況は良好ではないがこれで外部に連絡を取ることができる。

チャコは震える指で一一〇番をプッシュした。

1

玄関のチャイムが鳴ったとき、僕はパソコンの画面に向かっていた。

来月締切りのシナリオコンクール木戸《きど》賞に向けて執筆は佳境に入っていた。これまでにこの手のコンクールには数十回ほど挑戦しているが箸《はし》にも棒にもかからない。

しかしまだまだ諦《あきら》めるつもりはない。

これがダメならまた新しい作品を書くだけだ。

のりにのっていた筆、いや指を止め舌打ちをしながら立ち上がる。

築四十年の木造アパート「ノイシュバンシュタイン荘」にオートロックだのインターフォンモニターだのといった近代的な設備など望むべくもない。大層な建物名だが六畳一間で部屋と玄関の間に通路はない。

玄関扉を開くと来客は部屋全体をいきなり望めるようになっている。

僕は裸足《はだし》のまま土間に立つと魚眼レンズを覗《のぞ》き込んだ。

「須山《すやま》さぁん、宅配便です」

宅配業者の制服姿の若い男性が小包をこちらに向けて笑顔を見せている。

僕は解錠して扉を開いた。

「須山民夫《たみお》さんですね」

「そうですけど……」

「こちらにサインをお願いします」

業者の男性は小包に貼《は》りつけられた伝票を示しながらボールペンを渡してきた。名前も住所も間違いはない。

「株式会社オメガマーケティング？」

送り主に心当たりがない。振ってみると中からカタカタと音がする。

とりあえず僕は小包を開いてみることにした。

乱雑にガムテープを巻かれたダンボール箱の蓋《ふた》をカッターナイフで切り開く。

「おおっ！」

中身を目にして僕は思わず歓喜の声を上げた。

中には透明なプラスティック製の箱が入っており、その中に品物の姿が見える。

そして思い出した。

半年ほど前だろうか。

ネットでたまたま見つけた懸賞サイト。いくつかの簡単なアンケートに答えることで応募ができる。当たるはずがないよなと思いつつ僕は応募をした。

「欲しかったんだよね、これ」

僕はパッケージを開いて品物を取り出す。

手にしてみると思った以上に小さい。

パッケージには「ＧｏＰｒｏ」とロゴが打たれている。ＧｏＰｒｏ、ゴープロとは小型アクションカメラである。主にアクティブスポーツの撮影を目的としたカメラで手のひらの上に軽く載るサイズの防塵《ぼうじん》防水、頑丈な作りである。

アクセサリーを使えばたとえば車やバイク、さらには撮影者のヘルメットなどさまざまな場所に装着することができる。

激しい動きの中での撮影を得意としているが、もちろん風景や人物を映すなど日常の撮影もできる。人気商品であるが価格は五万円ほどする。

撮影用にひとつ欲しいと思っていたものの今の僕にとって五万円はハードルが高い。

大学を卒業してから映像作家を目指して執筆に励んでいる一方、生活費を稼ぐためにゲームアプリ製作会社にバイト勤務もしている。

仕事はゲームのシナリオを書くことだ。

主にエロゲーやギャルゲーなのだが、僕はこの手のゲームをプレイしないし興味がないので、作品に情熱や愛着が今ひとつ持てない。

それでも週休二日で正社員とさして変わらないレベルで働いている。

それなのに生活はカツカツだ。月末になると残りの生活費が五百円なんてこともままある。

そんなわけで消費者金融からチョイチョイつまんでいたりする。

二十六歳の生活としては底辺に近いと思う。

両親は健在で親子関係は悪くないと思うが、裕福にはほど遠い家庭なので援助は望めない。彼らにも老後がある。自分たちのことで精一杯のはずだ。

そもそも僕は好きなことをして生きているわけだから、親に頼ろうとは思わない。

夢はオリジナル脚本の映画化だ。さらに僕が監督を務める。

憧《あこが》れであり目標は三谷幸喜《みたにこうき》。彼のようになりたい。

両親の影響もあって幼少の頃《ころ》から映画好きで、小遣いのほとんどを映画鑑賞につぎ込んだ。大学進学で上京してからもシネコンやミニシアターといった映画館に通い詰め、さまざまな映画に触れてきた。

ちなみに僕の母校である令盟《れいめい》大学の偏差値は中の上といったところか。

最寄りは高田馬場《たかだのばば》駅。

大学近くに建つノイシュバンシュタイン荘の住人のほとんどが令盟大学の学生だが、僕は卒業してからもここに住み続けている。理由は立地のわりに家賃が安いからだ。

事故物件だという噂《うわさ》も聞いたが真偽を知るのが怖いので検証はしていない。入居する際に不動産屋からそんな話はなかった。とにかく家賃が安いのは間違いないし、怪奇現象といってもせいぜい机の上の空き缶が勝手に動いたり、閉じたはずの襖《ふすま》が開いていたり、たまに悪夢にうなされる程度だ。いい気分ではないが許容できる範疇《はんちゅう》だと割り切っている。

そもそも引越そうにも引越し代を工面できない。

所属サークルはもちろん映画サークルだった。

大学四年間は数え切れないほどの脚本を書いて、何本かの映画を撮った。

僕の人生は映画で彩られていると言っても過言ではない。

映画を作りたい！

そんな夢を映画好きな両親に伝えたら眉《まゆ》をひそめられた。映画なんかで食っていけるほど世の中は甘くないと言う。

そりゃそうだ。

社会経験の乏しい僕でもそれくらいのことは感覚的に分かる。

それでも人生は一度しかない。

後悔なんてしたくない。そしてなによりやりたいことも決まっている。それ以外はあり得ない。

とにかくやれるところまでやってみようと思った。

ひと昔前に比べて撮影に必要な機材は随分と入手しやすくなった。

特にカメラ。

今ではスマートフォンのカメラでも美しい映像を撮影できる。それらの撮影データもアプリを使えば簡単に編集ができる。スキルがあればちょっとしたＣＧ演出も可能だ。

十年前なら同じクオリティの映像を作ろうとすれば高価な機材や編集ソフトなどが必要だった。

今だったら極端な話、スマートフォン一台あれば映画を作ることができるのだ。

最近の例で言うとわずかな予算で作られたインディーズのゾンビ映画がミニシアターで上映されて大ヒットした。

それによって全国規模で公開されて多くの映画賞を受賞し、その年を代表する作品となった。

この作品を手がけた監督は一気に知名度を上げて、役者たちは大手の芸能プロダクションに移籍していった。

まさにインディーズドリームである。

要は秀逸なアイディアさえあれば多額の資金を投じなくとも映画を撮ることができる。

ひと昔前なら考えられないことだ。

また完成した映像を不特定多数の人間に鑑賞してもらう環境も整っている。

世界的なＩＴ企業であるグルグル社が運営する動画配信サービスのネオチューブである。

最近では小学生のなりたい職業に「ネオチューバー」がランクインしているという。現に小学生たちが自撮りした動画を全世界に向けて配信しているのだ。

ネオチューバーとはネオチューブで動画配信している者たちの総称だ。

映像クリエーターを目指す者にとって恵まれた時代といえる。逆にいえば誰《だれ》でも手軽に映画監督になることができるのだ。

そんな中、僕はアクションカムと呼ばれるカメラに注目していた。

小型で高性能、比較的広角で撮影することができる。

画質も音質もスマートフォンのカメラのような安っぽさがない。プロユースの高価なカメラとは比べものにならないが、小さいから取り回しが利く。

また激しい動きに強いというのも頼もしい。

このカメラの特性を活《い》かせば面白い作品が撮れるかもしれない。

僕はスマートフォンを取り出して、入手したばかりのゴープロを撮影した。

その画像を「ラッキー！　懸賞で当たりました」の文章と一緒にフェイスブックにアップする。

フェイスブックは主に高校と大学時代の友人知人を登録している。三十人ほどとつながっているが、リアルに交流があるのは数人だ。それでも日記をアップすれば十人ほどが「いいね！」をしてくれる。

普段顔を合わせない友人たちの近況も彼らの書き込みで知ることができる。

ＳＮＳは本当に便利なツールだと思うし、これがなかった時代、人々はどうやって交流していたのか思い出せないほどだ。

遠距離恋愛は今以上に遠距離だったに違いない。

記事をアップしてから数秒後にいいね！がついた。

アチラ先輩だった。

彼は僕が記事をアップするといの一番にいいね！をしてくれる。大学時代の一学年上の先輩だったが留年したので二年生で同学年になった。最後に会ったのは二ヶ月ほど前だ。東中野にある居酒屋で酔っ払った先輩に三時間にもわたって説教されたっけ。フェイスブックもブロックしたいところだが先輩なので無下にできない。しばらくは会いたくない人だな……。

僕は新しいカメラをいろいろといじってみた。

部屋の中はもちろん外に持ち出して撮影してみた。

ゴープロはスマートフォンや他のビデオカメラに比べるとくっきりとした映像になる。手ぶれ補正機能があるので激しい動きによって生じる映像のブレもかなり軽減される。

小一時間ほど使い込んでみて撮影には充分に堪えられるカメラだと確信した。

映画はもちろんちょっとした記録にも使える。

欲しいと思っていたものがタダで手に入ったのだからラッキーだ。昔からくじ運が強いとはいえなかったがどうしたことだろう。今まで蓄積されていたくじ運がここで清算されたのならグッドタイミングだ。

このカメラを自腹で入手しようと思ったらもう一つバイトを増やさなければならないし、そうなれば創作時間を削らなければならなくなる。

「そろそろ出なくちゃ……」

僕は時計を見てため息をついた。

もう少しこのカメラで遊んでいたかったがバイトの時間だ。

僕はゴープロをバッグに入れて家を出た。仕事が終わったら街の風景を撮影してみよう。

バイト先であるスターダスト・クリエイトは高田馬場駅から徒歩三分ほどの雑居ビルに入居している。

僕のアパートからだと徒歩十分といったところだ。エロゲーやギャルゲーには興味を持てなかったが、シナリオ書きなら僕にもできるだろうと思いここを選んだ。

職場の雰囲気は悪くない。かといってスタッフたちが和気藹々《わきあいあい》というわけでもなく、それぞれが淡々と各自の仕事をこなしている。

この距離感が僕にとって心地よかった。

僕は自分のデスクに着くとパソコンの電源を入れた。

「須山くん、忘れ物なの？」

振り返るとチーフの山本《やまもと》さんが目を丸くしている。

三十代半ばの小太りの男性だ。いかにも世間一般に蔓延《まんえん》する非モテのオタクを体現したような風貌《ふうぼう》である。

「はい？」

僕も彼と同じような目をしているだろう。

「君、辞めたんだよね？」

「へっ？」

思わず間抜けな声を上げてしまった。

「さっき君の代理人という人が退職届を持ってきたよ」

「な、なにかの間違いですよ。代理人ってなんなんですか」

僕は首をフルフルと横に振った。

退職届はもちろん代理人も心当たりがない。そもそも辞めようとは思っていない。生活費を稼がなければならない。

「ほら、これ」

山本さんはポケットから一枚のコピー用紙を取り出した。

そこには「一身上の都合により今日付で辞めさせていただきます」と小学生が殴り書きしたような稚拙《ちせつ》な字で書き込まれている。僕の名前が記入されているが明らかに筆跡が違う。

「知らないですよぉ、こんなの」

「困ったなあ……もう後任の採用が決まったんだよね」

「ちょ、ちょっと、いくらなんでも早すぎませんか」

「君の代理人から退職届を受け取った直後に、たまたま採用してほしいという人がやって来てね。話を聞いてみるときちんとしたスキルの持ち主で即戦力になりそうだから即決しちゃった」

その人物も僕と入れ替わりで帰ったという。

明日から僕のデスクで彼が働くことになる。

「ていうか代理人ってどこのどいつなんですか」

「短髪で強面《こわもて》で喧嘩《けんか》を売っているような話し方をする男性。ちょっと苦手なタイプだな。来たのは一時間くらい前かなあ。知り合いじゃないの？」

僕は横に振ろうとした首を止めた。

一時間前ならちょうどゴープロをいじっていた頃だ。

そしてその男性に心当たりがあった。

こんな非常識なことを平気でするのは一人しかいない。

「というわけで今までご苦労様。給料は通常通り、振り込まれるから」

「い、いや、本当に僕の意思じゃないんですよ」

僕は相手ににじり寄る。

「申し訳ないんだけど君の席はもうないから。うちもギリギリでやってるからさぁ」

山本さんは迷惑そうに眉をひそめた。

「そんなのいくらなんでもおかしいじゃないですか」

「ほら、これ。代理人の名刺だよ」

彼は代理人が置いて行ったという名刺を差し出した。そこには思ったとおりの名前が印字されていた。

「ネオチューバーってなんだよ」

肩書きにそう書かれている。

「知ってる人なんでしょ？」

「え、ええ……」

認めないわけにはいかない。嘘《うそ》をついたところで顔に出てしまう。

「だったらその人に話をつけてよ。うちとしては申し訳ないけど」

「す、すみませんでした。今までお世話になりました」

もう観念するしかなさそうだ。


僕はその足で高田馬場駅に向かうと東京メトロ東西線に飛び乗った。

そして隣駅の落合《おちあい》駅で下車する。

商店街が並ぶ東中野銀座通りを進んでＪＲ東中野駅に向かう。北口には昭和情緒の面影が残る東中野ムーンロードと呼ばれるこぢんまりとした飲食街が広がっている。

路地に入ると「文蔵社《ぶんぞうしゃ》」という小さな出版社が入った、煤《すす》ばんで壁全体がツタで覆われた雑居ビルが見えてくる。

陰鬱《いんうつ》な、まるで廃墟《はいきょ》を思わせる建物だが、僕の目的地はその隣にある四階建ての建物だ。

こちらは美麗だが、実は隣の雑居ビルとの対比からそう見えるだけでそれなりに年季が入っている。

エレベーターは設置されていないので階段を上って三階にたどり着く。一階と二階は事務所だが三階と四階は住宅仕様になっている。

僕は三〇一号室の玄関の前に立つとチャイムを鳴らした。

扉には洒脱《しゃだつ》なロゴで『Neo Tuber　アチラ』とデザインされている。前には見かけなかったから最近つけられたものだろう。

なんだよ、ネオチューバーって……。

「開いてるから入ってこい」

スピーカーから男性の声が応答した。

僕は舌打ちをすると扉を開いた。

玄関からは廊下が延びていて左の壁にバスルームとトイレの扉が並んでいる。廊下の先にはリビングルームの扉がある。

「お邪魔しますよ」

僕は靴を脱ぐと廊下を進んだ。

リビングの扉を開いて中に入ると窓際のソファに座った男性がニヤニヤしながら僕を眺めていた。

「そろそろ来る頃だと思ってたぞ」

彼はスティックつきのあめ玉を口の中で転がしながら言った。

「なんてことをしてくれたんですか！」

僕は口調に怒気を滲《にじ》ませながら彼に詰め寄った。

「まあまあまあ、すべてはお前のためを思ってやったことだ」

彼は涼しい顔で胸の前で手をヒラヒラさせている。

「なにが僕のためですか！　おかげでいきなり無職ですよ。明日からどうすればいいんですか！」

「バイトったって時給いくらの仕事だろ。そんなの無職同然じゃねえか。お前、いつまであんなところで消耗してるんだよ。お前がやりたいことってエロゲーの開発なのかよ」

彼は呆《あき》れたような口ぶりだ。

「僕だって生活があるんですよ！」

「お前が怒る気持ちは分からないでもない」

彼は肩をすくめた。

「こんな非常識を平然とできる先輩の気持ちが分からないですよ！」

これがアチラ先輩だ。

本名は阿知良《あちら》サトシ。

僕は令盟大学の映画サークルに所属していたが、アチラ先輩は一学年上の部員だった。しかし留年したので二年生で同学年になった。

当時から信じられないほどの自己中で、平気で無茶ぶりを強要してくるからとにかく振り回された思い出しかない。

それでも学生時代に撮影やシナリオの書き方のノウハウを教えてくれたのも彼だ。映画に対する思いも人一倍熱い。

今でもたまに飲みに呼び出されるが、僕はあまり酒に強くないので乗り気になれない。断ると執拗《しつよう》に理由を追及してくるし、同学年とはいえ先輩であることに変わりはないので無下にもできない。

そもそも僕は「NO」を表明するのが苦手だ。

ただ彼のことはウザいと感じることが多いが、根っから嫌いというわけでもない。

たまには心に響く人生教訓めいたことを口にするのである。

彼のアドバイスによってトラブルや悩みが解決して救われたことも一回や二回ではない。

彼のアドバイスを受け入れるとまるで未来を予見していたかのような絶妙な形で解消する。

たまにであるが僕にとってとてつもない救世主になる。

アチラ先輩がいなかったら僕も一度は留年していた。彼が伝授してくれた超絶カンニングテクニックによって僕はなんとか試験をパスすることができたのだ。

もっとも僕が留年寸前まで陥ったのも先輩が引き起こすさまざまなトラブルに巻き込まれたからだ。

だから救われたといってもマッチポンプみたいなものである。

つき合いのある大学時代の友人は少ないが、今でも先輩と続いているのはいわゆる腐れ縁というやつだろう。

「安心しろ、俺も仕事を辞めた」

「だからって……どうしてそういう理屈になりますかね。先輩が辞めたなんて、僕にまったく関係ないじゃないですか」

「まずはお前のフェイスブックを見たからだ」

アチラ先輩はソファに放《ほう》り出されたノートパソコンを広げるとフェイスブックが表示された画面を僕に向けた。

「これがどうして僕から仕事を奪う理由になるんですか」

「ゴープロが当たったんだろ。ほら、見せてみろ」

先輩は急げと言わんばかりに手招きをする。

「なんなんですか」

僕は言われるままにバッグからカメラを取り出すと先輩に手渡した。彼は電源を入れると僕に向けた。

「やっぱりいいな、ゴープロ。これだったらいつでもどこでもクオリティの高い映像を撮ることができる。俺も欲しかったんだ」

僕は「あげませんよ！」と彼からゴープロを奪い返した。

「だからどうして勝手に退職届なんか出しちゃったんですか」

僕はうなるような声で聞いた。

「俺、決めたんだ」

アチラ先輩は僕に向き直った。

のようだ。

いつにも増して瞳《ひとみ》がキラキラと輝いている。まるで欲しいオモチャを目の前にした少年のようだ。

「いや、興味ないっす！」

僕は手を振りながら顔を背けた。

先輩の瞳のキラキラは良からぬことの前触れだ。経験から分かる。

「なんだよ、張り合いがないな」

彼は小さく肩をすくめた。

「張り合いなんて必要ないです」

手を左右に振りながら遠慮する。

「お前、シュリーマンって知ってるか」

アチラ先輩はあらたまった口調で聞いてきた。唐突な質問に僕は振っていた手を止めた。

「シュリーマンってトロイの遺跡を発見した人でしたっけ」

といってもあるのは高校で習った世界史の知識だけだ。どんな人物なのか詳細までは知らない。

「そうだ。ヤツはガキの頃に父親からプレゼントされた子供向けの歴史の本に描かれたトロイアが炎上する挿絵の虜《とりこ》になった。いつかそこを訪れてやると心に誓ったんだ。だけど当時はトロイアなんて作り話、つまり空想の産物だと思われていた。それでもシュリーマンは聞く耳を持たず、トロイアは存在すると頑《かたく》なに信じていた。そんな彼は大人に成長してなになったと思う？」

「そりゃあ考古学者とか歴史学者じゃないんですか」

「そういうありきたりな発想しかできないからお前はダメなんだ」

「悪かったですね！」

　アチラ先輩と会話していると数分に一回のペースでイラッとする。

「シュリーマンは商人になって大成功を収めたんだ。それで稼いだ余りある資金であっという間にトロイの遺跡を見つけ出しましたとさ、チャンチャン」

　彼は愉快そうにオチをつける。

「そうだったんですか」

　伝説の遺跡がそんな簡単に見つかるのかどうかはさておいて、シュリーマンが成功した商人だったとは知らなかった。

「俺たちの夢はなんだ」

　唐突にアチラ先輩が人差し指を突きつけてきた。

「そんなの映画に決まってるじゃないですか」

　これは映画サークルに所属していた二人の変わらない夢である。

　実現するための資金と人材がないというだけだ。

「そうだろ。桑田《くわた》佳祐《けいすけ》って知ってるか」

「サザンオールスターズですよね」

「ヤツは過去に『稲村《いなむら》ジェーン』という映画を撮ってんだ」

シュリーマンや桑田佳祐をヤツ呼ばわりするなんてアチラ先輩らしい。

「へぇ、それは知らなかった。桑田佳祐ってミュージシャンですよね」

「映画を撮りたいと思ったら映画監督の下働きなんかに入るヤツがいるがそんなのはバカのやることだ」

僕も大学を卒業してある監督のアシスタントスタッフについたことがあるが、あまりの過酷さについていけず二ヶ月で逃げ出した。

「だから桑田のようにまずはミュージシャンとして成功を収める。するとどうだ、『映画を撮ってみませんか』という誘いが向こうからやってくんだよ。もっとも『稲村ジェーン』は観《み》てないから出来映えまでは知らんけどな。だけど問題はそこじゃない。映画を撮れたってことだ」

「はぁ……で、夢を実現するためにサザンオールスターズみたいになるんですか」

「俺たちに音楽の才能があればな。そんなものがあると思うか」

「全然、みじんもきれいさっぱりありませんね」

僕に至っては楽器演奏はもちろん、楽譜を読むことすらできない。歌唱力も自信がない。カラオケも苦手だ。

だけどアチラ先輩は学生時代にバンドを組んでいた。そのバンドのメンバーも「アチラは絶対音感の持ち主だ」と言っていたから、まったく才能がないわけでもなさそうだ。

「で、いったい全体なにを言いたいんですか？」

「お前がゴープロ当選したと聞いて思いついたんだ。俺たちはネオチューバーになる！」

アチラ先輩は高らかに宣言した。先ほどより瞳の輝度が増している。

「俺たちってやっぱり僕も入っているんですか」

僕は自分自身を指して聞いた。

「当たり前だろ。お前はカメラマンだ。持ち主だからな」

先輩は僕が手にしているゴープロを顎《あご》で指した。提供することも決定している。

「マジですか」

「まずはネオチューバーとしてトップに上りつめる。トップになれば年収は億も夢じゃない。それを元手に映画を撮るんだ。ネオチューブみたいな動画なら俺たちのスキルも多少は活かせる。すげえアイディアだろ」

アチラ先輩は得意気に言った。

「いやいやいやいやいや」

しばらく間を置いて僕は頭と手を同時に振った。

「なんだよ」

「僕だってネオチューブに自主映画をアップすることは考えましたよ」

「そうじゃない」

先輩はちっちと突き立てた人差し指をメトロノームのように左右に揺らした。「どこの馬の骨とも分からない自主映画作品なんて誰も観てくれない。まずは確実に再生数を稼げる動画を作るんだ」

「確実に稼げる？」

そのときだった。玄関のチャイムが鳴った。

「あいつもそろそろ来る頃だと思ってた」

そう言いながら真っ白な歯を見せてニカッと笑った。

先輩はどういうわけか実にいい笑顔をする。

短髪で少し強面風だが目鼻立ちは整っている。エキセントリックな性格のくせに学生時代は交際する女性が途切れることはなかった。妙にモテるのだ。

それに比べて僕ときたら……。

「あいつって誰ですか」

「鍵《かぎ》は開いてるぞ」

先輩が玄関に向かって声をかけると扉が開く音がした。

「アチラさん、なんてことしてくれるんですか！」

乗り込むように姿を現わした若い女性が、いきなり先輩に詰め寄ってくる。

彼は「おっとっと」とおどけながら背中をのけぞらせた。

「紹介する。こいつは森元蘭子《もりもとらんこ》、東都《とうと》医科歯科大学歯学部の学生だ。つまり歯医者の卵だな」

僕の存在に気づいたのか、急にかしこまると森元蘭子は僕に向かってペコリと頭を下げた。

そして再びアチラ先輩に向き直る。

「アチラさんのせいでバイトをクビになりましたよ！　勝手に退職届を出すなんてどういう神経してんですか！」

蘭子は目尻《めじり》をつり上げて怒鳴りつけた。

「お前、歯医者には向いてないって言ってただろ」

「それで私を歯医者のバイトから解放してくれたんですか」

「ザッツライト」

先輩は真顔で大きくうなずいた。

「なんてお優しい方なの……って言うわけないじゃないですかっ！　院長に私のお兄さんがやって来て退職届を置いていったと言われましたよ。そもそも私、兄なんていませんから！」

蘭子は近くのテーブルを叩《たた》いた。

「なんで俺だと分かった？」

「院長に特徴を聞いたんですよ。だいたいそんなことをするなんて、私の知り合いにアチラさんしかいません！」

彼女は突き刺すような勢いでアチラ先輩に人差し指を突きつけた。

「で、退職届は取り消したのか」

「い、いいえ、そのまま辞めちゃいましたけど……。もともとあの院長、気に食わなかったし」

「だったらなにが問題なんだ。良かったじゃないか」

アチラ先輩は腕を組んで唇を尖《とが》らせた。

「ちっともよくありません！　問題はアチラさんが私の意向も確認せずに勝手に退職届を提出したことです。それって犯罪ですよ」

彼女の見解を全面的に支持する。

「まあまあ、怒るな。今回のことは二人のためを思ってやったことだ」

「二人ってもしかして……」

蘭子は僕に視線を送った。僕はゆっくりとうなずいた。

「僕も退職届を出されたんだよ」

「もぉ、ホントに……」

彼女は呆れたように息を吐くと両手を虚空に放り出した。

「こいつは須山民夫。大学時代の映画サークルの後輩だ」

アチラ先輩は蘭子に僕を紹介した。僕は「同学年ですけどね」とつけ加えた。

「私はアチラさんが主催するオンラインサロンの会員です。もっともサロンはアチラさんが炎上させて解散しましたけどね」

先輩が『人生を成功に導く脱「会社の奴隷《どれい》」サロン』なるオンラインサロンを運営しているのは知っていた。僕も以前に勧誘されたことがあるが、月会費が五千円もするので入会を渋っていた。それでも会員はそれなりに増えていたようだ。

アチラ先輩は人格破綻者《はたんしゃ》だが、他人を惹《ひ》きつけるトーク力に長《た》けている。たまにポジティブで奥の深そうな、哲学的な名言らしいことを口にするので、人生が上手《うま》くいってない社会経験の乏しい若者はコロッといってしまうそうだ。

蘭子も彼のオンラインサロンに入会すれば人生を変えることができるかもしれないと思ったらしい。

蘭子曰《いわ》く、アチラ先輩の度重なる暴言の書き込みでサロン内が大荒れして収拾がつかなくなり解体してしまったらしい。

彼は学生時代から炎上体質だったが今も変わってない。

そして歯科医師の卵である蘭子は大学ＯＢが院長をしている歯科医院に週二回でアルバイトをしていた。まだ学生なので治療行為はできないが、治療補助をしながら現場体験させてもらっていたという。

「蘭子は本当は女優になりたいんだよな」

先輩が言うと蘭子は少し照れくさそうに首肯した。

「でも歯医者さんになるんでしょう」

「静岡の実家が歯医者で跡継ぎがいないからそれで……もともと医学には関心がなかった

んです」

なるほどそういう事情なのか。

思えば実家が開業医の友人たちもほとんどが医学系の大学を出て跡継ぎになろうとしている。

「彼女は大学の演劇部に所属している」

「へえ、歯医者さんの大学にも演劇部なんてあるんだね」

蘭子はコクリとうなずいた。

なめらかな白い肌。開きのいい丸く大きな瞳は、下まぶたが外側にわずかに下がった垂れ目になっている。

頬《ほお》にはほどよく脂肪がのっていて健康的な印象を受ける。

軽い団子鼻に小ぶりな口が清楚《せいそ》でどちらかといえば癒《い》やし系の雰囲気を漂わせている。

体型は華奢《きゃしゃ》なほうだが、胸元の膨らみは存外に豊満だ。僕にとってかなり好みのタイプ、いや、ドンピシャだといえる。恋人がいるのか気になるところだ。

「私、昔から映画好きでそのうち自分で演じてみたくなったんです。それで大学は演劇部に入りました。いろんな役を演じているうちに完全にハマっちゃって本格的に映画女優になりたいと思うようになって。黒谷麻美《くろたにまみ》みたいな女優になりたいんです」

黒谷麻美といえばドラマや映画で主演を務める人気女優だ。

「君なら女優だといわれても違和感がないよ」

僕の言葉にほんのりと笑みを見せたが「顔だけが取り柄だからな」というアチラ先輩の発言ですぐに打ち消された。

「でも両親には言えませんよ。彼らの願いは私が大学で結婚相手を見つけて実家の歯科医院を継承することですから。だから小さい頃からお前は歯医者になるんだと周囲からずっと言われ続けてきたんです。もし私に兄や弟がいたらそんなことにはならなかったと思うんだけど、私は一人っ子ですから」

蘭子は少し哀《かな》しげな笑みを見せた。

「洗脳だな、洗脳。そんな家族なんて捨てちゃえよ。人生なんて一度しかないんだぞ」

また無責任なことを言う。

「そんな簡単に割り切れませんよ。そもそもアチラさんのそういう暴論が原因でオンラインサロンが崩壊しちゃったんじゃないですか」

「あのな、蘭子。お前の人生においてはお前が主人公なんだ。お前の両親も俺たちもアメリカ大統領やハリウッドのスターだってお前の人生という舞台を彩る脇役《わきやく》に過ぎん。お前にとってお前以外は脇役なんだ。お前の舞台を面白くするためにはお前が面白いことしなきゃダメなんだよ」

いかにもアチラさんらしいポジティブ発言だ。オンラインサロンに人が集まったのも分かる気がする。

たまに彼の言葉に心を動かされることがあるが、それによって乗せられてしまうことも少なくない。

要注意だ。

「で、僕たちを失業させたのは僕たちをネオチューバーにするためなんですよね」

「はい？」

僕の言葉に蘭子はつぶらな瞳をさらに丸くさせた。

「その通りだ。二人ともよく聞け。俺たちがフェリーニやキューブリックや黒澤明《くろさわあきら》みたいな巨匠になるためにはネオチューバーとして成功することが近道だという結論に昨夜たどり着いた。まさに天啓だ」

「フェリーニとかキューブリックとは大きく出ましたね」

蘭子が小声で話しかけてきてクスリと笑った。

「映画を作るに当たって一番重要なことはなんだ？」

いきなりアチラ先輩は僕を指名した。

「え、ええっと……やっぱりお金ですかね」

「大正解！」

先輩は口でファンファーレを鳴らしながら大げさに拍手をした。

「映画制作に必要なのはなにはともあれ金だ。ところで民夫、『四次元怪獣ペペロン』を覚えているか」

「ペペロン！　懐かしいなあ」

『四次元怪獣ペペロン』は学生時代にアチラ先輩と共同執筆した脚本である。

四次元からやって来た超巨大怪獣ペペロンが自衛隊を相手に都心のど真ん中で大暴れするというストーリーだ。

有事レベルの大規模災害に日本政府や国家機関が総力を挙げて巨大不明生物を駆除しようとする一大スペクタクルである。

先輩と何日も徹夜をくり返してこの作品を書き上げた。自分で言うのもなんだがそこらへんの映画なんかよりずっと面白い、むしろ傑作だと言える自信がある。

「ペペロンを映画化するぞ！」

アチラ先輩は胸を張って高らかに宣言した。

「へ？」

僕は間の抜けた声を出してしまったが、先輩は至って真顔だ。

その瞳と表情に一点の曇りもない。

彼は立ち上がると僕と蘭子に寄ってきた。

「あれを俺たちの手で映画にする。俺がプロデューサー、お前が監督、そして蘭子が主演女優だ」

先輩は強い眼差《まなざ》しを向けながら僕と蘭子の肩をそれぞれ叩いた。

「いやいやいや……あれはペペロンが東京の街を大破壊する映画ですよ。どんだけ制作費がかかってると思うんですか。それにストーリーや内容が完全に『シン・ゴジラ』と被《かぶ》ってるじゃないですか」

「俺たちが脚本を書いたのは『シン・ゴジラ』が公開されるより前だ。むしろペペロンがオリジナルなんだよ」

『シン・ゴジラ』を初めて鑑賞したときストーリーがあまりにペペロンと似ていたので大きなショックを受けた。

アチラ先輩も「パクられた！」と激昂《げきこう》して映画会社に殴り込みをかけそうな勢いだった。とはいえ脚本の原稿は僕のアパートに保管されているので外部に流れるはずがない。内容が似ていたのは単なる偶然であるのは間違いないところだ。

「そうだとしてもあれを映画化するっていったいいくらかかると思ってんですか。『シン・ゴジラ』だって制作費十五億円だって話ですよ」

「ペペロンは絶対的な傑作だ。あれを埋もれさせるのは日本の映画文化における大いなる損失だ。お前だってそう思うだろ」

先輩は僕の肩を摑《つか》んで揺さぶった。

「え、ええ。ペペロンが傑作なのは認めますよ。僕だってできたら自分で撮りたいです」

「そうだろ、そうだろ。俺はペペロンを絶対に映画化する。お前を監督に指名する」

「問題は制作費ですってば！」

「だから言ってるだろ。ネオチューバーやるんだよ。知ってるか？　カナキンの年収は十億超えるらしいぞ」

トップネオチューバーといえばカナキンだ。

最近はテレビでもよく見かけるし、ドラマ出演や映画の日本語吹き替え声優などそこらの芸能人以上に引っぱりダコだ。

「そ、そんなに稼いでいるんですかっ⁉」

僕より先に蘭子が驚愕《きょうがく》の声を上げた。

リアクションを取り損ねたが僕も驚いている。

「ネオチューバーの収入ってどうなっているんですか」

僕が尋ねるとアチラ先輩は咳払《せきばら》いをしてうなずいた。

「ネオチューバーの収入は大きく分けて三つある。一つは広告収入。動画が始まる前に企業のＣＭが流れるだろう。あれは企業がネオチューブにお金を払って広告を流してもらうんだ。ネオチューブは登録者の個人データを持っているからな。広告はターゲット層にピンポイントで刺さる。それがテレビと違うところだ」

テレビのコマーシャルだとどうしても届けたい視聴者に届けられるとは限らない。

ネオチューブは登録時に年齢や性別や居住地、趣味、嗜好《しこう》など個人情報の入力を求められる。

つまり企業がターゲットとする年齢層や性別、趣味や嗜好などに当てはまるパーソナリティを狙《ねら》い撃ちで広告配信することができる。

それだけに視聴者が不特定多数になりがちなテレビのコマーシャルよりも顧客の反応を

見込める。

最近では企業の広告担当者はテレビよりインターネットに広告を打つようになってきているという。

「実際、一回再生されるとどのくらい入ってくるんですか」

蘭子が目を輝かせながら聞いた。強い関心を向けているようだ。

「一回の再生当たり〇・一円だと聞いたことがあるんですけど」

「なんだぁ、そんなに少ないんですか」

僕が答えると蘭子が失望したように肩を落とした。

一再生当たり〇・一円なら一万回再生されて千円だ。

一万回も再生されるのは至難の業であることくらいネオチューバーでなくても想像がつく。

以前映画をレビューするブログを運営していたことがあったが、一日の閲覧数が百を超えたことすらない。ブログとネオチューブの違いがあるとはいえ一万回再生、ましてや十万だのは夢のまた夢だ。

「民夫の情報はちょっと古いな」

「そうなんですか」

先輩はニヤリとしてうなずいた。

「ここ最近は少し事情が違ってきた。ネオチューブ側がクオリティの低い動画に広告をつけない方針を打ち出したんだ。まずはチャンネル登録者数が千人未満のチャンネルには広告がつかない。登録者が少ないのはそれだけ動画のクオリティが低くて視聴者から求められていないということだろう。広告主だってそんな動画に自分の広告を載せてほしくない。イメージにも関《かか》わるからな。そんなわけで視聴者数が少ない動画には広告がつかなくなった。このチャンネル登録者数千人というハードルは思いのほか高いんだ」

チャンネルを立ち上げたことはないが、千人の壁が高いというのは想像はつく。

「私の知り合いに熱心にネオチューバーやっている子がいるんだけど、チャンネルを始めてから二年以上経《た》つけど千人にはまるで届かないですよ」

アチラ先輩が言うには、以前はすべての配信者の動画に広告動画が配信されて再生数に応じた広告費がチャンネルを運営しているネオチューバーに支払われていたが、チャンネル登録者千人以上という条件がついたため、配信者全体の九割は広告がつかなくなったという。

つまりどんなに動画を配信しても広告収入がゼロというわけだ。

それがきっかけで撤退したネオチューバーも多数出たようだ。

動画配信で億万長者になれる夢があるが、現実はそんなに甘くないということか。

「今まで多くの人間に支払われていた広告費を、一割の人間が手にするようになった。それによって今は一再生当たりの広告単価は以前よりかなり上がっているという話だ。俺のリサーチでは〇・三円から動画によっては一円近くまで上がっている」

「そんなに上がっているんですか！」

僕と蘭子は同時に身を乗り出した。

「そうさ。小中学生がなりたい職業にランクインしているのもうなずけるだろ。もっとも親が子供になってほしくない職業でもランクインしているけどな」

子供を持つ両親にしてみればネオチューバーというのは得体の知れないものらしい。昔でいえば小説家やミュージシャンみたいなものか。

それからも先輩はネオチューブにおける広告収益についてのレクチャーを続けた。

広告単価というのは時期、視聴者層、動画の内容によって大きく変わる。たとえば企業が予算を使い切ろうとする年末と年度末は単価が大きく上がる。十二月と三月は同じ再生数でも他の月の二倍から三倍の収益になることもあるという。

また視聴者層が子供や学生よりも大人のほうが単価が高い。

大人は高額商品に対する購買意欲が高いからだ。高級カメラや自動車のパーツ、化粧品などをレビューする動画にはそれらの広告がつきやすい。高額商品だけに当然単価は高くなる傾向にある。

一方、たとえばゲーム実況動画だとゲームの広告がつきやすくなる。ゲームソフトなんてせいぜい数千円の商品だ。それだけに広告単価も低めになる。

「一再生当たり〇・五円くらいいけばバカにできないですよね」

「おうよ。チャンネル登録者十万人のネオチューバーが月収百万円だと暴露していたぞ」

「百万！　マジですか」

蘭子が前のめりになる。

彼女の瞳は先ほどよりさらに輝きを増している。もしかしたら僕もそうなのかもしれない。

そんな景気の良い話を聞いていると真面目《まじめ》に働くのがバカバカしく思えてくる。

ゲーム実況者ならテレビゲームで遊んでいるだけで、真面目に働いている同年代サラリーマンの数倍の収入を稼いでいるということになる。

実際、そのくらいのチャンネル登録者数のゲーム実況者は相当数存在する。僕が好んで視聴しているゲーム実況者なんて登録者が二百万を超えている。そこまでいけば月収が数千万になりそうだ。

やはり夢を見てしまう世界である。

「広告よりさらに実入りがいいのが企業案件だ。動画の中でオファーされた企業の商品を宣伝するんだ。それだけで数十万、売れっ子なら数百万円になるらしい。たった数分の動画を作るだけでだ。それ以外にもあるぞ。売れっ子になれば講演や本の出版のオファーなんかもある。それらの収入だってバカにできない」

先輩の口調が熱気を帯びている。

「ペペロンの制作費をネオチューブで賄《まかな》おうってわけですか」

僕が問いかけると先輩は大きくうなずいた。

「ショボいCGで妥協なんかしたくねえ。制作費に十億は必要だ。そんなのまともに働いて稼げるわけがない」

「十億円ですか……宝くじ一等前後賞当選でも足りませんね」

たしかにペペロンを撮ろうと思えばそのくらいの制作費はかかるだろう。あんなのを実写化したら大スケールの映像になる。

「トップネオチューバーになる。これが俺たちの夢を叶《かな》える唯一無二の現実的な手段だ。あのカナキンを超えることができれば俺たちの思いどおりにペペロンを撮ることができる。スポンサーなんかついてみろ。やつらの思惑が入り込んで俺たちの思い描いていたものとはまるで違う作品にされてしまうのはお前なら分かるだろう。俺たちの傑作を他人の都合で台無しにされてはたまらんぞ」

僕は首肯した。

その手の話はいくつか知っている。

映画制作において出資者の権限は監督よりも強い。当然、彼らの意向に沿った作品作りが求められる。

それによってオリジナルの原形を留《とど》めない作品に仕上がってしまうという悲劇は珍しくない。

アチラ先輩は作品に対するこだわりが人一倍強い。芸術肌、そして職人気質《かたぎ》である。

「そう簡単にいきますかねぇ」

「バカヤロウ！　そんなこと言っているからいつまで経っても底辺なんだよ。民夫、お前の人生はもう詰んでんだぞ。分かってんのか」

「詰んでるって……まだ俺、二十六ですよ」

「そんな年齢で一度でも底辺に堕《お》ちたら逆転劇でも起こさない限り、一生這《は》い上がれない社会システムになってんだよ。蘭子、お前だってそうだ。歯医者の将来なんて真っ暗だ。歯科医院はコンビニより多いっていうじゃないか」

　先輩の視線は蘭子に向いた。

「でもこれからいっそう高齢化が進むから歯医者さんにとっては追い風じゃないんですか」

　僕が口を挟むとアチラ先輩は呆れたような顔で首を横に振った。

「お前は全然分かってないな。これから医療費はどんどん削減されていくんだ。治療費の自己負担額が激増して病気になっても治療を受けられない老人が増えていくんだよ。歯科なんて命に直結するわけじゃないから真っ先に切り捨てられる。歯の治療なんて一部の富裕層しか受けられない将来になる」

「そ、そうなの？」

　僕は蘭子に聞き直した。

　彼女は泣きそうな顔で肯定した。

「つまり俺たちの夢を叶えるには現実的にネオチューバーで成功するしかないというわけ

だ。逆をいえば昔にはなかった手段があるってこと。目標は高いが不可能というわけじゃない。誰も見たことがないような映像を撮れば日本国内だけでなく世界中が注目する。英語圏には四十億人もいるんだ。外国人でも理解できるように英語のテロップをつける。やつらを惹きつけることができれば数百万、数千万回という再生も夢じゃない。すべては企画次第だ。突き抜ければいいんだろ。俺たちで突き抜けてやろうじゃないか」

それからもアチラ先輩はプロジェクトに対する思いを熱く語った。

彼の話を聞いていると現状は絶望的に思えるし、ネオチューバーで成功すればバラ色に思える。

そしてそれが僕たちでもできるんじゃないかと前向きな気持ちになってくる。

「構想はずっと前からあったが、今日始めようと思ったきっかけは民夫、お前のゴープロだ」

アチラ先輩は僕の手にしているカメラを指した。

「でも、私たちでどんな動画を作るつもりなんですか。再生数が何十万とか何百万なんてハードルが高すぎますよ」

蘭子が眉を八の字にして尋ねた。

そうなのだ。ネオチューブはここ最近の配信者の激増によって飽和状態となりレッドオーシャン化しているという。よほどのことをしなければ注目もされない。他との差別化を図るため犯罪ギリギリの過激なことをするネオチューバーも増えてきた。中には炎上してしまう動画もあるが、ネオチューバーは注目されてなんぼだ。炎上だろうと再生数が上がれば広告収入に結びつくというわけである。それを狙ってわざと炎上させる配信者もいる。

「お前、脱げ」

「はぁ？　マジでぶち殺しますよ」

彼女がギラリと睨《にら》む。額に青筋が浮かんだ。

「冗談だ。お前が脱いだところで数万がいいとこだ」

「し、失礼な！　十万はいきますよ」

蘭子は目を剝《む》いて訴えた。

彼女が脱ぐならこっそり閲覧したいと思う気持ちをなるべく顔に出さないようにする。

「そもそもヌードは規制に引っかかる。広告がつかないどころか下手をすれば一発でアカウントをＢＡＮされてしまう」

ＢＡＮは追放の意味だ。ＢＡＮされるとグルグル社よりアカウントを剝奪《はくだつ》されてそのチャンネルは停止され閲覧することもできない。アチラ先輩曰く、最近ネオチューブの規制はかなり厳しくなっているようで、公序良俗に少しでも反する動画をアップロードすると広告がつかなくなったりする。一定期間に警告を三回受けると無条件にＢＡＮされるそうだ。ＢＡＮされればそれまで手塩にかけて育ててきたチャンネルを一瞬にして失うことになる。専業のネオチューバーにとってはまさに死活問題である。そういうこともあり過激な動画で再生数を稼ぐことも難しくなってきた。ここ数年、ネオチューブは健全化の方向に進んでいる。

「規制にかからない人気ジャンルってなんですかね」

僕の質問にアチラ先輩はうなずいた。

「やはり再生数を稼ぎやすいのはバラエティだな。だけど最近はプロの芸人や芸能人がネオチューブに参入してきた。生半可なネタではプロフェッショナルのあいつらに太刀打ちできん」

アチラ先輩の言うとおり、ここ最近、有名お笑い芸人や役者たちが個人のチャンネルを立ち上げている。もちろんバックには芸能事務所もついていて、編集もプロが手がけているることから映像のクオリティも総じて高い。元々の知名度もあってチャンネルを開設すれば多くのチャンネル登録を得ることができているようだ。お笑い芸人のチャンネルが数ヶ月で百万人を突破したとネットのニュースになっていた。そんな映像のプロフェッショナルチームを相手にアマチュアがかなうはずがない。

「このままではネオチューブも結局、テレビ番組と同じになってしまいますね」

「だから大ネタをぶっ込むんだよ。世間の度肝を抜くような大ネタをだ」

「そんなの本当にあるんですか」

蘭子が訝《いぶか》しげに問い質《ただ》す。

「あるさ。だけどやるからには覚悟が必要だ」

アチラ先輩の真剣になった表情に僕は唾《つば》を飲み込んだ。僕は蘭子と目を合わせた。彼女はうさん臭そうな目つきになっている。

「まずはこれだ」

アチラ先輩はパソコンの画面を僕たちに向けた。

画面には「摩訶不思議《まかふしぎ》事件サイト」というタイトルのサイトが映し出されている。

世界中で起きたオカルトな事件を紹介するサイトのようだ。古今東西の事件が国別にインデックスをつけてまとめられている。「ロンドン切り裂きジャック事件」や「ゾディアック事件」のように有名なものをはじめ、「ヒンターカイフェック事件」「リード・マスク事件」「ジュリア・ウォレス殺害事件」「シケイダ３３０１」「タマム・シュッド事件」などの事件名が国別にずらりと並んでいる。

アチラ先輩は日本の項目を表示させた。

そこにはやはり多くの事件が並んでおり、中には「グリコ森永事件」「長岡京殺人事件」「名古屋妊婦切り裂き殺人事件」「井の頭公園バラバラ殺人事件」など聞いたことのある事件も並んでいた。

「こういうの大好き。未解決事件の真相って気になるよね」

蘭子が関心を向けたようだ。

あまりにも不可解すぎると幽霊や宇宙人に結びつける説も出ているが、現実的には生身の人間が起こしているのだ。

「だろ。この手のネタに人々は惹かれるんだ。謎《なぞ》が深いだけにその真相を知りたい。間違いなくニーズがあるぞ」

「まさか、僕たちが謎解きをするなんて言うんじゃないでしょうね」

「そのまさかだ。俺たち三人が不可解事件の真相を暴く。それをネオチューブで配信するんだ。世界中が注目するぞ」

「いやいやいや……多くの捜査員が投入されて解決できなかった事件を僕たちたった三人で解決できるわけないじゃないですか。日本の警察は優秀なんですよ」

僕は手と首を左右に振った。相変わらずアチラ先輩は突飛なことを言う。

「私はやってみたいかも……」

「マジ？」

僕は思わず蘭子を見た。

彼女は画面を見ながらウンウンとうなずいている。

「そうか！　やりたいか」

アチラ先輩が嬉しそうな顔で声を弾ませた。

「気になってた事件があるんですよ。二年くらい前ですかね。私が好きだったネオチューバーの事件です」

「それって『血溜《ちだ》まりボンボン』？」

僕の問いかけに蘭子は首肯した。

「あれか、『人気ネオチューバー殺戮《さつりく》ホテル事件』」

アチラ先輩は画面を指した。

そこには事件名が表示されている。

「ビックリな事件ですよね。個人的には平成最大の不可思議事件です」

当時、相当話題になった事件なので僕も知っている。

というか知らない人はいないだろう。

ワイドショーやゴシップ誌でも『人気ネオチューバー殺戮ホテル事件』という見出しで連日取り上げられて大騒動になった。さらには海外のニュースでも流されて世界中で話題になったほどである。まだ歴史の浅いネオチューバー界における最大のミステリといえる。

血溜まりボンボンはチャンネル登録者数八十万人の人気ネオチューバー。

そんな彼らが特に注目を集めたのが曰く付きの廃墟ホテルの潜入ライブ動画だ。

奥羅摩《おくらま》の人里離れた山中に佇《たたず》む廃墟ホテルは心霊スポットとしても有名だった。

血溜まりボンボンのメンバーが件《くだん》のホテルに潜入して一夜を過ごし、その様子をライブ配信するという企画だった。

しかしそのライブ映像が衝撃的だった。

グループのリーダーが突然狂い出してメンバーたちを襲ったのだ。

現場に落ちていた斧《おの》を振り回して二人を殺害。

最後に残ったグループの紅一点であるメンバーだけがホテルの窓から下の部屋に逃げ出して九死に一生を得た。

その後、ホテルの一室でリーダーの首吊《くびつ》り死体が見つかったという結末である。

「配信当時は視聴者みんなヤラセだと思って観てたんですよ。私もそうだったけど。だってデキの悪いホラー映画みたいな内容じゃないですか。それにあのグループはヤラセのドッキリ企画を頻繁にやってましたからね」

蘭子はライブ映像をリアルタイムに観ていたようだ。僕もネオチューブにアップされた録画動画で観たことがある。迫真性があったけど僕もリアルタイムに視聴していればヤラセに違いないと思っただろう。実際、再生数を稼ぐためにヤラセ企画を手がけるネオチューバーは多い。

「当然のことだがあの事件をきっかけに血溜まりボンボンのチャンネルは閉鎖された。生き残りの女性メンバーもＰＴＳＤに悩んでいるとなにかの記事で読んだことがある」

「無理もないですね。あんな目に遭《あ》ったんだから」

蘭子の口吻《こうふん》には同情が窺《うかが》えた。

とはいえ心霊スポットをネタにする不謹慎さと、廃墟に無断で入り込むというモラルを欠いた行為をマスコミやネット民たちに激しく叩かれていた。特にマスコミ連中は女性メンバーの入院先の病院や、退院後に彼女の自宅にまで大挙して押し寄せたという。そんなマスコミの対応までも問題視された。

「でもボンボンはどうしていきなりおかしくなったのかな」

僕は首を傾《かし》げながら疑問を口にした。

血溜まりボンボンのボンボンはリーダーの愛称である。

他にはトミオ、キャン太郎、そして唯一の生存者であり紅一点のチャコ。

「それが最大の謎なんですよ。ボンボンはむしろ争いを好まなかったタイプ。それは多くの友人知人が証言してます。そもそもメンバーたちの間にトラブルなんかなかったそうですよ。あのホテルは約二十年前に閉鎖されてたんです。当時、ホテルの従業員が宿泊者三人を厨房《ちゅうぼう》の包丁で刺し殺して十三人に重軽傷を負わせるという事件が起きた。犯人は警察が到着する前に自殺した。従業員と宿泊客たちに接点はまるでなかったそうです。犯人はどうしてあんな凶悪事件を起こしたのか。本人が自殺してしまった以上、知りようがない。巷《ちまた》ではホテルの呪《のろ》いではないかといわれてる」

蘭子が肌寒そうに腕をさすりながら説明した。

「面白そうじゃねえか。謎を解明できれば間違いなくバズる。俺たちのデビューに相応《ふさわ》しいネタだ」

アチラ先輩が満足げにうなずいている。

「この事件、すごく気になっていたんですよね。実は生き残りのチャコさん、面識はないけど、私の後輩の親戚《しんせき》なんです」

「マジか！　それだったら話が聞けるんじゃないのか」

先輩が身を乗り出す。

「どうかなあ……今はネオチューバーから離れてますからね。マスコミ沙汰《ざた》になっていろいろと大変だったみたいだから」

　蘭子が首を小さく傾げた。

「彼女だって知りたいだろ。ボンボンがどうしてあんなことになったのか。それを知ることができれば少しは気持ちが楽になるはずだ」

「そうですね……私もやってみたいかも」

「よしきた！　民夫、もちろん乗るよな」

　アチラ先輩が手の甲を差し出す。蘭子はその上に自分の手を載せて僕を見つめた。

「と、とりあえず」

　僕は彼女の上に手を載せた。

　仕事を失った以上、今、他にやることがないし、なんといってもこれをきっかけに蘭子と仲良くなりたいという下心が大きい。

　もちろん不可思議な事件の真相にも興味がある。

　トップネオチューバーを目指すのならこのくらいの大ネタが必要だろう。

「よぉし、これで決まりだな」

「それで、グループ名はどうするんですか」

　いつの間にやら蘭子もすっかり乗り気の様子だ。彼女もやはり本気で女優になりたいのだろう。

「それはすでに考えてある。蘭子、それを引いてみろ」

先輩は天井から下げられているくす玉を指した。

「これ、さっきから気になっていたんですよ」

僕も気になっていた。

先輩の部屋はそれなりの広さがあるが、さまざまなものが詰め込まれていておもちゃ箱のようだ。レトロから最新鋭のテレビゲームやパソコン、SFやホラー映画のフィギュアやポスター、アンモナイトの化石やどこかの民族のトーテムポール、ドイツ軍の戦車や戦闘機などのモデルが節操なく並んでいる。他にもマイナーな映画のDVDや音楽CD、さまざまなジャンルの本や雑誌が積み上げられている。なにかと情報量の多いリビングである。

「いいから引いてみろ」

先輩に言われて蘭子はおそるおそるくす玉のヒモを引っぱった。

ポンとなにかが爆《は》ぜるような音がしてくす玉が開く。

紙吹雪と一緒に垂れ幕が降りてきた。

もっと派手な演出があると構えていたけどそうでもなかった。先輩は凝り性なわりにやることが中途半端だ。

「東京プレデターズ？」

垂れ幕にはそう書かれている。

「カッコいいだろ」

アチラ先輩は得意気な顔を向ける。

「私たちのどこがプレデターなんですか」

僕もアーノルド・シュワルツェネッガー主演の映画『プレデター』を思い出した。

光学迷彩で姿を消すことができる異形のエイリアンがゲームのように地球人である兵士たちを狩っていく内容だ。おそらく蘭子も同じ映画をイメージしている。

「プレデターは捕食者という意味がある。俺たちは貪欲《どんよく》に夢を捕食するプレデターだ」

「へぇ、かっこいいかも。略して東プレね」

蘭子が顎をさすっている。

「今日から俺たちは東京プレデターズだ。トップネオチューバーになるぞ！」

アチラ先輩が拳を振り上げた。僕も蘭子も「おお！」と彼に倣《なら》う。

というわけで僕はネオチューバーになった。

2

　二日後。

　僕たちは渋谷《しぶや》駅近くにあるカラオケルームに集まった。

　僕とアチラ先輩はソファに座ってソワソワしている。

　テーブルの上には注文したコーヒーが置いてあるが、すっかり冷めていた。

「来ませんかね」

　僕は腕時計を確認した。

　約束の時間をもう二十分も過ぎている。

「説得するのに時間がかかっているのだろう。もう少し待とう」

　アチラ先輩はコーヒーカップに口をつけた。

「来ないと思いますよ。本人にとっては消してしまいたい記憶でしょうから」

「だけど真相を知りたいはずだ。このまま……」

　そのとき扉が開いて二人の女性が入ってきた。

　一人は蘭子《らんこ》、そしてもう一人は花柄のワンピース姿の女性だ。

　ふっくらとした丸顔の可愛《かわい》らしい顔立ちである。

肩に大きめのトートバッグを提げている。

「ようこそ、チャコさん！」

アチラ先輩は立ち上がると、ゲストに向かって何度もお辞儀をした。

僕は立ち上がるとゴープロ、カメラを女性に向けた。

小型であるゴープロはコンパクトで三脚機能もある自撮り棒に取りつけられている。

液晶モニタに少し緊張気味の顔が映った。

「無理言って申し訳ないです」

僕が声をかけると女性ははにかんだような笑みを向けた。

「蘭子、よくやってくれた」

アチラ先輩は小声で蘭子を労《ねぎら》った。彼女は一瞬だけ拳《こぶし》を見せた。

女性は血溜《ちだ》まりボンボンの紅一点であり、唯一の生き残りチャコだった。

「はじめまして、沢木《さわき》茶子《ちゃこ》です」

チャコは一回だけ頭を下げるとソファに腰を下ろした。

チャコって本名だったんだ……。

僕はすかさず三脚を開いてテーブルの上にカメラを置いた。

もちろんファインダーはチャコをとらえている。彼女はカメラを意識しながら髪型を整えている。

「ささ、なんでも好きなものを注文してね」

蘭子はメニュー表を向けた。チャコも蘭子もアイスコーヒーを注文した。

「まさか本当に来てくれるとは思ってなかったよ」

チャコの隣に移動したアチラ先輩が嬉《うれ》しそうに言った。

「蘭子さんが従姉妹《いとこ》の大学の先輩なんです。私にとってその従姉妹、由美《ゆみ》ちゃんは昔から妹みたいなもので、その由美ちゃんがとてもお世話になっている先輩だと本人から聞いたので」

由美という女性は蘭子の所属する演劇部の後輩だ。

つまり由美も歯医者の卵というわけである。

蘭子は由美に演技だけでなく、勉強を教えたり、先輩たちから引き継いだ試験や実習の資料を回してやっていたという。

蘭子はその由美にチャコとの面会を取り次ぐよう頼み込んだ。

「でも話の内容が内容だけに大丈夫ですか」

僕は遠慮がちに尋ねる。

「最初はもちろん断りました。だけどあの出来事の謎《なぞ》を解明するんだと聞いて、皆さんの話だけでも聞いてみようと思ったんです。どうしてボンボンがあんなことになったのか……彼があんなことをするなんてどうしても信じられないんです。誰《だれ》かがなんらかの方法を使って彼を狂わせたんだと思ってます。そのことを解明しないと、ボンボンは凶悪な犯罪者のレッテルを貼《は》られたままです」

チャコは悔しそうに唇を噛《か》んだ。

そんな彼女の表情の変化をカメラはしっかりととらえている。

バッテリーの残量も充分だ。僕は三脚の角度を調整して、モニタの中央にチャコが映るようにした。

「ホテルの呪《のろ》いやら宇宙人やらカルト教団の仕業だとも言われてる」

僕の言葉にチャコは小さく首を振った。

「そう思ってくれるならまだいいんですけど、痴情のもつれが高じての殺人事件だと信じて疑わない人も多いんです。いまだに私の元には嫌がらせのメッセージが届きます。私がボンボンたちメンバーを惑わせたんだって」

「それはヒドいね」

蘭子はそっとチャコの肩に手を添えた。

「今までにもいろんな人たちが私に接触してきました。テレビ局や新聞雑誌の記者、オカルト研究者、でも一番多かったのがネオチューバーです。私のインタビューを動画配信したいというわけです」

「そんなの再生数稼ぎが目的だ」

アチラ先輩は吐き捨てるように言った。

いやいや、あんただってそうでしょう！

「私たちもネオチューバーだけど、あくまで目的は事件の真相解明よ」

蘭子はチャコを真《ま》っ直《す》ぐに見つめながら告げた。

「はい。今まで私に接触してきた人たちはあくまで興味本位で、事件解明を申し出る人はいませんでした。実は私もいずれ謎に向き合うつもりでした。このままではボンボンも浮かばれない。それに彼の両親が気の毒です」

当時はボンボンの実家にもマスコミが殺到した。

「とはいえ一人では無理だ。俺《おれ》たちが力になる」

アチラ先輩は力強く自分の胸を叩《たた》いた。

「あの……よかったら私にも協力させてください。由美ちゃんから蘭子さんのことは聞いています。とても信頼できる人だって」

「そ、それほどでもないんだけどね」

蘭子は照れた様子で頭を掻《か》いている。

先輩は何か言いたげだったが黙っていた。せっかくチャコが協力の意思を示してくれているのに、妙なことを口走って台無しにしたくないのだろう。

「よし、決まった！　今から本格的に調査を開始するぞ」

先輩がパンと手をはたく。まさかこんなにトントン拍子に協力を取りつけられるとは思わなかった。

「今日はいくつかの映像を持ってきました」

チャコはバッグからノートパソコンを取り出した。そして液晶画面を開いて電源を入れる。

「もしかして例の動画なの？」

蘭子が聞くとチャコは神妙な表情でうなずいた。

「これを見せるのは警察の人以外では初めてです。マスコミやネオチューバーの人たちはこれを欲しがってました。高額で買いたいという人も一人や二人ではなかったです」

チャコの吐いた息が彼女の前髪を吹き上げた。

「そりゃ、そうだろ。この動画は全世界が注目する。配信したらとんでもないことになる」

アチラ先輩が喉《のど》を鳴らした。

「さすがにそれはできません。警察の人からもそれだけはしないよう強く言われてます。そんなこと言われなくたってするつもりありませんよ」

「当たり前よ、故人に対する冒瀆《ぼうとく》だわ」

蘭子が同意する。アチラ先輩を見るとなんとも複雑な表情だ。その動画を配信したいのが本音だろう。しかしチャコの協力を得るためにはそれはできそうにない。

とはいえ事件当時の映像を視聴できるだけでも大収穫だ。当時はライブ中継がキャン太郎が襲われた時点で途切れてしまい、その後どうなったのか窺《うかが》い知れなかった。

「さっそく見てみよう。真相の鍵《かぎ》が映っているかもしれない」

先輩が促すとチャコは動画ファイルのアイコンをクリックした。

画面には血溜まりボンボンのメンバーが映し出された。

僕は両手を頭につけて体をのけぞらせた。

蘭子もアチラ先輩も深いうなり声を上げている。

僕はライブ中継をリアルタイムに観《み》ていない。後日、ネオチューブにアップされた録画映像を視聴したクチだ。蘭子とアチラ先輩はリアルタイムに視聴していたという。しかし当時アップされなかった終盤の映像を観るのは初めてである。

「久しぶりに観ちゃったなあ……」

メンバーの生前の姿にこみあげるものがあったのだろう。チャコの声は寂しげで白目はほんのりと充血していた。

「辛《つら》い思いさせちゃったね」

蘭子は優しくチャコの肩を引き寄せた。

「こうやって観てみると想像以上の恐怖ですね」

僕が先輩に感想を告げると彼は気難しそうな顔を向けた。

「トミオって言ったっけ。カメラマンもあんな状況でよくカメラを回せたものだ。見上げたジャーナリスト魂じゃないか」

「同感です」

僕もあんな状況でトミオと同じようにカメラを回せるかどうか自信が持てない。

きっとカメラを放《ほう》り出して逃げてしまうだろう。

「どう？　アチラさん。なにかヒントは見つかった？」

蘭子が心配そうに尋ねた。

「うーん、この映像からだけではなんともなぁ……。つぶさに検証していく必要がある。しかし、斧《おの》で破った扉の裂け目から鬼気迫った形相を覗《のぞ》かせるところはキューブリックの映画みたいだ」

「ああ、『シャイニング』ですね。僕もそう思いました」

『シャイニング』はスタンリー・キューブリック監督がスティーブン・キングの恐怖小説を映画化したものだ。ジャック・ニコルソン演じる、呪いに支配されたホテル管理人の男が妻と子供を襲うという物語である。

「でもあれはホテルに巣くう亡霊のガチの呪いでしたよね」

「民夫《たみお》。お前、呪いなんか信じてんのかよ」

「別にそういうわけじゃないんですけど……」

僕には心霊体験もないしＵＦＯを目撃したこともない。

だからどちらかといえばオカルト現象全般に懐疑的なほうである。

「あれは本物の呪いだと思います」

一同の注目がチャコに集まった。

「チャコちゃん……」

蘭子が心配そうに、目を剝《む》いているチャコに声をかけた。

「私を殺そうとするボンボンの顔が忘れられない。あの映画のポスターのようでした」

映画『シャイニング』のポスターはジャック・ニコルソンが扉の裂け目から狂気に満ちた顔を覗かせているアップである。なんともインパクトの強いポスターだ。

「おいおい、本気で呪いだなんて思ってんの」

アチラ先輩が呆《あき》れたような口吻《こうふん》を向けた。

「それまで真っ当だった人間がいきなり他人を襲って殺すなんてあり得ない。ましてやボンボンは私の彼氏だったんですよ！」

チャコは涙目で訴えた。そしてリーダーと交際していたことも認めた。噂《うわさ》になっていたが本当だったようだ。

「まずはそこだ。君と彼氏との関係はどうだった？　トラブルとかなかったのか。たとえばどちらかが浮気してたとか……」

「アチラさん！　デリカシーがなさすぎですよ」

すかさず蘭子が止めに入る。

先輩は舌打ちをしながらも質問を中断した。しかしチャコ自身言っていたように当時ネット上では痴情のもつれ説も話題になっていた。

「正直言えば、私の気持ちはボンボンから離れてました。それを察していたのか、彼は私とトミオの関係を疑ってたわ」

「実際、トミオとはどうだったんだ」

アチラ先輩は問い詰めるように尋ねる。

「彼のことは好きになりかけて……ました。でもそれを表に出したのは今が初めてよ」

チャコは気まずそうに答えた。

そんな彼女の表情をゴープロはしっかりととらえている。

彼女はテーブルに置かれたカメラの存在を意識していないようだ。アクションカムと呼ばれるゴープロは手のひらに収まるサイズなので存在感がない。

「つまり君やトミオに対して嫉妬心《しっとしん》を抱いていた。それが殺意に変わることは充分にあり得る」

「いやいや、先輩。ライブ中継の真っ最中ですよ。いくらなんでも……」

「嫉妬に駆られた人間というのはなにをしでかすか分かったもんじゃないぞ。恋人と浮気相手を全世界が注視する中で殺す。それで本人も自殺するつもりだった」

「ボンボンはそんな人間じゃないわ！」

チャコはテーブルに手のひらを叩きつけた。カメラがわずかに跳び上がった。僕も蘭子も思わずのけぞる。

「彼は私以上に血溜まりボンボンのチャンネルを大切にしていた。それを台無しにするなんて考えられない」

「問題はそこだ。彼はグループを崩壊させてまで凶行に走った。その衝動の根拠を突き止めたいんだ。それが呪いでは話にならない。君だって呪いなんて解釈では納得がいかないだろう」

「それはそうですけど……」

チャコは弱々しく答えた。僕はすかさずカメラの位置を整えた。

アチラ先輩が僕に目配せをした。

どうやらチャコの反応を引き出すためにわざと興奮させるようなことを言ったようだ。

今のシーンは迫真性があった。

「だからこそ俺たちの企画に協力しようと決めたんだろ。どんな不思議な出来事でも必ず原因がある。それは合理的に説明がつくはずだ。心霊だのUFOなんてのは思考停止した人間どもが苦し紛れに打ち出したこじつけにすぎない。俺たち東京プレデターズのモットーはオカルトをオカルトじゃなくさせることだ」

「オカルトをオカルトじゃなくさせる……」

なんともキャッチーな台詞《せりふ》だと思った。

昔から先輩はオカルトに対して懐疑的だ。

占いやチャネリングのたぐいを端《はな》っから否定する。心霊はもちろん、UFOやUMAなんかも信じない。

理由は「俺が見たことないから」。

世界が自分中心に廻《まわ》っていると信じて疑わない彼らしい信念である。まさにアチライズム。

しかし今回ばかりは先輩の言うとおりと思った。

なんだかんだいって僕も好奇心だけは人一倍旺盛《おうせい》なのだ。

そして僕もどちらかといえば現実主義なほうだ。心霊や宇宙人などのオカルトをまったく否定するわけではないが懐疑的に考えている。

「まずこの映像を観て分かるのは不可解な点はひとつだけということだ。どうしてボンボンがあそこまでおかしくなったのか？　そこだけだろ」

「そうなんです」

チャコがウンウンと顔を上下させた。

物音や人の話し声が聞こえてきたり、光る球体が廊下を浮遊しているのはすべてメンバーたちによる演出だという。

「だけどいくらおかしくなったからっていきなり人を殺すかなあ。ホラー映画じゃあるまいし」

蘭子が頸椎《けいつい》を失ったように小首を傾《かし》げた。

「過去にそういう事例がないか調べてみよう」

僕が提案するとチャコがおもむろにバッグからノートを取り出した。

「私も気になって調べてみたんです」

「グッジョブだ、チャコちゃん」

「もうちゃん付け？」

蘭子の失笑を僕ももらい受けた。しかしチャコのほうは気にしていないようだ。

先輩はさっそくチャコのノートを開いた。

無地の紙面なのにワープロで印字したように文字や行が整然と並んでいる。女性らしい丸みを帯びた、それでいて読みやすい筆跡だ。

「まずはなんといっても津山《つやま》事件ですね」

「津山事件ってあの『八《や》つ墓村《はかむら》』の元ネタだよね」

「ええ、そうです。ちなみに『八つ墓村』に出てくる大量殺戮《さつりく》の犯人の名前も要蔵《ようぞう》なんですよ。その一致もネットでは話題になってました」

チャコが簡単に事件のあらましを説明してくれた。

津山事件とは津山三十人殺しとも呼ばれる、昭和時代に岡山県の集落で起きた大量殺人事件である。犯人の青年は二時間足らずの間に村人を襲って三十名の命を奪った挙げ句、犯行後に猟銃で自決した。犯人の遺書も見つかっているが、本人はもちろん住民の多くが殺されてしまったため、犯行動機の真相については不明な点も多いとされている。

「ど田舎だから村八分やら痴話げんかなんかあったかもしれんが、だからといって三十人も殺さんだろ、普通」

アチラ先輩のもっともな意見に一同首肯する。

「他にもいろいろありますね」

僕はチャコのノートをめくりながら目を通した。日本国内はもちろん海外で起こった事件も記されている。

サン・イシドロ・マクドナルド銃乱射事件、ポートアーサー事件、エアフルト事件、慶《キヨン》尚南道宜寧郡《サンナムドウイリヨンぐん》事件、ノルウェー連続テロ事件といった内容が書き込まれている。いずれも初めて知る事件だった。

「ノルウェー連続テロ事件の犯人なんてたった一人で七十七人も殺しているのね」

蘭子が本文を読みながら目を丸くした。

犯人のアンネシュ・ベーリング・ブレイビクは二〇一一年にオスロ政府庁舎爆破とウトヤ島銃乱射テロを立て続けに起こしている。ちなみにそれまでの単独犯の記録は一九八二年に起きた慶尚南道宜寧郡事件で犯人のウ・ポムゴンが五十七人殺害したのが最多とされている（人数については諸説あり）。

犯人の動機は痴情のもつれだったり政治的思想だったりとさまざまだが、被害者の数があまりに常軌を逸している。

もはや殺人ではなく殺戮だ。

「あとはちょっと怪談になっちゃうんだけど、これも気になってます」

チャコがページをめくると「杉沢村《すぎさわむら》伝説」と記されていた。

「あれは都市伝説だろ」

アチラ先輩が鼻で笑った。

「なんなの？　杉沢村伝説って」

蘭子がチャコに尋ねた。僕も寡聞《かぶん》にして知らなかった。

「昔、青森県の山奥にあった集落です」

チャコは蘭子と僕に解説をしてくれた。

昭和初期、青森県の山奥に杉沢村という集落があった。

ある日、一人の村人が突然おかしくなって、村民全員を殺害した後自殺をするという事件が起きた。

誰もいなくなった村は廃村と化して隣村に編入され、地図や公文書から抹消されたというものである。その村の廃墟《はいきょ》がどこかに存在して、そこを訪れた者の何人かは帰ってこなかった。この話は平成に入ってインターネット上で話題になり、民放のバラエティ番組が取り上げたこともあって、全国的に広まった。青森県内には杉沢という集落や地名があるが、いずれも伝説が語るような殺戮事件は起こっていないようだ。

「もし杉沢村が存在したとしたら、いきなりおかしくなった村人と同じことがボンボンに起きたのかもしれません」

「それもそうだな」

チャコの見解にアチラ先輩は顎《あご》をさすりながら同調した。

「都市伝説なんて元ネタに尾ひれはひれをつけて話を大げさにしているから怪談のように

聞こえるんですよ。殺人事件が起こったかどうかはともかく、おかしくなった村人がいたのは本当かもしれない」

「おっと、民夫。お前の目、キラキラしてるぞ」

先輩は僕の顔を見つめながらニヤニヤしている。

「そ、そうですか」

僕もすっかり不可思議な謎に興味を惹《ひ》かれていた。

それだけに『人気ネオチューバー殺戮ホテル事件』の謎を解明できたら相当に再生数を稼げるだろう。

アチラ先輩は面白いテーマに着眼したと思う。

実際、オカルトや未解決事件の真相解明に本格的に乗り出しているネオチューバーの存在は今のところ訊《き》いたことがない。

それを告げると先輩は得意気にうなずいた。

「ネオチューバーが激増してたしかにゲーム実況なんかは飽和気味だが、まだまだジャンルによってはブルーオーシャンが残されている。ドキュメンタリーもそのうちのひとつだ。手軽に参入できるものではないからこそ鉱脈が眠っている」

「コンセプトは面白いんだけどハードルは高いわ。それだけにやりがいがありそうですね」

蘭子も瞳《ひとみ》を輝かせている。

「私も協力します」

チャコだけは神妙な表情だった。

唯一の生き残りである彼女にとって、どうしても向き合わなくてはならない謎なのだろう。

それを求めて単独でいろいろと調べてきたのだ。

「ボンボンにいわゆる精神疾患の既往歴はないのか。たとえば統合失調症や解離性障害なんかだ」

たしかにそれは現実的な解釈である。

たとえばいわゆる多重人格者で別人格が事件を起こしたとすればミステリ映画みたいな話ではあるが合理的な説明がつく。

「実は私もそのことを疑って彼の両親に聞きました。だけどそんなことはなかったそうです。私の知る限り、精神科にかかっていたりメンタル系の薬を服用しているようなこともなかったわ。あれだけ一緒に過ごしていたんだから、そんな症状を持っていれば私だって気づくはず」

チャコはきっぱりと否定した。たしかに気づかないとは考えにくい。

「とはいえまともなメンタルではなかったのはたしかだ」

「それはそうなんだけど……ボンボンは殺人どころか人に暴力を振るったことだってありません」

それまで肉体的にも精神的にも健康健全だった若者が唐突に脈絡もなくおかしくなる。杉沢村の村人も富士見《ふじみ》要蔵もそうだ。彼らの間になにか共通点はないのか。

「富士見要蔵についてはどうなっている？」

「もちろんその事件についても調べてあります」

チャコはバッグからスクラップブックを取り出した。

ページを開くと『ホテル・イムヴァルド事件』に関する新聞や雑誌の切り抜き記事が時系列順に貼りつけられていた。

僕たちはしばらくそれらを読み込んだ。

犯人に関する記述も多い。

イムヴァルドに勤務していた要蔵のことを同僚たちは、口数は少なかったが真面目《まじめ》で問題を起こさない人物だったと証言している。

だからあんな事件を起こしたことに心底驚いたという。

事件当時、両親はすでに他界していて、兄弟もいなかった。中学高校の同級生や担任教師によれば目立たない存在だったが、音楽の成績だけはずば抜けて良かったらしい。音楽の教師は要蔵の才能を認めていて、彼に音楽関係の仕事を薦めたという。

「教師の助言をきっかけにミュージシャン活動を始めたのか」

記事によれば要蔵は高校を卒業後、地元で「ダークコンドル」というバンドを立ち上げていた。

要蔵は作曲を担当しつつベーシストとしてステージに立っていたという。音楽プロデューサーに評価されてプロデビューの話も出ていたが、メンバーたちの諸事情により白紙撤回された。

それをきっかけに要蔵は音楽活動から離れてしまう。

「当時のメンバーたちも要蔵の音楽的センスを高く評価していたようです。絶対音感の持ち主だったみたいですよ」

チャコは該当するページを開いた。

インタビューに応じたダークコンドルの元メンバーが要蔵の人となりについて語っている。

それによると要蔵は耳に入ったメロディを瞬時に音符にできたという。

「俺も絶対音感だぞ」

アチラ先輩が得意顔で言った。

「そういえば大学時代、バンドやってましたもんね」

「ボンボンも高校時代はバンドやっていたそうですよ。そちらでもリーダーだったみたい。なにかと仕切りたがる人だから」

チャコが寂しげに虚空を見上げた。それから彼女はボンボンの人柄を語った。

「要蔵は陰キャ、ボンボンは陽キャという感じですね」

ボンボンは勉強もスポーツも優秀で、容姿も整っていたこともあって異性にもモテた。

コミュニケーション能力も高く、誰とでもすぐに打ち解けることができた。小学校から高校まで生徒会長や学級委員長を何度も務めたことがある。友人も多く、実家は金持ちで生活環境にも恵まれていた。

対して要蔵はさえない人生を送っていたようだ。プロのミュージシャンになる夢を叶《かな》えることができず、職を転々としながら食いつないでいた。口数が乏しいこともあって親しくしている友人も少ない。容姿も恵まれているとはいえず、異性との接触もほとんどなかったようだ。

鬱屈《うっくつ》とした生活から自暴自棄になりあのような事件を起こしたとも考えられる。

実際、そのように解釈している記事も少なくない。

しかしボンボンはそうではない。

彼の人生にむしろ華やかさが窺える。

「ボンボンは嫉妬深かったのか」

「人並みだと思いますよ。そこまで独占欲の強い人ではなかったわ。そもそもあの人だって私以外に仲良くしてた女の子がいるもの」

「そうだったの?」

蘭子がわずかに目を見張った。

「詮索《せんさく》はしなかったけどそれらしい子はいた。結局そういうことってお互い様だと思うの。私たちまだ若いんだし」

「クールなのね」

「今でも痴情のもつれ説を持ち出す人がいるけど、あの狂気はそれとは無関係です。いくらなんでもそんなことで逆上して他人を殺すような人ではないわ」

チャコの瞳には強い確信が窺えた。

ボンボン本人のことを一番知っているのはやはり彼女だ。

「ボンボンと富士見要蔵の共通点はバンドを組んでいたことくらいか」

アチラ先輩が腕を組んだ。

それからも一同はチャコの持参した資料に目を通した。

とりあえず事件の詳細は頭の中に入った。


一週間後。


「俺たち東京プレデターズ！」

僕とアチラ先輩、蘭子は拳を振り上げながら跳び上がった。空中でふくらはぎが腿《もも》につくよう膝《ひざ》を曲げる。

「声も動きもバラバラじゃねえか。何度リハーサルしたと思ってんだ。お前ら、運動神経ないのか」

アチラ先輩が苛立《いらだ》たしげに僕たちを睨《にら》んだ。

「いやいや、空中で膝を百八十度曲げるって大変ですよ」

落下が始まった瞬間に戻さないと着地を失敗する。一回目のときは膝をすりむいてしまった。

「なんかダサくないですか、このオープニング」

蘭子が不満げに訴えた。

最初に戦隊ものみたいに名乗りを上げながらそれぞれのポーズを決める。

三人目の蘭子が名乗り終わったタイミングで三人同時にジャンプをするという趣向である。アチラ先輩のポーズが一番長くてそれだけで二十秒ほどある。

あとで編集ソフトを使って騒がしいBGMをつけながら、バックに『東京プレデターズ』のロゴが浮かび上がるようにするつもりらしい。

「じゃあ、どんなのがいいんだよ」

「普通でいいんじゃないですか、普通で」

「普通ってどんなんだよ」

「血溜まりボンボンみたいな感じですよ。ねえ」

蘭子はチャコに同意を求めた。

彼女は戸惑ったように小首を傾げている。

チャコはゴープロを僕たち三人に向けていた。

僕はカメラマンだがオープニングだけは顔を出さないといけないのでそこだけチャコに頼んである。

「『おはこんばんにちは！』とか言うのか。ああいうの、いかにもネオチューバーって感じで好きじゃねえんだよ。それに記念すべき一本目だぞ。インパクトが欲しいだろ」

「だからってポーズ決めたあとに膝曲げてピョンはダサすぎですよ。民夫さんもそう思うでしょ」

「う、うん」

正直言ってダサいというより小っ恥ずかしい。

とりあえず変更してほしいと心から願わずにいられない。

「シンプルがいいんじゃないですか。東京プレデターズは内容で勝負するんでしょ？」

チャコの意見に僕も蘭子もうなずいて同意を示した。

「じゃあ、シンプルにいくか」

アチラ先輩は舌打ちをしながら台本ノートを開くとオープニングの場面を書き直した。

「これで充分ですよ」

書き直した台本をチェックしたチャコは指で丸印を向けた。

「シンプルすぎないかな」

「アチラさん、オープニングはなるべく短いほうがいいです。初心者はオープニングを凝りすぎて失敗するんですよ。冒頭三十秒でかなりの視聴者が離れていきますからね。アナリティクスで視聴者維持率をみれば分かりますよ」

「そ、そうか……」

チャコの助言を先輩は素直に受け入れた。

さすがは元人気ネオチューバーだけあって動画作りでは一日《いちじつ》の長《ちょう》だ。

ちなみにアナリティクスとはネオチューバー向けのアクセス解析ツールである。アクセス数や視聴時間、視聴者維持率、収益、視聴者の性別や年齢層など詳細なデータをリアルタイムに確認することができる。

とはいえ僕たちの動画はまだこれからだからデータはない。

「アクセス数も重要だけど注目するべきは視聴者維持率よ。どんなにアクセス数が多くても視聴者維持率が低いということは、ほとんどの視聴者が最後まで観てくれないということですからね。そういう動画はクオリティが低いとみなされて他のチャンネルで関連動画に表示されないし、広告もつきにくくなる」

「なるほど。なるべく早い段階で視聴者の関心を惹けということか」

チャコがウンウンとうなずいた。

クオリティが高いとみなされた動画は似たジャンルのチャンネルに関連動画として表示される。

そこから新規の視聴者が流れ込んでくるというわけだ。

アクセス数を上げるためには露出度を増やすことだという。一番手っ取り早いのが関連動画やおすすめ動画で紹介されることらしい。

逆をいえば関連動画として表示されなければ、視聴者にチャンネルの存在すら気づかれない。

それだといつまで経《た》ってもアクセス数が上がらないというわけだ。

「アチラ先輩だっ！」

「蘭子だよ！」

「カメラマンの民夫です！」

三人は順番に名乗りながらガッツポーズを決める。

「俺たち東京プレデターズ！」

四回目のテイクで三人の声がきれいに揃《そろ》った。

「カット！　いいじゃない！」

カメラを向けていたチャヤコが拍手をした。オープニングは十秒足らずだ。

「なんか違うんだよなあ」

アチラ先輩はまだ納得いかないようだ。凝ったオープニングにこだわっている。

「アナリティクスの動きをチェックして、視聴者の動向をみながら変えていけばいいですよ」

人気ネオチューバーになるためにはアクセス数と視聴者維持率を上げていく必要がある。

どちらが欠けてもチャンネル登録者は増えないし収益にも結びつかないという。

ファンを獲得するには動画の質も量も必要不可欠だそうだ。

コンスタントにクオリティの高い動画を配信し続けなければならない。それができないとあっという間にライバルのチャンネルに視聴者が流れてしまう。一度離れたファンを取り戻すことは難しい。

「ただ目立てばいいってものでもないのね。思った以上に奥が深いわ」

蘭子は半ば感心した様子だ。

「よし、本編にいくぞ」

アチラ先輩が合図する。僕はチャコからカメラを受け取った。

「アチラさん、カメラはゴープロ一台だけなんですか」

チャコはアチラ先輩に聞いた。

「カメラなんて一台で充分だ。誤魔化しなしの長回し。ドキュメンタリーにおいて重要なのはリアリティが伴った臨場感だ」

僕は並んで立っているアチラ先輩と蘭子にカメラを向けた。

「皆さん、初めまして。東京プレデターズの蘭子です。何が起こったのか、誰が起こしたのか？　世界はミステリに満ちています。不思議体験、未解決事件、都市伝説、陰謀論。私たちの好奇心を駆り立てて止《や》まない謎の数々。そんなミステリに私たちは挑みます。謎を謎で、オカルトをオカルトで終わらせないのが東京プレデターズ。今回、私たちが挑むのはネオチューブ最大のミステリ『人気ネオチューバー殺戮ホテル事件』です！」

さすがは女優志望だけあってアチラ先輩の書いた台本がちゃんと頭に入っている。

「というわけでこちらはディレクターのアチラさんです。そしてカメラマンの民夫さん」

僕は「ども」とカメラのマイクに声をかけた。

オープニングで僕の姿は映っているからこれ以上、顔を出す必要はないだろう。

僕はカメラを動かして周囲の風景を映した。木造の古い駅舎を出ると奥羅摩《おくらま》山が目に飛び込んできた。他の山に比べると木々がかなり乏しく山肌を露出させている。はげ山に近い。

駅前に立てられた観光案内看板を見ると奥羅摩山が大きくデザインされて現在地が記されていた。奥羅摩山は標高二百九十メートルで徳島市に位置する眉山《びざん》とほぼ同じとある。看板に掲載されている地図を確認するとここから二キロほど先に山道入口があるようだ。山とは逆方向に進んだ二キロ先には奥羅摩湖とある。

山頂は丸みを帯びていて全体としてドーム状だ。イムヴァルドホテルの廃墟は山道入口付近に建っている。ここから車で数分といったところだろう。当然のことだがホテルは地図に載っていない。

駅前は小さな商店や食堂が数軒ほど並び、道路に沿って民家が点在していた。

僕たちはレンタカーを駅前の駐車場に駐《と》めて撮影をしている。

視界に入る通行人は腰を曲げた老女が一人だけ。

駅の待合室にも駅員の姿が見えるだけだ。周囲は森林に囲まれている。強めの風が吹いていて先ほどからザワザワとした枝や葉が擦《こす》れる音が流れてくる。遠くの方で風のうなるような音も聞こえてくる。

この地域は一年を通して風が強いと聞いている。

どういうわけかアチラ先輩はこめかみに指先をつけて顔をしかめている。

「大丈夫ですか」

僕は心配になって彼に声をかけた。

「気にすんな。単なる頭痛だ。風邪《かぜ》でも引いたかな」

「先輩が？　ないない」

「うるせえよ」

僕が手を左右に振ると先輩は僕の脇腹《わきばら》に拳骨《げんこつ》を当てた。心配するほどでもないようだ。

「アチラさん、私たちは奥羅摩駅前に来ているわけですが、今はどんな気持ちですか」

蘭子がコメントを求めるとアチラ先輩はカメラ目線で僕に向き直った。

「ここに立っているだけで背筋がゾワゾワするぞ。なにか禍々《まがまが》しいものが巣くってる、そんな気配だ」

先輩が両腕をさすって不安そうに周囲を見渡した。

怖いもの知らずの先輩が怖がるはずがないのだが、もちろん演技をしているのだろう。

「『人気ネオチューバー殺戮ホテル事件』とはどんな事件だったのか。ここで事件のあらましについて振り返ってみましょう」

「よしカット！」

アチラ先輩の合図でカメラを止めた。

事件のあらましについてはすでに解説動画が完成している。

画像や動画を使って蘭子のナレーションで分かりやすく解説されている。

昨日までにアチラ先輩が制作した。僕もここに来るまでに車内で確認したが、なかなかよく出来ていた。動画の編集センスは僕よりも高いと思う。

さらに奥羅摩の郷土史を研究しているという老人の家を取材してその様子を撮影している。


一時間ほど前の話だ。


駅前から歩いて十分ほどのところに佐竹博康《さたけひろやす》の自宅があった。

僕たちは奥羅摩駅のすぐ近くに宿を取った。

年季の入った民宿だ。

部屋割りは僕とアチラ先輩、そして蘭子とチャコの相部屋となっている。

年配の夫婦が経営している民宿で、宿代も良心的なのでとりあえず一週間ほど押さえておいた。

アチラ先輩も僕も蘭子も万年金欠なので動画制作の予算が問題になっていた。

今回はありがたいことにチャコがスポンサーになってくれている。

彼女としてもそれだけ真相解明を望んでいる。あの事件は彼女にとって呪縛《じゅばく》となっている。それから解き放たれるためには真相を解明するしかないというわけだ。

それはとても困難が伴うと思うが、アチラ先輩は「なんとか解決したい」と気合いが入っている。

僕だって同じだ。

今後続くであろうさえない人生を好転させるためには、ネオチューバーとして成功するしかない。起業するとか画期的な商品を開発するとか他にも人生を大きく変える方法はいろいろある。しかしそれらには大きな初期投資が必要だ。その点ネオチューバーはカメラとパソコンさえあれば始めることができる。この手軽さもあって近年、ネオチューバーが激増したのだ。

佐竹氏の自宅は民家が数軒点在する集落にあった。

周囲は山林に囲まれていて、古い和風建築の建物だった。

広い庭には三羽の鶏と一頭の柴犬《しばいぬ》が放し飼いにされている。

約束の時間に訪ねると佐竹氏は柔和な笑みを向けながら僕たちを書斎に案内してくれた。

年齢は八十五歳で三歳年下の奥さんと二人暮らしだという。

会社員をしている息子夫婦は都心で生活しているようだ。

年に数回は孫を連れて訪れてくる、それが楽しみだと言っていた。

佐竹氏は現役時代に農協に勤務していて、定年をきっかけに生まれ育った奥羅摩の郷土史研究を始めたようだ。

もともと歴史には興味があったようで、書斎の大きな書棚は日本史に関する本のタイトルでぎっしりと埋められている。

佐竹氏は撮影にも快く応じてくれた。

僕たち四人はソファに腰掛けて佐竹氏と対面する形でインタビューをした。

「佐竹さんは一九九八年に起きたイムヴァルドホテルの事件を覚えていますか」

「そりゃあ、もちろん。あんときは大騒ぎになったからね。当時は私の母親も元気だったけど、風龍神様《ふうりゅうじん》の呪いだなんて言ってたなあ」

「風龍神様ですか」

「奥羅摩には風龍神様を怒らせると恐ろしいことが起きるという言い伝えがある。山々に囲まれた地域だから山岳信仰が盛んで、いわゆるシャーマニズムがあったんだよ。大昔は本当に生身の人間を生け贄《いけにえ》に捧《ささ》げて風龍神様の怒りを治めていたという記録もある。今でも巫女《みこ》の血族は続いていて、風龍神祭になると祈りを捧げているよ」

佐竹氏は新聞の切り抜きを貼りつけたスクラップブックを開いた。

十年前の記事ではあるが、風龍神祭の様子が写真付で紹介されていた。

「もし呪いであるなら、どうして風龍神様の怒りを買ったんですかね？」

蘭子が質問すると佐竹氏は今度は古い地図を開いた。全体的に黄ばんでいて折り目はちぎれそうなほどに脆《もろ》くなっている。

「これは江戸時代のものだ。あのホテルはここに建っていた」

佐竹氏は地図の一部を指した。

そこには「風龍祠《し》」と書かれている。

「風龍神の祠《ほこら》だったんですか」

「そう。一八〇四年、文化《ぶんか》元年にね、この地で龍の牙《きば》が発見されたんだよ」

「本物なんですか⁉」

蘭子もアチラ先輩もチャコも目を見開いている。

僕も驚きながらもカメラを彼らに向けた。

「近所に住んでいた百姓が見たことのない形をした骨を拾ったことが話題になって、藩主の足立寛明《あだちひろあき》の知るところとなり、その骨が、といっても化石なんだが、献上された。それを儒学者だった土居《どい》正信《まさのぶ》が龍の牙だと判定したんだよ。そこで彼らはこのエリアに祠を建てて風龍神様として奉《まつ》ったんだ」

「龍ってドラゴンのことですよね。架空の生物なんじゃないですか」

蘭子が一同思っているに違いない疑問をぶつけた。

「明治時代に入ってそれは五十万年ほど前の象の化石であることが解明されている。解明したのはハインリッヒ・エドムント・ナウマンという地質学者だ。フォッサマグナを発見したり、ほら、ナウマン象のナウマンは彼の名前だよ」

ナウマンは明治八年から十八年にかけて明治政府に招聘《しょうへい》されて、東京帝国大学地質学教室の初代教授に就任している。日本滞在中にさまざまな地質調査に従事したという。

「なんだぁ、象だったんですか。風龍神なんて存在しないんですね」

蘭子は失望とも安堵《あんど》ともつかない口調だった。

「それでも地元の人たちは風龍神を奉り続けた。化石は違ったにしても存在が否定されたわけじゃないからね。もっとも存在したかどうかなんて宗教において問題じゃない。現代より災害や疫病、飢饉《ききん》に悩まされた昔の人たちは心からすがることができる拠《よ》り所《どころ》が必要だったのさ」

「それはともかく、風龍神の祠がホテルの建設によって撤去されてしまったわけですね」

「そういうわけだ。あのホテルの建設話が持ち上がったとき、地元の人間は大いに反対した。風龍神様が怒って恐ろしいことが起こるってね。私の両親も大反対だったよ。あんときはちょっとした騒動になったな。こんな田舎だからあんな騒ぎになることは滅多にないからね。まあ、結局、ホテル建設は押し切られちゃったわけだけども。もっともホテルによって街は活気づいた。今はすっかり寂れちまった」

佐竹氏は少し寂しそうに微笑《ほほえ》んだ。

「風龍祠はどうなったんですか」

「別の場所に移された」

彼は現在の地図を広げた。こちらはカラー刷りで新しい。

「ほら、ここ」

「ああ、たしかに」

佐竹氏が指した位置に「風龍祠」と記されている。

「少し離れているな」

アチラ先輩の言うとおり、イムヴァルドが建設される元の場所から西方向に一キロほどだ。

「移設のやり方が良くなかった」

佐竹氏は眉根《まゆね》を上げて苦々しく言った。

「どういうことですか」

「風龍神様は地元の山岳信仰が生み出した宗教なんだ。だから神事も独特なんだよ。さっきも言ったけど風龍神には代々伝わる巫女がいて、儀式の執り行いも決まっているんだ。なのにホテル側は祠を移設する際、勝手に自分たちが用意した神主に執り行わせたんだ。これには地元の老人たちは激怒したね。奥羅摩は風龍神様の呪いに祟《たた》られると」

「で、実際にあんな事件が起こったわけですもんね」

「地元の連中にとっては『それ、見たことか』だ。若い君たちに言ってもピンと来ないだろうが、神様を軽んじると罰《ばち》が当たるもんだ」

「イムヴァルドホテルは罰が当たったんですか」

「非科学的といわれるだろうけど、私はそう思ってるよ。風龍神様が怒ったのは一回や二回ではないからね。二年前にもあのホテルで若者が命を落としただろ。あいつらもきっと罰当たりなことをしたに違いない」

　佐竹氏はチャコが辛そうに顔を背けたことに気づかなかったようだ。

　隣に腰掛けている蘭子が優しくチャコの背中をさすった。

「他にも風龍神様の呪いが起こっているのか」

　アチラ先輩が尋ねると佐竹氏は先ほどの新聞記事を貼りつけたスクラップブックを開いた。かなり古い新聞の切り抜きが貼りつけられている。

「これは昭和十一年（一九三六年）三月二日付けの記事だよ。この日、奥羅摩の商店街で通り魔事件が起きている。死者四人、負傷者六人。犯人は隣町から嫁いできた農家の女だよ」

　僕たちは記事に目を通した。

　それによれば奥羅摩の集落に隣町から嫁いで二年の女性が突然、刃物を持ちだして凶行に及んだという。女性にはもともと精神疾患の既往歴があったようだ。

「事件が起きた商店街はホテルのあった場所から離れているんですか」

「奥羅摩駅のあるところだから二キロくらいだね。これは私の独自の調査で分かったことなんだが、殺人が起きる一週間前に風龍祠が荒らされるという事件が起こっているんだ。そのことがこれに書かれている」

　佐竹氏は古い帳面を取り出した。

こちらも黄ばみや傷みが激しい。ページを開くと几帳面《きちょうめん》な文字が並んでいる。

「これは当時の村長の日誌なんだけど、ほら、祠がイタズラされたって書かれているだろ。本田《ほんだ》家のせがれの仕業だって」

文末は「恐ろしいことが起きるかもしれない」で締めくくられている。

「それが当たってしまったわけですね」

「本田家はひどい村八分にあって一家は無理心中を図っている。たしかに呪いかもしれないね」

佐竹氏はおどけたように言った。

「他にもあるんですか」

「さらに遡《さかのぼ》ること享保《きょうほう》二十年六月十三日。箏曲《そうきょく》演奏家だった倉田検校《くらたけんぎょう》という男が村の子供たち五人を殺してまわったという事件が起きてる。江戸時代には似たような事件が他に四件、安土桃山《あづちももやま》時代と室町《むろまち》時代にそれぞれ二件、鎌倉《かまくら》時代と平安《へいあん》時代にそれぞれ一件が記録として残っているね」

佐竹氏はそれらに該当する資料を提示してくれた。それは彼が保管している古文書だったり、研究書だったりする。

僕は彼の熱のこもった解説を聞きながら、それらの史料をカメラに収めた。

「これって多いんですかね」

解説を終えた佐竹氏に、気を取り直したのかチャコが聞いた。

「エリアと人口を勘案すれば際だって多いといえるんじゃないかな。私も君たちにインタビューを受けて初めて気がついたよ。奥羅摩は呪われたスポットだとあらためて思ったね」

佐竹氏はなにかに怯《おび》えるように声を震わせた。

「それにしてもこの奥羅摩という土地はおぞましい事件が多すぎる！　実にけしからん」

アチラ先輩はカメラに向かって挑発的に人差し指を突きつけた。

なにがけしからんのかよく分からないが、相変わらず敬語を使わない人だ。

目上の人だろうがなんだろうが他人に敬語を使っているところを見たことがない。

「そうですね。記録に残っているだけでも通り魔、一家惨殺と複数の人間が殺傷される事件が十件以上ありますからね。私たちは地元の郷土史研究家の方に奥羅摩の恐ろしい歴史について話を聞いてきました。そのインタビュー動画です。どうぞ」

「カット！」

アチラ先輩の合図で僕は一旦カメラを止めた。佐竹氏のインタビュー動画はこのあとに続くというわけだ。

「蘭子、まだ少し固いぞ」

「初めてですもん。まだキャラクターが自分の中で固まってないんですよ」

蘭子は肩をすぼめた。

「蘭子ちゃん、映画やドラマじゃないんだからキャラクターは演じないほうがいいよ。素の自分を出したほうがいい。視聴者ってそういうの見破るから」

「そ、そうなんだ」

さすがは元人気ネオチューバーのチャコだ。ヒットする動画のノウハウを心得ている。

蘭子がリテイクを申し出たのでアチラ先輩は彼女の意向を汲《く》んだ。僕はもう一度カメラを二人に向けた。再び同じやりとりが始まった。

「カット！」

アチラ先輩の合図でカメラを止める。

「うん、今度はかなり良くなってるよ。自然体の蘭子ちゃんはすごく可愛い」

チャコが言うとおり、肩の力を抜いて話す蘭子はとても魅力的だった。それなりにファンがつきそうだ。ネオチューバーにおいて容姿はやはり大きなポイントである。特に可愛い女性が出演すれば、男性に視聴されやすくなる。さすがは女優志望だけあって蘭子はそれだけの魅力を持っている。アチラ先輩がメンバーに彼女をスカウトしたのはそういうことだろう。

「次はチャコの登場だ」

アチラ先輩がチャコに向かって指招きをする。

呼び捨てかよ？

しかし本人は気にしていないようなので録画を始める。

「……その前に今日は特別ゲストを呼んであります。すごいゲストですよね、アチラさん」

「なんたってあの事件の生き証人だからな。よくぞ俺たちのオファーに賛同してくれたよな。視聴者のお前ら、期待していいぞ」

先輩がカメラに「ドヤ顔」を向ける。

どんだけ上から目線なんだよ！

「元血溜まりボンボン、紅一点のメンバー、チャコさんです！」

蘭子が紹介するとチャコがカメラのフレームの中に入ってきた。こちらもリハーサルどおりだ。

「皆さん、お久しぶりです。元血溜まりボンボンのチャコです」

チャコはカメラに向かってペコリとお辞儀をした。

「いやあ、まさかチャコさんが私たちの企画にコラボしてくださるとは思ってもみませんでした。あの事件はチャコさんにとって筆舌に尽くしがたい記憶だと思うんですけど……ネオチューブに登場するのは事件以来ですよね」

蘭子が気遣うようにチャコに声をかけた。

「はい……あれからファンやマスコミの人たちに追いかけられて、自宅を出られなくなりずっと引きこもっていました。顔を合わせるのは家族だけ。友人たちとも疎遠になってしまった。私自身、ネオチューバーは引退しようと思ってました。そうすれば事件のことも忘れられるかなって。でも、やっぱりあの記憶からは逃れられない。毎日のように夢の中であのおぞましい惨劇が再現されるんです。そしてやはり真相を知りたい。どうしてあんなに優しかったボンボンがあそこまで変わってしまったのか」

「ボンボンは血溜まりボンボンのリーダーでした。彼は大切なメンバーを殺害して、あなたまで殺そうとした。そんな彼に対してどんな思いですか」

「正直、よく分かりません。恨んでないといえば嘘《うそ》になる。でもやっぱり信じられないんです。彼はあんな恐ろしいことをするような人間ではない。ボンボンとのつき合いは長かったし、そもそも私は彼と交際していたんです」

チャコはカメラを真っ直ぐに見据えて答えた。

「そ、そんなことまで明かしちゃって大丈夫なんですか」

蘭子がチャコに向かって身を乗り出した。アチラ先輩も少し驚いたように目を丸くしている。チャコについては台本は用意されていない。彼女は自身の言葉で視聴者に伝えたいと僕たちに申し出ていた。また、それが今回出演するに当たっての条件だったのだ。もちろん僕たちは快諾した。

「私はこの動画の出演でファンの皆さんに対してだけでなく、自分自身にもけじめをつけたいと思ってます。どうしてあんなことになってしまったのか。真相を突き止めることが亡くなったメンバーたちの供養になるんじゃないかなと思います」

彼女は背筋を伸ばして真摯《しんし》に語った。

「それだけの覚悟を決めて出演してくれたわけだ。安心しろ、俺たちが絶対に真相を突き止めてやる」

アチラ先輩はチャコの両肩に手をおいて力強く言った。チャコは彼の手をそっと退《の》けながら「お願いします」と言った。

「アチラさん、大丈夫なんですか。強気なこと言っちゃって」

蘭子は怪訝《けげん》そうに眉を寄せた。

「気合いと根性があればなんとかなる！」

「肝心なところは脳筋なのね……」

二人のやりとりを見ていたチャコが失笑している。

暴走気味な発言をするアチラ先輩となだめ役の蘭子。

案外息の合ったコンビだとカメラを回しながら思った。

先輩はキャラが立っているし、蘭子は人目を惹く美形だ。

そして記念すべき第一回のゲストは人気ネオチューバーだったチャコ。

なんだかいけるような気がしてきた。

「事件当日、光る飛行物体を見たという証言が近隣の住人から出ているようですが、チャコさんも目撃したんですか？」

蘭子の問いかけにチャコは首を横に振った。

「私は見てませんけど、この地域はＵＦＯの目撃情報が多いそうです。またここから少し離れたところに『ガイアの使徒《しと》』の施設があります」

ガイアの使徒は強引な勧誘や信者の監禁、虐待などで社会問題になったカルト教団だ。教団はすでに解散したのでその施設も閉鎖されているが、今でも残党が秘密裏に再開を目論《もくろ》んで活動しているという噂もある。

「とりあえず町の人たちにも話を聞いてみましょう」

僕はカメラを商店や民家がぽつりぽつりと並ぶ道路に向けてみた。

先ほど歩いていた老女はいつの間にか姿を消していた。ファインダーにはアチラ先輩ら三人しか映っていない。

「人口四千人の小さな町ですからね。ホテルが閉鎖されてから過疎化が進んでいるみたいです」

カメラのマイクはチャコのコメントを拾った。

「まずは駅員に話を聞くか」

アチラ先輩は駅舎を指した。

目につく人間は駅員の男性しかいない。

奥羅摩線は第三セクター方式で設立された奥羅摩鉄道が運営するローカル線である。一時間に一本の運行ダイヤとなっているが利用者は年々減少していて万年赤字経営だという。そんなこともあって数年以内の廃止が検討されているようだ。とはいえ地元民にとって数少ない交通手段。自動車の運転ができない高齢者も多いだろうから、廃止されたら困るだろう。この路線が廃止されたら、近い将来に町自体が消滅してしまうかもしれない。そう思うと住民でもないのになんとも切ない気分になる。

僕たちは駅舎の待合室に入った。

中に入るとわずかに黴《かび》の臭《にお》いがする。さして広くない部屋の真ん中に年季の入ったストーブが置かれていた。今は夏だが冬になると辺りは雪に覆われることも少なくないという。

ちなみに奥羅摩町の産業は林業と農業がメインである。

しかしどちらも後継者不足に悩まされていると佐竹氏がこぼしていた。佐竹氏の息子も奥羅摩には戻るつもりはないようだ。こんな辺境の田舎では無理もないだろう。

中学校や高校も十年前に閉鎖されて、数少ない子供たちは隣町にバスで通っているという。昭和時代はこんな町でも子供たちであふれていて、外で飛び回っていたそうだ。今の風景からは想像もできない。

「すみません」

蘭子は駅員室に声をかけた。

待合室と駅員室を仕切る窓から制服姿の初老の男性が顔を覗かせた。

「君たちは地元じゃないね」

駅員はわざわざ待合室に移動してくれた。

「実は私たち、イムヴァルドホテルの事件について調べてまして……」

「それ、撮ってるの?」

駅員は僕のゴープロを指差した。

「はい、カメラは回ってます」

僕は控え目な口調で答えた。

「なんとかチューブってのに流すんだろ」

「もしまずければ編集で顔にモザイクをかけることもできますから」

「別に気にしないよ。あんたらあの事件を調べているのか。私は生まれてから奥羅摩から出たことがない。なんでも聞いてくれ」

暇を持てあましていて話し相手ができたということなのか、妙に嬉しそうだ。

「イムヴァルドホテルでは惨劇ともいえる事件が二度も起こっていますけど、地元の人たちはどう思っているんでしょうか」

さっそく蘭子がインタビューを始めた。

「古い連中は風龍神の呪いだと言ってるね」

佐竹氏もそのことを指摘していたし、本人もそれを信じている節が窺えた。

「事件当日、光る飛行物体を目撃しませんでしたか」

「ああ、見たよ。あちらの方向にね」

駅員は待合室の窓から外を指した。

「あちらってもしかして……」

　蘭子はスマートフォンを取り出してマップアプリを起動させた。

「そう、ちょうどホテルの辺りだよ。私だけじゃなくて妻も目撃してる」

　光る球体は十秒ほど、ホテルの上空に浮かんでいたがそのまま消えたという。

「ＵＦＯですかね」

「地元の子供たちは宇宙人の仕業だと騒いでた。人間を狂わせる光線を浴びせたんだとね」

　ネットのＳＮＳや掲示板でも宇宙人説が数多くあがっている。

「駅員さんは宇宙人だと思いますか」

　蘭子の問いかけに駅員は鼻を鳴らした。

「私は呪いだとか宇宙人なんてものは信じない。説明のつかない出来事にそういう解釈をするのは安易だと思うんだ」

「同感だ。俺もそう思う」

　突然、アチラ先輩が前に出てきてアップになった。

「つまり光る球体は事件には関係ないと考えているわけですか」

「私が言いたいのは光る球体が呪いや宇宙人によるものではないということだよ。人為的なものだと思ってる」

「だとしたらあの球体はなんなんですか」

「ホテルから一キロほど離れた場所にカルト教団の施設がある」

「ガイアの使徒ですね」

蘭子が教団の名前を口にすると、駅員の目つきが鋭くなった。

「私は連中の仕業だと思ってる。あいつらはあそこで変な研究をしていた。あの球体もやつらが飛ばしたんだよ。私も頭に妙な装置をつけた信者を施設の近くで見かけたことがある。あの装置で信者たちを洗脳したんだ。連中はそれだけに飽き足らず、上空から光を浴びせて人間を操る研究をしていたのさ。二十年ほど前かな。奥羅摩高校の音楽教師が奥羅摩滝に身投げして自殺している。大塚忠広《おおつかただひろ》っていうその音楽教師は私の幼なじみで、教団のことを糾弾《きゅうだん》していたんだ。忠広は言ってたよ。教団は洗脳実験をやってるってな。正義感の強かったあいつは教団のことを熱心に調べていた。決定的な証拠も握っているとも言ってたな」

「駅員さんは大塚さんは自殺ではなくて、教団に殺されたと考えているんですね」

蘭子が確認すると駅員ははっきりとうなずいた。

「自殺なんてあり得ない。婚約者がいたんだ。そもそも自殺なんてするようなタイプじゃない。遺書も残されてないんだ。それなのに警察は早々と捜査を打ち切って自殺だと断定しやがった。私は何度も再捜査するよう抗議したんだが、相手にされなかった。教団は十五年前に解散したけど、今でも残党が活動しているという噂も聞く。あの施設は閉鎖されているが、今でもたまに見かけない人間が出入りしている。あそこでは相変わらず研究が続けられているに違いないんだ」

駅員の口調には熱がこもっていた。教団説に強い確信を抱いているようだ。

「なるほど……」

そろそろ次の電車の到着時刻だというので、僕たちは駅員に礼を伝えて駅を出た。

駅員は僕たちのチャンネルを登録してくれると言って仕事に戻っていった。それからまもなく二両編成の電車が入ってきた。降りてくる客は二人しかいなかった。二人とも老人だ。

「いいインタビューが撮れたな」

アチラ先輩は満足げだ。

「チャコさん、どう思う？」

僕はモニタで映像を確認しながらチャコに尋ねた。

「呪いや宇宙人説はさすがにどうかと思うけど、教団説は現実的にあり得ると思う」

「私も教団が怪しいと思う。あの光る球体は教団が開発した空飛ぶ洗脳装置かなにかだったんだよ」

チャコの見解に蘭子も同調した。

僕としても風龍神の呪いや宇宙人説はオカルトすぎて受け入れられない。

教団の仕業と考えれば、なんとか現実的な説明がつく。問題はその光る球体がどういうものであるかということだ。

「よし、さっそく教団施設に行こう」

僕たちはアチラ先輩に従ってレンタカーに乗り込んだ。トヨタのミニバンでもちろんカーナビゲーションも搭載されている。ドライバーはアチラ先輩が担当した。

「教団施設はここら辺ね」

蘭子が持参してきたタブレットで施設の位置を調べてくれた。先輩は目的地をカーナビに登録した。

3

カーナビの指示に従えば車で十分ほどの道のりだった。

僕たちは山林に囲まれた広場に車を駐《と》めて降りた。

僕はここからゴープロを回し始めた。予備のバッテリーは他に二つほど用意してあるし、携帯バッテリーチャージャーも持参している。さらに動画を保存するためのSDカードも複数枚用意してある。なので長時間撮影も問題ない。

先ほどから風が止《や》まない。

蟬《せみ》や鳥の啼《な》き声と一緒にザワザワと木々が擦れる音が流れてくる。

時計を見ると午後四時を回っていた。

風は東京より涼しいが、それでも汗ばむ暑さだ。チャコはハンディ型の扇風機の風を顔に当てていた。

「車が駐まってますよ」

蘭子《らんこ》が指さした方角に黒塗りのベンツが駐められていた。

車に近づいたが車内には誰《だれ》もいなかった。

僕たちはベンツから離れて、山道に入った。

すぐに「この先私有地につき立ち入り禁止」の立て看板と鎖でつながれた閉鎖門に阻まれた。金属製の閉鎖門は観音開き式になっている。かなり古いようであちらこちらが錆《さ》びついている。高さは僕の身長とほぼ同じだから百七十センチといったところだ。山道の両側は崖《がけ》に挟まれているので迂回《うかい》が利かない。

「乗り越えるぞ」

アチラ先輩はリュックサックを投げ込んだ。

そして鉄柵《てつさく》の部分に足をかけながら器用によじ登るとさっさと向こう側に飛び降りた。

「マズくないですか」

私有地と書いてあるから明らかに不法侵入だ。

「バカ野郎！　相手は邪教カルトだぞ。俺《おれ》たちがやつらの陰謀を暴いてやるんだ。つべこべ言わずにさっさとこっちに来い」

蘭子とチャコと顔を見合わせると、「やるしかないわね」と言わんばかりに二人とも肩をすくめた。

そして三人ともアチラ先輩の指示に従って乗り越えた。僕のあとにチャコ、蘭子と続いた。

僕は女性たちが乗り越えるシーンを撮影した。その際に覗《のぞ》かせる胸の谷間やお尻《しり》のふくらみがなんともなまめかしい。

「このシーンはカットしておきましょう」

「当たり前だろ」

先輩は僕の提案をすんなり受け入れた。

この手の違法行為は炎上の原因である。

場合によっては運営側によってせっかくの動画が削除されてしまうことがある。犯罪行為を実行したり助長するような動画は禁止されている。ただ、男性視聴者の目を惹《ひ》くシーンだけにもったいない。

「この先にあるんですね」

しばらく山道が続いたが、五分ほど進むと視界が開けた。

「ここがそうか」

アチラ先輩が周囲を見渡しながら言った。

こちらも駐車場同様、周囲が山林に囲まれた土地だが大小三つの建物が目に入った。

二つはトタンを組み合わせて作られた仮設事務所のような平屋建て、そして一つは立方体の二階建てだ。一辺二十メートルほどの立方体は港湾などで見かける倉庫のような造りである。

平屋建てを窓から覗いてみたが生活ゴミやさまざまな廃棄物で床が埋められていた。おそらく心ない者たちや業者が持ち込んだのだろう。

窓ガラスのいくつかは割られていて、壁はスプレーによる落書きで埋め尽くされている。落書きのデザインは存外に凝っていてちょっとしたアート作品を思わせる。

窓から首を突っ込んで内部を検分していた先輩がしかめた顔を外に出した。

室内は悪臭が立ちこめている。

こちらはとても入る気になれないし、一見したところゴミばかりでめぼしい手がかりはなさそうだ。

もう一つのトタン壁の建物も同じ状況だった。

立方体の建物に近づいてみると周囲は雑草で覆われていた。

こちらも手入れがなされていないようで外壁は傷みが激しい。

窓ガラスも割れていて中は真っ暗だ。

長い年月放置されていたことが窺《うかが》える。

教団が解散したのが十五年前と考えれば、この荒れ果て方は納得できる。

僕は移動しながら建物の外観をカメラに収めた。

建物の造りは簡素で色気がなくなんとも殺風景だ。

遠くで烏《からす》の啼き声が聞こえた。

二つのトタン壁の建物と同じように、妙にアートなスプレー落書きが広がる外壁に沿って腐りかけている木箱や錆びた鉄柱がうち捨てられている。フレームが曲がった錆びついた自転車もあった。

建物の周囲を回ってみると裏側に扉を見つけた。

大人一人なんとかくぐり抜けられる程度の、建物の大きさに対して小さな扉だ。

ドアノブを回してみると鍵《かぎ》がかかっているのか動かなかった。

他にも探してみたが出入りできるのがここしかないようだ。

ガラスのない窓もいくつか見受けられるが高さがあって手が届かない。

「梯子《はしご》が必要ですね」

僕は辺りを探ってみたがそれらしいものは見当たらない。

「そんなもんいるかよ。こっち来い」

僕たちは扉まで戻った。

「簡単にぶち破れるだろ」

アチラ先輩の言うとおり頑丈な造りにはなっていない。

彼はいきなり蹴《け》りを入れた。何度か蹴りつけているうちに扉は歪《ゆが》んで枠から外れていき、跳び蹴りを食らわせたら完全に外れてしまった。

中は暗闇《くらやみ》が広がっている。

「大丈夫かなあ」

不法侵入のうえ、器物損壊だ。

さすがにこのシーンもカットすることになるだろう。

僕はカメラを回したまま内部に足を踏み入れた。カビの臭いが鼻腔《びこう》をついた。コンクリート敷きの地面には砂埃《すなぼこり》が堆積《たいせき》している。

僕たちはリュックサックから懐中電灯を取り出して周囲を照らした。

四つの光の輪が辺りを飛び交う。

こちらも長い間、使われてなかったようだ。

それでも一定数の侵入者があったようで壁のあちらこちらに外壁に施されていたような落書きが見られる。また入口付近にはゴミや廃棄物が転がっていた。

彼らも扉を破って入り込んだのだろうか。

そうだとしたらそのたびに扉が修理されたということになる。

これだけの建物だから不動産会社が最低限の管理をしているのかもしれない。

教団『ガイアの使徒《しと》』は強引な勧誘と信者に修行という形式でカムフラージュされた洗脳を行っていることで一時期話題になったこともあり、世間的にはイメージが悪い。そんなこともあって土地や建物が売れるとは思えない。

「土地や建物の所有者が誰で、今はどうしているのか調べてみる必要がありそうだ」

アチラ先輩は懐中電灯で通路を照らしながら言った。

とりあえず僕たちは通路を進んでみた。屋内は通路に沿って小部屋が並んでおり、通路も三箇所で分岐していた。

「荒れ放題だな」

天井の一部は剝《は》がれ落ちて蛍光灯が台座のままコードに吊《つ》り下がっていた。部屋のひとつに入ってみると、棚やキャビネットが倒されたままだ。砂埃で汚れた床には色褪《いろあ》せた書類が散乱している。そのうちいくつかに目を通してみたが、日々の活動や収支の報告などで教団の闇を示すようなものではなかった。

部屋を出ると通路の突き当たりに階段が見えた。

「手分けして全部屋を調べてみよう」

アチラ先輩の呼びかけで僕たちは二人ずつコンビを組んで一階と二階それぞれのフロアを調べてみることになった。コンビはアチラ先輩とチャコ、僕と蘭子だ。蘭子と二人きりになれることで胸が高鳴る。

「なにかあったら連絡くれ」

先輩はスマートフォンを掲げながら言った。それぞれがスマートフォンの画面を確認する。電波はかなり弱いがぎりぎり送受信圏内のようだ。奥羅摩《おくらま》に到着してから何度か確認しているが、駅から離れると受信感度が悪くなっている。ところどころ圏外にもなっていた。

アチラ先輩とチャコは階段を上がっていった。

「廃墟《はいきょ》って不気味ですね。魔物でも潜《ひそ》んでいそう」

蘭子は肌寒そうに両腕をさすった。僕も奥羅摩に入ってから不穏な気配を感じていた。しかしそれがなんなのか説明できない。なにか良からぬことが起きそうなただならぬ予感に心がざわついている。

「気のせいだよ、大丈夫」

僕は強がりながらも彼女を励ました。

「気のせいですかね」

蘭子は不安げに言った。

「ていうか、アチラさんにはともかく僕には敬語なんて使わなくていいよ」

「え、でも……」

「敬語で話しかけられるのって苦手なんだ」

「そうなんですね。だったら止《や》めます」

「止めてないじゃん」

「今からですよ、今からスタート」

二人は暗闇の中で笑い声を立てた。

「僕は東京プレデターズをなんとか成功させたいんだ。それでペペロンを実現したい」

「私だってそうよ。ペペロンの主演女優をさせてもらえるんでしょう。悪い話じゃないわ」

「ヒロインはペペロンに食われそうになるところを主人公に助けられるんだ」

このシーンは作中でも一番の見せ場である。

「主人公は誰が演じるの？」

「希望はあんの？」

「ジョニー・デップ！　超好みなの」

蘭子は僕の顔にライトを当てながら答えた。

「へぇ、あんなのがいいんだ」

彼女の好みのタイプに失望した。僕とは似ても似つかない。

「民夫さんでもいいよ」

落胆が顔に出たのか、蘭子は取り繕うように言った。

「ホントかよ」

「うん、うん、ホント、ホント」

彼女は棒読み口調で答えた。

「もう、いいよ」

蘭子はケラケラと無邪気な笑い声を立てた。

今のやりとりで彼女との距離が縮まった気がしたので少しだけ気持ちが立て直せた。

「でも、先輩が主役をやるとか言い出しそう」

「げっ！　それだけはマジで勘弁。もしそうだったら降板する」

「そだね、それがいいね」

そんな会話をしながら僕たちは探索を始めた。

一階にはいくつかの部屋が通路沿いに並んでいるが、室内はいずれも荒らされていた。

壁はところどころ穴があいていたり、落書きがされている。デスクやキャビネットは倒されて、壊れたパソコンやモニタが床に転がっている。

またどの部屋もゴミと一緒に文書が散乱していた。

「こんなところで焚《た》き火《び》をしたのね。火事になったらどうするつもりなの」

蘭子が照らした床と壁は真っ黒に焦げている。

焼けた木々の残骸《ざんがい》も残っていた。

壁に穴をあけたり落書きをしたりした連中の仕業だろうか。カルト教団の施設だけに肝試しのスポットになっているのかもしれない。

他の部屋では誰かが住んでいた形跡もあった。

煤《すす》けたマットと毛布の近くに缶詰や飲み物の空き缶が積み上げられている。

おそらくホームレスだと思うが、今はどこでどうしているのだろうか。

「民夫さん」

蘭子がダンボール箱の中にライトを当てている。

僕は近づいてカメラを向けた。なにやら配線らしきものが詰められている。

蘭子がそのうちの一つを取り出すと埃が舞い上がった。

長い間、ここに放置されていたと思われる。

装置は配線コードで編み込まれた被《かぶ》り物、医療用のヘッドギアのようだ。ところどころ電子部品が見受けられる。

「こんな感じで被るのかな？」

蘭子は自ら被ってみせた。

彼女の頭部にぴったりとフィットしている。

「そういえば駅員さんも教団の信者が頭に妙な装置をつけていたって言ってたぞ」

「これを使って信者を洗脳したのかしら」

「こんなもので洗脳なんてできるのかね」

僕は蘭子が頭から外したヘッドギアを手に取ってカメラに近づけた。

小さなボタンがついていたので押してみたがなんら反応がなかった。

僕たちは他の部屋も調べてみた。どの部屋も荒らされていてめぼしいものは見当たらなかった。

「風が強まってきたな」

強風が建物に吹きつけているのだろう。

外からバラバラとトタン板を叩《たた》くような音が聞こえてくる。

「しっ！」

突然、蘭子が僕にライトを当てて合図を送ってきた。

こちらも彼女を照らすと唇に人差し指を当てながら姿勢を低くしている。

「どうした？」

「通路で音がした。誰か来たかも」

彼女は声を潜めながら答えてライトを消した。

僕も消してデスクの陰に身を潜めた。

間もなく足音がこちらに近づいてくる。

相手も懐中電灯を所持しているようだ。

明かりの輪が通路の床の上を滑っている。

「駐車場に駐めてあった車の人かな」

「どうだろう……」

やがて部屋の前を人影が通りかかった。

頭のシルエットに僕は恐れおののいた。

頭から二本の角《つの》が伸びていた。

さらに片手に棒状のものを握っている。

それは鉈《なた》のように見えた。

「な、なんなの」

僕たちは身を屈《かが》めながら部屋の出入口からそっと通路を覗いた。

もちろんカメラも向けている。

相手の背中のシルエットが見える。

やはり頭には角が生えていた。

左右に鋭く伸びた角は内側に湾曲していた。闘牛の角を思わせる。

「もしかしてエイリアン？」

蘭子が小声を震わせた。

いくらＵＦＯの目撃情報があったからといってエイリアンはないだろう。

影は男性の体格だったが後ろ髪は肩まで伸びている。

左手には懐中電灯を持っているが、右手に握っているのはやはり刃物のようだ。謎《なぞ》の人物は明かりを照らして周囲を窺っている。

壁に掛けられた鏡に光が反射して一瞬だけ相手の横顔を垣間見《かいまみ》ることができた。

男の顔が醜くただれていた。

口は左右に大きく裂けていて尖《とが》った牙《きば》がむき出しになっている。まるでホラー映画に出てくるモンスターだ。

「ひっ！」

相手の顔を見た蘭子は思わずといった様子で声を上げてしまった。

同時に怪物の顔がこちらに向いた。

「逃げろっ！」

僕は立ち上がると通路に飛び出して出入口のほうに向かって走った。

後ろを振り返ると怪物が部屋の中に入るところだった。

蘭子の姿が見えない。

どうやら逃げ遅れたようだ。

「いやぁ！　止めて」

部屋の中から彼女の声が聞こえてくる。

「マジかよ……」

僕は慌ててライトを当てて周囲を探った。

床に角材が転がっている。

長さは一メートルほどある。

僕はそれを手に取って握りしめ、何度も深呼吸をした。蘭子を見捨てるわけにはいかない。

僕はライトを消すと意を決して部屋に戻った。

右手に角材を握りしめ、左手でカメラを向ける。

怪物は床にしゃがみ込んだ蘭子にライトの明かりと鉈の刃先を向けて見下ろしている。

僕はそっと怪物の背後に近づくと角材を相手の側頭部に叩き込んだ。

鈍い手応《てごた》えとともに角材が真っ二つに折れて片方の破片がどこかに飛んでいった。

「イテテ……」

怪物は側頭部を手で押さえながらその場にうずくまった。

僕は蘭子に駆け寄って、ライトをつけると明かりを怪物に当てた。

角の生えたただれた顔をこちらに向けている。

僕を睨《にら》みつける瞳《ひとみ》は光を反射させてギラギラしていた。

その異様な形相に僕は身体《からだ》が固まってしまった。

「あんたらなんなんだよ！」

怪物は頭を振りながら立ち上がって言った。

僕は蘭子を背中に隠しながらも後ずさった。

「ち、近づくともう一撃食らわせるぞ！」

僕はありったけの勇気を奮い立たせると、震える声を振り絞って半分の長さになった角材を握りしめた。これでは武器として機能しそうにないが、なにもないよりマシだ。

「勘弁してくれよぉ！」

怪物は泣きそうな声だった。

おぞましい見かけのわりに敵意はなさそうだ。

「それってマスク？」

背後から蘭子が怪物の顔を指さした。

「自衛策だ。こうすれば侵入者が怖がると思ってな」

怪物は顎《あご》に手をかけると一気に持ち上げた。

ただれた皮膚はめくり上がり、角と一緒に頭部から外れた。

蘭子の言うとおりマスクだった。

彼は僕にそれを投げ渡した。暗がりではリアルに見えたがこうして手に取ってみると玩《おも》具屋《ちゃや》で売っていそうなゴム製の陳腐な作りだ。

マスクの中身は男性だった。

顎に鬚《ひげ》をたくわえている。五十代半ばといったところか。

「それ、銃だよな」

僕は男の手にしている刃物を指した。

「よく見ろ」

男はそれも投げてきた。

刃物だけに思わずよけてしまう。

しかし地面に落ちたそれはカランと軽い音を立てた。

金属ではないようだ。

拾い上げてみるとたしかに鉈の形状をしているがプラスティック製だった。これでは相手にダメージを与えられない。ただの玩具だ。

「ビックリしたなぁ、もぉ」

蘭子は僕の背後で大きく息を吐いた。

「たまにこうやってあんたらみたいに侵入してくる輩《やから》がいるからな。壁に落書きをしたり穴をあけたり、好き放題やってくれる。あんたらのやっていることは不法侵入、立派な犯罪だ」

男の声には怒気がこもっている。

「い、いや、すいません……そういうつもりじゃ」

僕は慌てて折れた角材を下ろした。

もちろん不法侵入であるという自覚はある。

「入口の扉を壊しただろうが！」

男は目を剝《む》いて怒鳴った。

「ぼ、僕じゃないんですよ」

僕は胸の前で両手をヒラヒラさせた。

「じゃあ、誰がやったんだよ。後ろのお嬢ちゃんか」

「ホント、僕たちじゃないんですよ」

「嘘《うそ》つけ。前来たときは壊れてなかったんだ」

扉を壊したのはアチラ先輩だ。嘘はついてない。「ここの所有者の方ですか」

僕が尋ねると男は「そうだ」とうなずいた。

「周辺の土地も建物も全部うちのもんだ」

「でもここ、ガイアの使徒の施設でしたよね」

男性の舌打ちが聞こえる。

「俺は元信者だった。教団にここを提供していたというわけだ。おかげでここはあんたらみたいな物好きしか近寄らん」

僕は蘭子と顔を見合わせた。

「教団は洗脳実験をしていたと聞いたんですが本当ですか」

僕は先ほどのヘッドギアを男に示した。

「ああ、これか。一部の連中が教祖の指示でいろいろと研究していたみたいなんだが、どれも非科学的なもんばかりだ。オカルトだよ。信者の一部は他人を思い通りに操るみたいな研究に没頭していた。信仰は科学を超えた奇跡を起こせるんだってバカみたいなことをクソ真面目《まじめ》に信じていたな。当時は俺もその一人だったから人のことは言えないが……」

男は決まりが悪そうに頬《ほお》を人差し指で掻《か》いている。

「ここは教団の研究施設だったからな。いろんな装置や薬物が開発されたが、そのうちの多くは警察に押収された。ここに残っているのは役立たずのゴミばかりだ」

当時、教団が違法な毒物や向精神薬を製造していたと報道されていた。

「つまりこのヘッドギアを使った洗脳は上手《うま》くいかなかった？」

「洗脳ってのはある程度の期間、その人間を閉塞《へいそく》された環境におかないと効果はない。電気や電波だけでどうにかなるもんじゃない。そんなのがあればアメリカやロシアがとっくにやってるだろ」

「たしかに……」

男は周囲を明かりで照らして状況を確認した。

「結構荒らされてますね」

蘭子が申し訳なさそうに声をかける。

「あんたらみたいな連中が入ってくるからな。出入口の扉は少し前に修理したばかりなんだぞ」

男は憮然《ぶぜん》とした様子で言った。

「アチラさんに言って弁償しないといけないわね」

蘭子が小声で耳打ちしてきた。

「そだね」

ネオチューブの動画制作はこうやって費用がかさんでいくのだろう。

「ところでなんで撮影しているんだ？」

男が僕のゴープロを指して尋ねてきたので簡単に経緯を説明した。

「あのネオチューバーがやらかした事件か。血溜《ちだ》まりボンボンだよな。あのリーダー、となんでもないよな」

「知ってんですか」

「俺はチャコのファンなんだよ」

「マジですか」

僕は意外な思いで言った。

「ああ。あんなヒドい目に遭《あ》って今ごろどうしてんだろうな」

アチラ先輩と上のフロアにいるはずだ。

「僕たち、どうしてボンボンが凶行に走ったのか突き止めたいと思っているんですよ。もしかしたらガイアの使徒が関係していたんじゃないかと……」

「ガイアは事件が起こる前に解散してる。無関係だろ」

男は肩をすくめた。

「信者が密《ひそ》かに活動をしているなんて考えられませんか」

蘭子が聞くと男は腕を組んだ。

「教祖は認知症が進んでしまって今は青森の介護施設に入っているという話だ。とても活動なんてできる状態じゃない」

「元信者が研究を続けているとかありませんか」

「さあ、聞いたことがないな……もう、いいだろ。そろそろ帰ってくれ」

男は出口を指しながら告げた。

「もう少しお話を聞かせてもらえませんか」

「いいかげんにしないと警察呼ぶぞ」

食い下がろうとする僕たちに向かって男はぞんざいに手を払った。

「だったらこれはなんなんだよ」

突然、男女が部屋の中に入ってきた。僕たちはライトを向ける。アチラ先輩とチャコだった。

「なんだ？　あんたらだけじゃなかったのか」

男は目を丸くしてアチラ先輩たちを見つめた。

彼は円盤状のものを抱えている。

直径一メートルほどの大きさだ。

チャコはラジコンのコントローラーのようなものを持っていた。

「信者たちはここで活動していたんだろう。こんなものを使ってなにをしていたんだ？」

先輩は手にしたものを男に向けて詰め寄った。

僕はその円盤状の物体にライトとカメラを向けた。

「ドローン？」

円盤には四つのプロペラがついている。

たしかにドローンだ。

今だったら一万円ほどで家電量販店などで売っているが、これはかなり本格的なものだ。以前、新作のシナリオを書くに当たってドローンを調べたことがあるが、プロフェッショナル仕様のものは数十万円する。高価なものは空中での安定性も高く、風にも強いのでかなりの高度を飛行することができる。さらに高性能のＧＰＳやジャイロセンサーが搭載されているので自動航行できるし、バッテリーも大きいものが使われているので、長時間飛行も可能だ。このドローンもそういうタイプである。

そしてチャコが持っているのがドローンを操作するコントローラーだろう。

どうやら先輩とチャコは部屋の外で僕たちのやりとりを立ち聞きしていたようだ。

「二階も荒らしてくれたのか」

男は大きく息を吐いた。

「上で見つけたの」

チャコがそっと僕たちに告げた。

暗がりなので男は入ってきた女性がチャコであることに気づいていないようだ。

まさかこんなところに彼女がいるとは夢にも思っていないだろう。

「こいつでなにをしていたんだ？」

再度、アチラ先輩が問い質《ただ》すと男はあからさまに舌打ちをしながら「分かったからとりあえず外に出よう」と言った。直後、投げやりに短く息を吐いた。

一同は男について建物の外に出た。

「話を聞かせてもらおうか」

先輩はドローンを地面に置いて指さした。

「不法侵入のくせになにを偉そうにしてんだ。扉まで壊しやがって」

「そんなこと言える立場か。お前ら教団がどんだけ社会に迷惑をかけたと思ってるんだ」

さすがはアチラ先輩、どんなときでも強気の姿勢である。

「お前ら、扉を壊したうえに俺を殴ったんだぞ。不法侵入に傷害罪だ」

「殴った？」

「ああ、こいつがな」

男は苛立《いらだ》たしげに僕を指した。

「マジ？」

「え、ええ……」

僕が答えるとアチラ先輩はヒュッと口笛を鳴らした。

「民夫、やるじゃんか」

彼は愉快そうに言った。

「ふざけんな！　警察に突き出すぞ」

男は僕たちの間に割り込んで声を荒らげた。

「だったら俺たちはこれを世間に晒《さら》すぞ」

先輩は地面に置かれたドローンを顎で指した。

「いや、それは……」

男は突然うろたえた様子を見せた。

屋内では暗くてよく分からなかったが、ドローン本体には太めの筒状のライトが金具でしっかりと留められている。

「このライトはドイツのアイザック社製だ。照度は最大二万ルーメン。とてつもなく明るいやつだ。俺もひとつ持っている。問題はこんなライトをつけてなにをするつもりだったのかということだ」

そのときピンとくるものがあった。

「目撃された光る球体ってこのドローン？」

僕の指摘に蘭子もチャコも目を開いた。

「電源を入れてみたがウンともスンともいわない。ライトもバッテリー切れだ。埃をかぶっているからしばらく使われてない」

アチラ先輩は爪先《つまさき》でドローンを小突いた。

「それは故障してるから動かん。ただのゴミだ」

男は静かに答えた。

その口調に先ほどの怒気や苛立ちは窺えない。

「オッサン、なんのためにこんなものを飛ばしていたんだ？　ＵＦＯをでっち上げてこの建物をオカルトスポットにして金儲《かねもう》けでもするつもりだったのか」

「まあ、近いといえば近いな」

「どういうことだ？」

アチラ先輩が問い質したが男は口をつぐんだ。それからも先輩が尋ねるも沈黙を守った。

「君のほうから聞いてみてよ」

僕はチャコに近づいて耳打ちした。

「どうして私が？」

「いいから」

僕はそっと彼女の背中を押した。

「あ、あの……これはＵＦＯなんですか？」

男はチャコに向き直ると大きく目を見開いた。

「あんた、もしかしてチャコか？」

男は突然前のめりになった。

「え、ええ……そうですけど」

チャコは半歩後ずさりながら答えた。

「いやあ、元気そうじゃないか。もうネオチューブはやらないのか」

「今はまだ」

「そうだよな、あんなことがあったもんな」

口調があり得ないほどに優しい。僕やアチラ先輩に対するものとは明らかに違う。

「血溜まりボンボンをご視聴くださっていたんですか」

「チャンネル登録してた。俺はあんたの大ファンだったんだ」

いつの間にか気難しそうな顔が綻《ほころ》んでいる。

隣で蘭子が失笑している。

「それはありがとうございます。実は今はこの人たちとチャンネルをやっているんです」

「そ、そうだったんだ！　人が悪いなあ、そうならそうと早く言ってよ」

男は緩んだ顔を僕に向けた。

先ほどとはまるで別人じゃないか。

「扉を壊しちゃってごめんなさい。私たちどうしてもあの事件の真相を知りたいんです」

「そりゃそうだろうよ。チャコちゃんは当事者だもんな。それにしてもボンボンは本当にひどいことしやがる。あいつと交際してるって噂になっていたけど、さすがにそれはないよな」

「ま、まあ、いろんな噂が立ちますよね」

チャコが笑ってごまかしている。とりあえずここは肯定しないほうが賢明だろう。アチラ先輩もうなずきながらやりとりを見守っている。

「俺はボンボンとどんな関係にあってもチャコちゃんを応援するけどな」

男の理解にチャコは「ありがとうございます」と頭を下げた。男の顔がさらに緩む。実に和やかな雰囲気だ。

「ところであの事件に教団が関係しているんですか？」

すかさずチャコが問いかける。

「そういう噂もあったけど根も葉もないことだよ」

男は真顔になるときっぱりと否定した。

「あの日、この建物の上空でＵＦＯの目撃情報が出ているんですよ。ＵＦＯってそのドローンのことじゃないですか」

チャコの指摘に男は答えあぐねるように唇を閉じたり開いたりした。

「そのドローンが電波かなにかを放ってボンボンを操ったとか」

「それは絶対にない！」

男はここでもはっきりと答えた。

「でもこんな場所で、あんな時間にドローンを飛ばすなんて変ですよね。それも強力なライトをつけている。本当の目的はなんだったんですか」

しばらく沈黙が流れた。

僕たちは男が口を開くのを辛抱強く待った。

「分かったよ……チャコちゃんの質問となれば答えないわけにはいかない。それにあの事件に俺たちが関《かか》わっていると思い込んでいるやつが少なからずいる。そのことで今でも嫌がらせを受けるんだ。だからそれをここではっきりと否定したい」

男は意を決したように何度かうなずいた。

「希望があれば顔にモザイクをかけますよ」

僕がカメラを向けると「必要ない」と答えた。顔を出したほうが説得力があると考えたのだろう。

「蘭子、インタビュー」

アチラ先輩が指示すると彼女はさっそくインタビューを始めた。

僕はゴープロを向けて、奥羅摩の山々をバックに二人のやりとりを記録する。

遠くのほうで風がうなり声をあげているが音声に支障はないようだ。

まずは施設を調査して強力なライトが設置されたドローンを発見したこと、そしてそのドローンの持ち主が施設の所有者であることを説明する。もちろん不法侵入や暴行などについては触れなかった。

そしてそのドローンの利用目的について話が及んだ。

「実は俺を含めた元信者が数人集まって、ガイアの使徒を再建するつもりだったんだ」

「あの教祖を復帰させるつもりだったんですか⁉」

蘭子が鋭く切り込む。

「いや、教祖は健康的に無理があるので、私が引き継ぐつもりだった」

男はカメラを見据えて答えた。

隣でアチラ先輩が「マジかよ」とつぶやいた。

「教団の再建とあのドローンがどう関係するんですか」

「ガイアの使徒は宇宙と交信することで未知の力を授かっている」

「その時点で既にうさん臭いんだけどな」

先輩がいつものように横やりを入れる。

男は先輩を睨みつけたがすぐに蘭子に向き直った。

「いろんなトラブルが表沙汰《おもてざた》になって信者たちは離れてしまった。彼らを取り戻すためには本当に宇宙と交信できるという具体的な証拠が必要だ。そこでＵＦＯを出現させて近隣住民たちに目撃させようとしたんだ」

「つまりヤラセというわけですか」

「ま、まあ、そういうことになるかな」

男は歯切れが悪いながらも認めた。

「ドローンに強力なライトを装着してＵＦＯに見立てたというわけか。たしかに多くの目撃情報が上がったぜ。これで宇宙人と交信できるとアピールできたんだから、信者は戻ってきたんじゃないのか。もっともこの施設の荒れ果てようからしてそうは見えんが」

アチラ先輩の言い草に男は残念そうに首を横に振った。

「正直言って思うようにはいかなかった。世間はうさん臭いオカルトネタという認識でしかなかったようだ。俺たちはそれからも何回かドローンを飛ばした。ＵＦＯを見たという目撃情報が出るには出たけど、広まるには至らなかった。この手の目撃談は日本国内でも数え切れないほど出ている。どうやらその中に埋もれてしまったようだ。今どき、光り物が空を飛んだところで話題になんかならない」

「血溜まりボンボンの事件当日にも飛ばしたんですか」

蘭子はいよいよ核心に触れた。

男はしばらく逡巡《しゅんじゅん》するように閉じた唇に力を入れたが、カメラに視線を向けると「飛ばした」と答えた。

「このドローンは飛ばせないんですか」

「不良品だったんだろう。その後すぐに故障して動かなくなった。それからあの中に置きっぱなしになってる」

男は施設を指して言った。

「先ほど私たちは奥羅摩の町民の方たちにもインタビューをしてきたんですが、あの血溜まりボンボンの事件は教団が関与していると主張している人もいました」

「誓って言うが、それは偶然だ。俺たちはドローンを飛ばしただけだ」

アチラ先輩がドローンを手にして調べ始めた。その様子もカメラに収める。

「これを預からせてもらってもいいか。分解して中身を調べてみたい」

「どうせ壊れてるから好きにしてくれ。返さなくていい」

男は先輩の要望を受け入れた。

「つまり教団は血溜まりボンボンの事件とは無関係なんですね」

「その通りだ。ドローンを飛ばしたタイミングであの事件が起こったから、俺たちが関与しているんじゃないかとこじつけられてしまった。そのことで嫌がらせを受けたりして困ってるし、そもそも教団のさらなるイメージダウンに結びついてしまった。そのことで再建メンバーの多くが手を引いてしまったよ。だからここで俺たちは関係ないとはっきりと言っておきたい。そして迷惑をかけてしまった皆さんに謝罪したい。本当にすみませんでした」

男はカメラに向かって頭を下げた。

「今後の活動はどうするつもりなんですか」

「姑息《こそく》なことは止めて地道な活動で再建していきます。ガイアの使徒は勧誘のやり方などを含めていろいろと問題を起こしましたが、健全な教団として生まれ変わります。よろしくお願いします！」

男は再び頭を下げた。

僕たちは施設の敷地を出て駐車場に駐めてあった車に乗り込んだ。

時計を見ると五時を回っている。

八月下旬ということもあって外はまだ明るい。

それでもあと一時間半ほどで暗くなるだろう。

駐車場を取り囲む林から蟬の啼き声が聞こえてくる。

「とりあえずこれを調べてみるか」

運転席のアチラ先輩がさっそくバッグからドライバーを取り出してドローンの分解を始めた。いくつかのネジを外すと本体カバーを取り除くことができた。内部は電子部品とモーターが詰め込まれている。

「どうですか」

チャコが中身がむき出しになったドローンに興味津々といった様子で顔を近づけた。

「うーん、これといった細工は見られないなあ」

先輩はこの手の電子部品や機械に強い。

以前、彼にパソコンを自作してもらったことがある。トラブルが起きてもすぐに対処してくれた。

それからもしばらく内部の検分が続いた。それが終わるとさらにコントローラーも分解して内部のチェックを始めた。

「本体につけられたライトは内部の配線とはつながってない。そもそも内部はまるで手つかずだ。コントローラーのほうも同様だ。故障したと言っていたが、コントローラーの基板のケーブルの一つが緩んでいた。これをきちんとつなぎ直せばまた飛ばすことができるはずだ。返さなくていいって言ってたからありがたく頂戴《ちょうだい》しよう。新品で買えば二十万円は下らないからな。このドローンがあれば空中撮影もできる。なにかと役に立つだろう」

アチラ先輩は手早くカバーを戻してネジを締め直した。

「こいつが光る球体の正体だったのね。ああ、なんか肩透かしだわ」

蘭子はドローン本体を軽くはたいた。

「オカルトの正体なんて得てしてそんなもんだ。ＵＦＯなんて騒いでもそのほとんどが夜空に反射した車のライトだったり、飛行機や人工衛星だったりするものさ。今回のようにＵＦＯをでっち上げる輩もいる」

アチラ先輩は車のキーを回しながら言った。エンジンがかかって車体が振動を始めた。

「ガイアの使徒は関係なさそうですね……」

チャコの声には若干の落胆が感じられる。

「教団、怪しいと思ったんだけどなあ」

オカルトじみた教えを信じるカルト教団、洗脳実験の噂、事件当日の施設上空でのＵＦＯ目撃情報など不可思議な事件に結びつきそうな材料が揃《そろ》っていた。

「アチラさん、まだなにか隠していることがあるのかもしれないですよ」

助手席の蘭子が言うと先輩はうなずいた。

「たしかにあの元信者の言うことを鵜呑《うの》みにはできない。だけど他の可能性も探ったほうが良さそうだ。佐竹《さたけ》氏も言っていただろ。この奥羅摩の歴史を遡《さかのぼ》ると、何件もの殺戮事件が記録に残っている。記録されてない事件もあるかもしれない。場所柄や人口分布を考えれば明らかに多い。それらは当然、ガイアの使徒が存在するずっと昔の話だ」

「たしかにそうですね」

蘭子が納得したようにうなずいた。

「あの教団にこじつけるより、過去の事件を調べてみたほうがいいんじゃないだろうか」

「なにかしらの共通点があるかもしれませんね」

チャコも同意するように言った。

先輩の言うことは理にかなっているように思えるが、室町《むろまち》や江戸時代に起きた事件が現代の事件に結びつくのだろうか。

「個人的に気になっているのは風龍神《ふうりゅうじん》の呪《のろ》いだ」

アチラ先輩がハンドブレーキを解除しながら言った。

「それもまたオカルトですよね」

「意外とそういうものに科学的根拠があったりするもんだ」

アチラ先輩は後部席に顔を向けると車をバックさせる。ハンドルを切って方向転換させ駐車場を出た。森林を切り開いた山道を走る。

「風龍神の牙が見つかったのが……一八〇四年です」

蘭子はメモ帳を取り出して確認した。

後の研究でそれは風龍神の骨ではなくてナウマン象の骨の化石だと分かった。発見当時の人たちは風龍神の「牙」と信じて祠《ほこら》を作った。その祠がホテル建設のため別の場所に移された。その際に、風龍神にとっての正式な儀式が行われなかったという。それで風龍神の怒りを買ったと主張する地元の老人もいた。

「UFOも呪いもあんまり変わらないと思うんですけどねぇ」

僕は半ば投げやりに言葉を放った。ルームミラーのアチラ先輩と目が合う。

「オカルトを合理的に解明するのが俺たちのコンセプトだ。だいたい人間はそうそうあそこまで狂うものじゃない。それがここでは何度も起きている。なにかあるんだよ、この奥羅摩には」

彼はハンドルを叩きながら言った。

「私もそう思います。奥羅摩にあるなにかがボンボンを狂わせたのよ。そうとしか考えられない……」

僕の隣に座るチャコの指の関節が白くなった。握り拳が震えている。

「奥羅摩の歴史で殺戮事件が多いことに注目したのは今のところ俺たちだけだ。これほどのミステリなのに今までずっとスルーされてきた。この謎を解明してみろ。東京プレデターズは一気に注目されるぞ。俺たちにとっても大チャンスだ」

「チャンスだなんて、デリカシーがなさすぎますよ、アチラさん。辛《つら》い体験をしたチャコちゃんがいるんですよ。ごめんね、チャコちゃん」

すかさず蘭子がチャコに謝った。先輩は舌打ちを鳴らしている。

「大丈夫です。私もどうしても真相を知りたいですから」

「だよな。モチベーションは人それぞれ、目標は同じなんだからいいじゃねえか」

先輩らしい開き直りだ。

「それで……これからどうしますか」

僕は運転席に顔を近づけた。

「暗くなる前に風龍神の祠を覗いてみよう」

「了解です」

助手席の蘭子がカーナビの操作を始めた。「ふうりゅうじん」で検索をかけると「風龍神祠」がヒットした。目的地の項目に選ぶと地図上にその位置が表示された。現在地から東北に二キロほどの距離だ。車なら数分で到着する。

車はカーナビに従って分岐した細い道を進んだ。

舗装もされてなくて車一台がなんとか通り抜けられる程度だ。

両側は相変わらず深い森に挟まれていて周囲は不気味なほどに薄暗い。

この辺りは民家もないので人通りもない。

アチラ先輩は「風龍神祠」と書かれた立て看板の前に車を駐めた。

四人は車を降りて看板に近づいた。

僕はゴープロで看板とその周囲を撮影した。

看板は手入れがなされてないようでところどころ剝《は》げかかっていて、色褪《いろあ》せた文字もなんとか読めるといった状態だ。

祠はここから五十メートル先と矢印が打たれている。矢印の方向に視線を向けると鬱蒼《うっそう》とした木々が広がっていた。相変わらず蟬の鳴き声がやかましい。

僕はスマホの画面を確認した。

「こんな辺境だとスマホの電波も怪しいですね」

微弱な電波を拾っているようだが少し移動すれば「圏外」になってしまう。

立て看板には風龍神祠について簡単な解説が書かれていた。

蘭子とチャコがスマホで看板を撮影した。

ところどころ読み取れない文字があったが、内容を理解する分には支障がない。

現在地に祠が移転されたのが一九六七年七月。

ホテル建設が開始される半年前に移転されたようだ。風龍神の牙が二つ発見されたこと、それがナウマン象の化石であったことなど郷土史研究家の佐竹氏から聞いた話が記されていた。風龍神が初めて記録に出てきたのが奈良時代とされているが、その文書によればさらに太古から語り継がれていたという。それだけ奥羅摩には風龍神の伝説が根づいていたのだ。さらに山肌を走る風の轟音《ごうおん》が「風龍神の咆哮《ほうこう》」だと信じられていたとある。巫女《みこ》はその音から風龍神の喜怒哀楽を推し量ったという。

たしかに奥羅摩に到着してから何度も「風龍神の咆哮」を耳にしている。

立て看板からはそれ以上の情報は得られなかった。

僕たちは祠に向かうことになった。

森に入ると一気に視界が薄暗くなった。

それに伴って空気が冷たく感じる。

ヒヤリとした濡《ぬ》れた風が肌を撫《な》でる。

メンバーは神妙な表情で先を進んだ。

ジョークを口にしてはいけないと思わせる、荘厳でどこか張り詰めたような、霊的な存在を感じさせる気配が辺りに広がっていた。

祠にたどり着くまで僕はすっかり夏であることを忘れていた。

「あれか……」

アチラ先輩が前方を指した。

そこには社殿が建っていた。

社殿といっても僕の身長ほどしかない。

切妻《きりづま》屋根が設けられた木造だ。厨子《ずし》に見られるような観音開きの戸が閉じられた状態だった。

こちらも立て看板同様、長期間にわたって手入れがなかったようだ。

表面は苔《こけ》むしていて、浅黒く変色している。

最近、人が立ち寄った様子もなく足下は雑草に侵されていた。

「この中に風龍神の牙が奉《まつ》ってあるんですかね」

チャコが扉を眺めながら言った。

「ナウマン象だけどね」

蘭子がフフと笑いを漏らした。

僕はゴープロで祠の前面、側面、後面と順々に撮影した。

「よぉし、いっちょやったるか！」

アチラ先輩が腕まくりをして祠の前に立った。

「ちょ、アチラさん、何をするんですか」

「決まってるだろ、呪いを発動させるんだよ」

先輩は扉に手をかけている。

「止めなさ……」

蘭子が止めるより早く、アチラ先輩は観音扉を引っぱった。

扉は鍵が掛けられていると思ったが簡単に開いた。

僕たちは中を覗き込んだ。

先輩は中に手を伸ばして収まっているものを取り出した。

「これか……たしかに牙のような形をしてるな」

彼は手にしたものを僕たちに披露した。

三角形でちょうどアチラ先輩の手のひらほどのサイズである。

牙のような形状だがナウマン象の骨の一部だ。

しかし骨には見えない。岩の破片のようだ。骨といっても化石だからそうなのだろう。

「盗まれたりしなかったんですね」

チャコが感心したように言った。

「きっと呪いを怖《おそ》れたからよ。とはいえ、こんな状態で誰も何もしなかったというのは奇跡に近いわね」

蘭子の意見に僕も同感だ。

五十年以上も誰からも持ち去られずに残っているというのはミラクルと言っていいだろう。

「それだけ誰も関心を向けてないんだろう。風龍神など本気で信じているヤツなんていないのさ」

先輩は化石を虚空に放り上げてキャッチする。

それを何度もくり返した。

「アチラさん、いくらなんでも不謹慎よ。罰が当たるわ」

蘭子がすかさず牙を奪い取ろうとするもあっけなくかわされた。

「上等じゃねえか。俺はそれが知りたいんだ」

先輩はなおも牙をお手玉のように投げている。

「呪われたって知りませんよ」

彼は蘭子を挑発するようにさらに高く投げた。

「それなら話が早いってもんだ」

蘭子は呆《あき》れたように肩をすくめている。

そんな二人のやりとりをとりあえずカメラに収めた。

「ボンボンはここに来たの？」

僕はチャコをファインダーにとらえた。

「どうかしら？　一度、ボンボンとキャン太郎が撮影の一週間ほど前に泊まりがけで下見に来てたわ。私とトミオは他に別の案件で下調べをしていたから行かなかったけど……」

「どうしたの？」

急に思い詰めたような表情になったチャコに蘭子が問いかけた。

「今になって思い出したんだけど……なんかの神様を奉ってあるところに行ったみたいな話をしてたわ。詳しい内容は思い出せないんだけど、キャン太郎が神様の呪いがどうのって言って、ボンボンが神様は心霊じゃないから今回は取り上げないみたいなことを言ってた」

「それって風龍神のことよね」

「今になって考えればそうだと思う」

チャコはパンと手をはたいた。

「つまりボンボンとキャン太郎は下見でここに立ち寄ったというわけか」

アチラ先輩は顎をさすりながら風龍神の牙が収まっていた社殿を見つめた。

奥羅摩で「神様の呪い」といえば風龍神しかあり得ないだろう。

「もしかしたら彼らも風龍神の牙を手にしたかもしれないですね」

先輩にカメラを向けると彼は牙を差し出した。

僕はそれをアップでとらえた。

「好奇心だけは人一倍旺盛《おうせい》なボンボンのことだから、ここに来ていたら間違いなくそうしていたはずだわ」

チャコがそこにボンボンがいるかのように虚空を責めるような目つきで見上げた。

「もし呪いが存在するとしたら、この牙を手にしただけでそれが発動するってこと？　触らなくてよかった」

蘭子が胸に手を当てながら安堵している。

「呪われたのは俺だけってか」

アチラ先輩は手にした牙の表裏を何度かひっくり返すと社殿の中に戻した。

「でもそれ、ナウマン象の骨ですよね」

それも化石だ。

「霊は象徴的なものに宿るってなにかの本で読んだことがあるけど」

どうやら蘭子はアチラ先輩が呪われたことにしたいらしい。

「ちょっと待って！」

突然、チャコが手を挙げてスマホを取り出した。

「どうした？」

「これ、見てください」

僕たちは彼女のスマホの画面を覗き込んだ。

そこには先ほどの立て看板が写っている。彼女はその一部を拡大させた。看板の文字が大きく写し出されて読みやすくなる。

「ほら、ここ」

彼女は一文を指さした。

「風龍神の牙が二つ発見された……か。二つ？」

僕は先輩と顔を見合わせた。

「もう一つはどうした？」

彼は目を白黒させている。

「やっぱりそうだったんだ……」

チャコが頭をクシャクシャと掻きむしった。

「心当たりがあるの？」

蘭子が尋ねるとチャコはため息をつきながらうなずいた。

「あの日、ボンボンが撮影の直前に石を手にしてたの。本人はパワーストーンだって言ってた」

「それが風龍神の牙なのね」

「もしかしたらボンボンとキャン太郎は次の動画のネタに風龍神の呪いを考えていたのかもしれない。やっぱりここから持ち去ったのよ」

もしそうならもう一つの牙はボンボンの所持品の中に入っていたのかもしれない。警察もそれがただの石だと思い込んだのだろう。

「そういうことなら俺たちもそうしようぜ」

「アチラさん！」

社殿の扉に手をかけようとするアチラ先輩を蘭子が止めに入る。

「ちょっと借りるだけだって。あとでちゃんと返せばいいだろ」

「本当に呪われたらどうするんですか」

「そりゃ願ったりだろ。俺たちが呪われることが真相解明の一番の近道だ。違うか？」

「そ、そりゃ、そうかもしれないですけど……」

「俺たちが呪われたなんてことになったら動画的にもめっちゃおいしいじゃねえか。一気に再生数が稼げるぞ」

アチラ先輩という人はこういうところで肝が据わっている。昔から死に急いでいるというか、良くも悪くも命知らずなところがある。

「なんだか、すごく嫌な予感がするんです。私の予感って結構当たるんです」

蘭子の顔が青ざめている。

「呪いの予感かよ。ますます脈ありじゃねえか」

先輩は愉快そうだ。

「蘭子さん、ここはアチラさんの判断に任せましょう」

チャコが蘭子の肩にそっと手を置いた。チャコもまた僕たち以上に事件の真相解明にこだわっている。

「よし、決まりだ。撮影が完了したらみんなでここに返しに来よう。なあに、ちょっと借りるだけだ。誰も気づかねえよ」

アチラ先輩は観音扉を開くと「風龍神の牙」を取り出した。

「御利益がありますように」

彼は牙に向けて祈りの言葉を捧げると、そっとポケットに収めた。

そんな姿を蘭子は複雑そうな目つきで見つめていた。


次の日。


僕たちは風龍神の牙についてさらに調査を進めた。

まずは再び郷土史研究家の佐竹氏を取材した。

過去に起きた殺戮事件に関する資料を見させてもらい、さらに詳しい話を聞いた。

僕はその様子をゴープロで撮影した。蘭子は話の内容を熱心にメモしていた。

僕たちは特にそれらの事件と風龍神との関係に着目した。

佐竹氏曰《いわ》く、風龍神の起源については諸説あるそうだ。

平安《へいあん》時代に奥羅摩で村一つを壊滅させた巨大竜巻が起こったという記録が残っており、その中に「風龍神の怒り」という記述がある。

それが佐竹氏が把握している限りで風龍神が登場する一番古い記録だそうだ。

さらにその中で「古くから言い伝えられる風龍神」と記述されているので、起源はさらに遡られる。

僕たちは奥羅摩町立図書館で手分けしてこれまでに起きた不可解な事件や、それらに関連する奥羅摩の歴史などについて調べた。

「ホテルが閉鎖されて以来、行方不明者や自殺者が多数出ているという話だったけど、実際はそうでもないんですよねぇ」

過去のローカル新聞の縮刷版を調べていた蘭子が言った。

「どういうことだ？」

隣席のアチラ先輩が尋ねると彼女は新聞記事の一つを示した。

「ほら、ここ。行方不明になった若者たちは別の場所で元気な姿で発見されています。単なる家出ですよ。ネット掲示板に書き込まれているイムヴァルドホテル跡地での自殺。二件はたしかに新聞記事になっているけど、他は見当たりません。ネットでは十人以上の自殺者が出ているって話ですけど。自殺事件二件くらいだと呪いとするには弱いですよね」

「そうやって話に尾ひれがついて怪談や都市伝説になっていくのさ」

「心霊スポットってそんな風に作られていくのね」

蘭子は少し残念そうだった。

「そういうことだ。ただ、ボンボン以外にも何人かはおかしくなっているのも事実のようだ。とりあえずそういうのをまとめてみよう」

蘭子がメモ帳を広げた。それにはこれまで取材したことが簡潔にまとめられている。

イムヴァルドホテルが創業したのが一九七〇年。

一九九八年に富士見要蔵《ふじみようぞう》が死者三人、重軽傷者十三人という殺戮事件を起こして屋上から飛び降り自殺を遂げている。その十二年前に、要蔵が住んでいた寮の部屋には府中《ふちゅう》で連続殺人を起こしていた内村大吉《うちむらだいきち》が入居していた。大吉もその部屋で首吊りで命を落としている。

ホテルは要蔵の事件をきっかけにただでさえ右肩下がりだった客足が激減して、二〇〇〇年に閉鎖している。

「この二つの事件に関連性はないか」

アチラ先輩はチャコに尋ねた。

「当時は内村大吉の怨霊《おんりよう》が富士見要蔵を狂わせたと噂されていました。私たちも撮影前にいろいろと調べてみたんですが、この二人に取り立てて接点は見つからなかったです」

「二人とも殺戮事件を起こしているという共通点はあるが、内村大吉のほうは府中市で起こしている。せめて奥羅摩エリアじゃないとこじつけるには弱いかなあ」

先輩の言うとおり自殺だけでは風龍神の呪いには結びつけがたい。

「さらに遡ってみましょうか」

蘭子がページをめくった。

そこにはイムヴァルドホテル創業以前に奥羅摩エリアで起きた殺戮事件が列記されている。

●昭和四十二年　レコード店「磯辺《いそべ》レコード」の店主、磯辺太一郎《たいちろう》が行きつけの酒場で突然激昂《げきこう》して五人を刺殺、本人は警察署に留置中に首を吊って自殺
●昭和十一年　奥羅摩商店街にて突然癇癪《かんしゃく》を起こした小菅《こすげ》トメが死者四人、負傷者六人の通り魔事件を起こす
●大正三年　浪曲師の大森敦夫《おおもりあつお》が突然暴れ出して妻と子供四人、実父、実母を殺害、直後、猟銃自殺
●文政《ぶんせい》十年　三味線《しゃみせん》奏者・吉住和風《よしずみわふう》、旅籠《はたご》「龍屋《りゅうや》」の宿泊客六人を殺害、その後、行方不明
●安永《あんえい》七年　武士・阿部家長《あべいえなが》、突然発狂して両親と親戚《しんせき》五人を殺害、詳細不明
●寛保《かんぽう》四年　農夫（氏名・年齢不明）が村人七人を殺害、詳細不明

●享保《きょうほう》二十年　箏曲家《そうきょくか》・倉田検校《くらたけんぎょう》が五人の子供を殺害、本人は視覚障がい者だったが、有名な箏曲家だった
●寛永《かんえい》五年　武士・池田源二郎《いけだげんじろう》　突然発狂して村人三人を殺害、直後に切腹自殺
●慶長《けいちょう》六年　商人（氏名・年齢不明）が村人を殺害（人数不明）、詳細不明
●天正《てんしょう》十三年　僧侶《そうりょ》・宗久《そうきゅう》が地元の信徒八人を殺害、直後に自殺
●建徳《けんとく》元年　田楽《でんがく》法師（氏名・年齢不明）が村人数名を殺害、詳細不明
●延元《えんげん》三年　女（氏名・年齢不明）が村人数名を殺害、詳細不明
●応長《おうちょう》二年　盲僧（氏名・年齢不明）が村人数名を殺害、詳細不明
●治承《じしょう》五年　男（氏名・年齢不明）が村人数名を殺害、詳細不明

「約八百年の歴史とはいえ改めて見るにやっぱり多いですよね」

蘭子がリストを見つめながら言った。

内訳としては昭和時代二件、大正時代一件、江戸時代五件、安土桃山《あづちももやま》時代と室町時代が各二件、鎌倉《かまくら》時代と平安時代が一件ずつだ。

さすがに室町時代以前だと詳細が分からないようだ。

しかしそれらはなにかしらの公文書などに記録されていたものなので実際に起きたことは間違いない。

「むしろ多すぎだ」

僕もアチラ先輩には同感だ。

奥羅摩町は今だって人口四千人の小さな町である。

時代を遡ればさらに少なかっただろう。

もちろんどんなに小さなコミュニティでも殺傷沙汰は起こる。しかし一人の人間がその日のうちに複数人を殺害するというのは、そうそう起こることとは思えない。

「犯人像に共通点はあるのかな」

蘭子がメモを眺めながら言った。

「いくつかは犯人が急に狂いだした……レコード店の店主も温厚な性格だったとありますよ」

当時の新聞記事にはそう書かれている。

他にも昭和十一年、大正三年、安永七年、寛永五年の事件も犯人が急に狂ったり暴れ出したとある。

また享保二十年の犯人・倉田検校は有名な箏曲者だったが、郷土史料によれば心優しくおとなしい性格だったと記録されている。そんな彼が広場で遊ぶ、幼い子供たちを襲ったという。普段は優しい男だっただけに、子供たちも警戒してなかったのだろう。彼にいったいなにが起こったというのか。

「当たり前かもしれないけど男性が多いですね」

「昔から女の殺人鬼というのは珍しいからな」

メモに記載されている事件で女が起こした事件は二件だけだ。

一つは昭和十一年に奥羅摩商店街で起きた通り魔事件。犯人は小菅トメという女性。農家の嫁となっている。

もう一つは延元三年に女性による殺戮事件が起きているが犯人の名前も詳細も不明とある。

「その場面をイメージするとぞっとするものがありますね。ホラー映画みたい」

チャコが両腕をさすった。

凶器はおそらく刃物や鈍器だろうが、それらを振り回しながら迫ってくる女の姿を想像するとたしかに背筋が冷たくなるものがある。

「小菅トメについての記事があるみたいですよ」

蘭子がスマートフォンの検索画面を僕たちに示した。検索窓には「小菅トメ」と打ち込まれていた。

いくつかのサイトがヒットしていたが「平成十五年東京都精神科医学会学術大会」がトップ候補になっていた。

開いてみると「犯罪と精神疾患～昭和十一年奥羅摩商店街通り魔事件犯人の病態」という題目で石橋亘《いしばしわたる》という精神科医が講演を行っている。講演の内容までは記載されていなかったが、その様子が東京都新聞で記事になっていると紹介されている。

蘭子はさっそく東京都新聞の縮刷版を探った。

「あった！　これよ」

彼女は当該のページを開いた。

そこには「奥羅摩商店街通り魔事件の真相」という見出しが打たれていた。

記述者は講演者の石橋亘。

彼は奥羅摩の隣町にある松崎《まつざき》病院に勤務する精神科医とある。記事によると犯人の小菅トメは軽度の精神発達遅滞と大動脈狭窄《きょうさく》などの心疾患を患っていたという。さらに本人が写っている写真も掲載されていた。

「可愛らしい女性ね」

「うん、なんかおとぎ話に出てくる妖精《ようせい》さんみたい」

「その表現がぴったりくるわね」

チャコと蘭子が互いにうなずき合っている。

大きな口、つぶらな瞳、広いおでこ、低い鼻筋、長い首、そしてなによりふっくらとした唇が特徴的だ。

一度見たらしばらく忘れられない独特の顔立ちである。

この写真は成人だが、子供時代は特に可愛らしかっただろう。

小菅は中羅摩村から農夫・小菅安芸三郎《あきさぶろう》のもとに十六歳で嫁いだ。通り魔事件を起こしたのが十八歳とあるから、写真もそのころのものだろう。

変わり者だったようだが性格は明るく、話し好きで村人たちともすぐに打ち解けたらしい。

彼女もまた殺戮を起こすような人間とは思えない。

「ウィリアムズ症候群とありますね」

記事を読み進めたチャコが文面の文字を指した。

病名については記事の中で詳しく解説されている。

ウィリアムズ症候群は日本人では二万人に一人の割合で発症する遺伝子疾患だ。症状には精神遅滞、心臓疾患、成長障害、などがあり、一九六一年にJ・C・P・ウィリアムズにより報告された。原因は七番目染色体上の遺伝子欠失。現在は国に難病指定を受けている。

その特徴として独特の顔つきがある。それがトメのように「妖精のよう」なのである。また性格は陽気で話し好きで、知らない人にもためらわず話しかける。

「音楽の才能に傑出している人が多いみたいですね」

ウィリアムズ症候群の患者には音感が優れている者が多いとある。

「ああ。障害が天才を生み出すことはままある。サヴァン症候群なんかもそうだ」

「あ、知ってますよ。映画の『レインマン』でダスティン・ホフマンが演じてましたよね」

ダスティン・ホフマン演じるレイモンド・バビットはサヴァン症候群患者だが、分厚い本でも一回読んだだけで暗記してしまうという並外れた記憶力と、複雑な数式の答えを瞬時にはじき出してしまうという人間離れした計算能力を持つ。

「トメさんはどうだったのかしら。音楽家としての活動はしてなかったみたいだけど」

蘭子がトメの顔写真にそっと指で触れた。

「もしモーツァルト並の才能があったとしてもこんな田舎じゃ、本人も周囲も気づかなかっただろ。そうやって埋もれていった才能は星の数ほどあるのさ」

記事では顔立ちや性格、心疾患の既往歴などからウィリアムズ症候群の可能性を指摘している。事件が起きた昭和十一年にはまだウィリアムズ症候群は知られていなかった。

石橋医師は疾患が事件を引き起こした原因になっているかもしれないことを臭《にお》わすような記述で記事を締めていた。

しかし東京都新聞は次の日に石橋医師の記事を掲載したことについての謝罪記事を掲載している。明確な根拠もなく病気が事件の原因になっているとする内容に対して人権団体から突き上げを食らったようだ。実際に病気で苦しんでいる患者や家族たちからすれば、そのことが犯罪の原因であるという可能性をわずかにでも示されれば絶望的な気持ちになるだろう。たしかに彼らが主張する通り、根拠が弱すぎる。それに石橋医師の見解を裏づける統計データが提示されているわけでもない。デリケートな問題だけに謝罪に至ったのも無理もないことだと思う。

「この人、精神科医としては失格ね」

蘭子が呆れたように言った。

「先輩、どうしたんですか」

アチラ先輩がメモを見つめながらなにやら考え込んでいる。

「今、気づいたんだが音楽関係者が多いな」

「言われてみれば……そうですね」

リストの顔ぶれはレコード店の店主、浪曲師、三味線奏者、箏曲家、田楽法師と音楽関係者が目立つ。

「応長二年の犯人も盲僧とあるから琵琶《びわ》をやっていたかもしれないぞ」

アチラ先輩曰く、盲僧は盲人で僧形となった者を指すが、仏門に入っているわけでなく寺社に属する賤民《せんみん》として扱われていた。彼らは平家《へいけ》物語の詞章を琵琶で弾き語りしながら、諸国を流浪したという。もしそうであればこのリストでは六人ということになる。

「ボンボンも富士見要蔵もバンド活動をしていたわ。要蔵は音楽の才能があると高校の教師に認められていた」

チャコが指を鳴らした。

「音楽といえばあの駅員さんの幼なじみも音楽教師でしたよね。こちらは教団に殺されたって話だったけど」

僕の意見に先輩は「そうだったな」とうなずいた。

インタビューをした駅員の幼なじみ・大塚忠広《おおつかただひろ》は音楽教師で、ガイアの使徒を糾弾していた急先鋒《きゅうせんぽう》だった。警察は自殺と断定したが、駅員は否定していた。もっともこのケースは一連の殺戮事件とは無関係のように思える。

「とりあえず音楽関係者が多いのが引っかかるところだ」

「でもそれがなんの関係があるんですかね」

「うーん、なんとも言えんが気になるところではある」

蘭子の問いかけに気難しい表情になった。

「先輩、呪いを無理やり科学的に解釈するとしたらどうですか」

僕はアプローチを変える質問をしてみた。議論を重ねることでなんらかのアイディアが出てくるかもしれない。いわゆるブレスト（ブレインストーミング）だ。

「無理やりか……」

先輩は腕組みをすると思案を巡らすように虚空を見上げた。

「ノーシーボ効果……かな」

一分ほどして見解を示した。

一同、首を傾《かし》げる。

ノーシーボ効果。僕も初めて聞く言葉だった。

「プラシーボ効果の逆だ」

「プラシーボって医者が偽薬を処方して患者を騙《だま》すことですよね」

プラシーボ効果なら僕も知っている。

「ラテン語のプラケーボーに由来する。意味は『私は喜ばせるだろう』。英語ならプラシーボ、フランス語ならプラセボだ」

先輩は蘊蓄《うんちく》を傾けた。

彼はなにかと博学である。

プラシーボとは薬効のない成分の薬を医師に処方された患者の症状が回復したり治癒《ちゆ》したりすることをいう。

思い込みが身体にポジティブな効果を与える。

いわゆる暗示をかけることで症状を改善させるのだ。「病は気から」というがまさにそれを実践した治療法といえる。

「プラシーボの逆がノーシーボだ。医師に『この薬は副作用が出る』と処方された偽薬を服用した患者に吐き気などの副作用が本当に出てしまう。これも暗示による心理的効果だ。そう解釈すれば呪いという現象にも科学的説明がつくだろう」

「つまり自分が呪われたという思い込みがボンボンを狂わせたと？」

蘭子が眉をひそめながら聞き返した。

「まあ、科学的にこじつけようとすればだ」

「だけど、思い込みだけであそこまでおかしくなりますかね。過去の殺戮事件の数々も犯人たちの思い込みで引き起こされたというわけですか」

「なんらかの事情で自分が呪われたと思い込まされた」

「なんらかの事情？」

「たとえば風龍神だ。この界隈《かいわい》では風龍神の伝説がいまだに根強い。代々受け継がれた巫女もいる。巫女は神と対話ができる神秘的な存在だ。人間は権威や肩書きなんかに弱い。医師とか弁護士なんかの言うことは無条件に信じてしまうものだ。巫女は奥羅摩の人間にとって象徴ともいえる存在だ。圧倒的権威といってもいい。そんな巫女に『お前は風龍神に呪われた』と告げられれば、強く思い込んでしまっても不思議じゃない。過去に起きた事件はそういったいきさつがあったかもしれないな」

「もし本当なら恐ろしいことですよ。思い込みを刷り込むことで他人の殺意を操ることができるなんて」

蘭子は先ほどから何度もしているように両腕をさすった。

「ボンボンが風龍神の巫女と接触したことはあるか」

アチラ先輩がチャコに尋ねた。

「いいえ、私の知る限りでは心当たりがないけど……奥羅摩に下見に来たとき会っていたかもしれないです」

ボンボンはキャン太郎と二人で撮影前に下見のためにこの地を訪れている。風龍神の牙の片方を祠から持ち去ったのもそのときだと思われる。ともすれば巫女にも接触していたかもしれない。

「もしかしたら風龍神の巫女が一連の事件の元凶かもしれないですね」

僕たちはさっそく風龍神の巫女について調べてみた。

ネットで検索をかけると現在の巫女の顔写真がヒットした。

あどけない顔立ちの可愛らしい女性だ。

顔写真が掲載されている記事は去年の東京都新聞のものだった。彼女の名前は「奥山《おくやま》あかり」とある。年齢は十六歳で、先代から巫女を引き継いだばかり。先代は高齢のため引退したという。

記事によると風龍神の巫女は奥山一族の血縁者が受け継いできたようだ。

なんでも奥山一族の女性たちは風龍神と対話したり、憑依《ひょうい》を受け入れることができたという。

「巫女といってもお正月のアルバイトみたいなのじゃなくて、ガチのシャーマンだったんですね」

記事を読んだチャコは感心したような口調で言った。

僕も神社でバイトしている巫女姿の女性たちをイメージしていた。

「ここにも精神科医の石橋亘先生の記事がありますよ」

別の記事で石橋医師が風龍神の巫女について見解を示していた。それによると憑依などの超現実的な現象はある特定の精神疾患の症状であるという内容だ。石橋医師はその疾患の遺伝性を指摘していた。彼はその記事の中で「超能力などの超常的能力も精神医学的見地で解釈をつけることができる」と主張している。記事の中ではその症例をいくつか示しているが、それらは非常に興味深い内容であった。

「それにしても本人に会ってもないのに精神疾患と決めつけるなんて、この人、本当に失礼ですよね」

蘭子がその記事面を指で弾《はじ》いた。

「もし巫女が元凶だとしたらボンボンを狂わせたのは先代ということになるわ」

血溜まりボンボンの事件は二年前だ。

奥山あかりに巫女が引き継がれたのが去年とある。チャコの指摘通り、もし関与しているとするなら先代だろう。

「過去に起きた事件の犯人たちも巫女によるノーシーボ効果だったのかしら」

「とりあえず巫女に会ってみる必要がありそうだな。佐竹のおっさんに居場所を聞いてみよう」

僕たちは図書館を出て佐竹氏の自宅に向かった。


奥山あかりの自宅は佐竹邸から三百メートルほどしか離れていなかった。

奥山家は佐竹氏とつき合いがあるようで、佐竹氏本人が案内をしてくれた。

奥山家の邸宅は豪奢《ごうしゃ》な日本家屋だった。広い庭には犬が二匹放し飼いされている。趣のある母屋の他に敷地内には古い蔵が佇《たたず》んでいた。

佐竹氏曰く、奥山家は風龍神を信仰する民で形成された奥羅摩の集落では崇拝されていた。

　今でもその名残が根強く、奥山家は一目置かれているそうで、彼らの悪口を漏らすのは御法度《ごはっと》という空気がある。

「粗相のないようにお願いしますよ」

　佐竹氏は特にアチラ先輩に不安を感じたのだろう。彼に向かって念を押した。

「心配するなって。リスペクトしときゃいいんだろ」

「アチラさん！」

　蘭子が小声で肘《ひじ》を彼にぶつけた。

「頼みますよ」

　佐竹氏は玄関のチャイムを押した。

　間もなく開いた扉から若い女性が顔を覗かせた。

　髪を左右で三つ編みにしてある。

　ネットに掲載されていた画像より実物の方がさらに可愛らしい。

　僕はさりげなくカメラを向けている。

「あら、佐竹さん」

　彼女はまだあどけない顔に笑みを浮かべたが、僕たちを見て大きな瞳をパチクリとさせた。

　見た目は普通の女の子といった様子だ。

超常的能力の持ち主などという神秘的な印象はまるで感じられない。

「この人たち、風龍神の歴史を研究しているんだ。よかったらマサさんに会わせてやってくれんかな。いろいろと話を聞きたいんだって」

先代の巫女の名前は奥山マサだ。

「おばあちゃんですか。少し耳が遠いんですけど大丈夫かな」

あかりは祖母がいるであろう奥の部屋のほうに一瞬だけ顔を向けた。

「お話だけ聞かせてもらえればありがたいんですけど」

「チャコさんですよね！　血溜まりボンボンの」

声をかけたチャコを見てあかりはパッと瞳を輝かせた。

「え、ええ、そうですけど」

「私、ボンボンの大ファンだったんですよ」

「そうだったんだ……」

思いがけないファンにチャコは戸惑ったような笑みを浮かべた。

「あんなことがあっちゃって本当に残念でした。でも、チャコさんはまた復帰するんですか？」

「え、ええ、そのつもりよ。この取材もそのためなの」

「そうだったんですかぁ！　私にできることならなんでもしますよ。おばあちゃんにインタビューですね。任せてください」

あかりは自身の胸をポンと叩いた。

「撮影しているんだけどいいかな」

「もちろんですよ！　チャコさんのチャンネルに出られるなんて嬉しいです。じゃんじゃん撮ってください」

なんとも朗らかな娘だ。それでいて可愛い。

ガチなシャーマンとは思えない。

「いい子じゃねえか」

アチラ先輩が小声で言った。蘭子もうなずいている。

「お父さんかお母さんはいる？」

「二人とも出かけちゃっていないんですよ。あの人たちなにかとうるさいから、いない方が好都合です」

佐竹氏の問いかけにあかりはハキハキと答えた。

「あかりさんは風龍神とお話ができるの？」

適任だと自覚したのか、チャコがあかりに質問を始めた。

「うーん、ほんの少しだけです。私なんかまだまだ修行不足です」

それでも超常的能力を自覚しているようだ。さすがに精神疾患の可能性を指摘できないが、ひょっとしたらそうなのだろうか。しかしあかりは見る限り健全そのものだ。

「お母さんは巫女にならないの」

「父が奥山家の直系なんですよ。風龍神巫女の能力は直系女性にしか引き継がれません」

「なるほど。おばあちゃんはその能力が強いのね」

「はい。おばあちゃんはすごいです。昔は風龍神様からさまざまな神託を受けてそれらを奥羅摩の人たちに伝えていたんです。これから起こる災害や事故なんかです。そのおかげで多くの人たちが救われたみたいです」

あかりは嬉しそうに答えた。

巫女である祖母のことを誇りに思っているようだ。

「ホントかよ」

アチラ先輩は小声で佐竹氏に確認を取る。

「たしかにいくつかは当たっていたかな」

「当てずっぽうがたまたま当たったたってだけの話だろ」

「うーん、なんとも言えないね」

佐竹氏も声を潜めて答えた。

どうも風龍神の神託には不確定要素が多いようだ。

おそらく当たったところだけが強調されて信者たちに支持されていたのだろう。

巫女になると少女であっても山に籠もって修行をすることになるというが、それは昔の話であって、今はきちんと学校に通って普通の女の子としての生活を送っているようだ。

修行は主に放課後や休日になるという。

「さあ、どうぞ」

チャコの質問にいくつか答えたところであかりは人数分のスリッパを床に並べた。僕たちは靴を脱いでお邪魔することになった。

佐竹氏はよろしくと言い残して帰った。

あかりについて長い廊下を進む。

片側にはいくつかの部屋の襖《ふすま》が並び、もう片側はガラス扉になっていて日本庭園を眺めることができる。樹木や草木は庭師の手が入っているようできれいに整っていた。池にはオレンジ色の錦鯉《にしきごい》の姿を楽しむことができる。

あかりは廊下の突き当たりの襖を開いた。

「おばあちゃん、お客さんよ」

部屋は十畳ほどの和室になっており、座布団の上に老婆が座って茶を啜《すす》っていた。部屋の隅には仏壇が設《しつら》えられており、あかりの祖父と思われる男性の遺影が飾られている。

「あかりちゃん、この人たちは？」

老婆はゆっくりと立ち上がった。

老人らしい嗄《しわが》れた声だ。

小さな顔は皺《しわ》くちゃで腰が曲がっている。九十歳は超えていると思われる。

あかりに年齢を確認すると九十六歳と返ってきた。

この老婆、奥山マサが一年前まで風龍神の巫女を務めていたのだ。

見た目は弱々しい老人だが、皺に隠れそうな細い目は鋭利な眼光を宿している。

「風龍神様のことを調べているんですって」

「はあ？」

老婆は耳に手をつけて聞き返した。

「風龍神様のことを調べているんですって！」

あかりは声を大きくして答え直した。こちらもそうしたほうがよさそうだ。

「そうかね」

今度は通じたようで老婆、マサは小さくうなずいた。

あかりが人数分の座布団を並べてくれた。僕たちはその上に腰を下ろす。

あかりはお茶を淹《い》れてくると部屋を出て行った。

彼女がいないほうがマサにつっこんだ質問をしやすい。

僕はマサにカメラを向けた。そのことを彼女が気にしている様子は窺えなかった。

「マサさんはこの人に会ったことはありますか」

チャコが声を張り上げながらスマートフォンにボンボンの画像を表示させてマサに見せた。

「どれどれ」

マサはスマートフォンを手にして画面に顔を近づけた。

「見覚えないね」

「たしかですか」

チャコが確認を取る。

アチラ先輩はマサの表情の変化を観察するようにじっと見つめていた。

「あたしゃ、ババアだけど頭だけはしっかりしとる。会った人間の顔はよぉく覚えとるわ。この男がどうした？」

「実はこの人物が祠から風龍神様の牙を持ち出したかもしれないんです」

「こやつの仕業だったのか。あれには風龍神様の魂が宿ってる。なんと罰当たりな」

マサは少し驚いた様子でボンボンの画像を見直した。

さすがに風龍神の牙が一つなくなっていたことは把握していたようだ。

アチラ先輩がもう一つを持ち出してきたことはさすがに言えない。

それは彼のポケットに収まっている。

そもそもマサもあかりもそのことには気づいていないようだ。超常的能力の持ち主であれば近くにそれがあることを察知できそうなものだと思うが……。

「この人は直後にイムヴァルドホテルで命を落としています」

「なるほど、あの事件のことだね。愚かなことをしてくれたもんだ」

マサは納得したようにうなずいた。

チャコは自身が事件の当事者であることは告げなかった。

「奥羅摩では今までにも多くの凄惨《せいさん》な事件が起きてます」

チャコはメモ帳を取り出して調べてきた過去の事件について簡単に説明をする。

マサはじっと耳を傾けていた。

「それらを含めて風龍神様の呪いでしょうか」

「精霊を軽んじる者には災いが来たる。しかしあのホテルで起きたことは、風龍神様には関係ない。もし風龍神様の呪いであればなんらかの神託があったはずだ」

「風龍神様の牙を持ち出した罰が当たったんじゃないですか」

「何度も言うが、もしそうなら風龍神様は私にそのことを告げたはず。そもそも奥羅摩で起きる不可解な出来事を風龍神様にこじつけること自体が間違いだ。精霊というのは人間にとって都合の悪いことの元凶ではない。そういう考えこそ冒瀆《ぼうとく》。人間の世界で起きる悪い出来事の原因は結局のところ我々人間にある。精霊を疑う前にまずは我が身を振り返ることだ」

マサはしっかりとした口調で僕たちに説いた。

この小さな老婆が発する言葉にただならぬ説得力を感じた。

「あんたは風龍神の力を使って他人を呪うことができるのか」

唐突にアチラ先輩が声をかけた。

「アチラさん！」

蘭子が止めに入ろうとするが今度はチャコが蘭子を遮った。

「私も知りたいの」

チャコは蘭子に真剣な眼差《まなざ》しを向けている。

「そ、そっか……」

蘭子はチャコの顔を見てあっさりと引き下がった。

ここにあかりがいなくてよかった。

お茶を淹れることに手間取っているのか、それとも茶菓子でも探しているのか。もうしばらく戻ってきそうにない。

突然、マサが嗄れた笑い声を上げた。

「あんたらは私たちのことをまるで分かってないようだ。私たちにできるのは風龍神様の声を聞いて、それを民に伝えることだけ。風龍神様の力を使うことなどできるはずがない。だいたい私の知る限り、風龍神様が人間に災いをもたらしたことなど一度もないわ。精霊はいたずらに自分の力を誇示したりせん。奥羅摩で起きる辛く悲しい出来事はすべて我々人間に原因がある。そのことを忘れるな」

話し終わる頃《ころ》には老婆から笑みが消えていた。

チャコは白目を充血させ、唇を噛《か》みしめながら老婆の言葉に耳を傾けていた。

4

時計を見ると夜の十時を回っている。

あれから僕たちは奥山《おくやま》家をあとにして宿に戻った。

夕飯をとってから少し休憩して、今夜の準備を整えた。

そして今、ここにいる。

辺りはすっかり闇《やみ》に包まれている。ザワザワと木々の枝や葉が擦《こす》れる音が聞こえてくる。

「チャコちゃん、大丈夫？」

蘭子《らんこ》がチャコに声をかける。

「う、うん……大丈夫です……たぶん」

彼女は自信なげな返事をした。

僕たちはそれぞれが持つ懐中電灯でホテル・イムヴァルドの傾いた看板を照らした。

血溜《ちだ》まりボンボンの二年前の動画にも映っているが、あれからさらに落書きが増えている。血溜まりボンボンに対する不謹慎な書き込みも見受けられる。

チャコは哀《かな》しそうに看板を見つめていた。

ここは彼女にとって悪夢の現場だ。

二度と来ることはないと思っていたのに違いない。

しかし彼女自身、ボンボンの豹変《ひょうへん》ぶりをいまだに信じられずにいる。

親友であり恋人である彼に殺されそうになったのだ。

いったい何がボンボンをあれほどまでの狂気に駆り立てたのか。彼女としてもそれを知らずにはいられないだろう。

もちろん僕たちもそうだ。

ネオチューブ史上最凶のミステリとされている「人気ネオチューバー殺戮《さつりく》ホテル事件」。

これまでにも他のネオチューバーたちが廃墟《はいきょ》となったホテルに入り込んで撮影をしている。

しかしそれらはいずれも肝試しドッキリなどの企画ものであって、事件の真相に迫ったものはない。

「なんだかここにいるとゾクゾクしますね」

蘭子は寒そうに身を縮めている。

夏とはいえ山の夜風はたしかにヒヤリとする。

先ほどよりも風が出てきたようだ。

林のざわつきが徐々に激しくなってきた。

夜空を見上げると先ほどまで見えていた月が流れる雲にかき消されている。

「先輩、やっぱり夜じゃないとダメですか」

僕は我ながら情けない口調になっていた。

心霊や幽霊を信じているわけではないが、ここにはなにかただならぬものが潜《ひそ》んでいる気配を感じる。

ホテルに近づくにつれて頭の中の警報音が激しくなっている。

「あったり前だろ。こういうのは深夜だからこそ絵になるんだ。お前はそういうところがハンパなんだよ」

血溜まりボンボンが撮影を決行した時間も夜の十時頃《ごろ》だったとチャコが言っていた。

「す、すいません……」

「気合いだ！　ここですげえ絵を撮れればとんでもない再生数を稼げる。俺《おれ》たちの目標を忘れるな」

「ペペロンですよね」

「そうだ。命を賭《か》けろ！」

アチラ先輩が僕によく分からない活の入れ方をした。

僕は「ペペロン、ペペロン」とくり返しながら自分を鼓舞した。

「バッテリーは大丈夫だろうな」

「はい。予備もバッチリです」

僕たちは一度、民宿に戻って準備を整えてきた。

忘れ物は致命的なので持ち物は入念にチェックしてある。

「なにか起きますかねぇ」

蘭子も不安そうだ。

「だからこれを持ってきたんだろ」

アチラ先輩はポケットから石を取り出して一同に見せた。

「それ、風龍神《ふうりゅうじん》の……」

彼が祠《ほこら》から失敬してきた風龍神の牙《きば》である。

実際はナウマン象の化石だがこの辺りに住む人たちは風龍神が宿っていると信じてきた。

どうやらボンボンもこの牙を持ち出したようである。二本あるはずの牙が一つしか残ってなかった。

もしそうならもう一つはこのホテルのどこかに落ちているかもしれない。

そしてこの牙が彼らの悲劇の元凶なのかもしれない。

遠くのほうで獣のうなり声のような音が聞こえてくる。

僕は山々の間を飛び交う龍を想像した。

ファンタジー映画のワンシーンのようであるが本当にそうなのではないかと思うほどに不気味な轟音《ごうおん》である。

ここらは木々に囲まれているのでさほど感じることがないが強い風が吹きつけている。

「アチラさん、大丈夫ですか」

蘭子が心配そうに声をかけた。

アチラ先輩が右こめかみに指を当てて辛《つら》そうな顔をしている。

今日、何度かそんな彼を目にしている。

「ああ、大丈夫だ。軽い頭痛だ。ここに来てから調子が良くないな。さっそく風龍神の呪《のろ》いかよ」

先輩は取り繕ったような笑みを浮かべた。

「無理しないでくださいよ」

チャコも声をかけると彼は親指を立ててうなずいた。

「よし始めよう。とりあえず第一回だ」

アチラ先輩の合図で撮影が始まった。

「とりあえず第一回」というのはどういう意味かというと、めぼしい映像が撮れなかったら明日の夜に持ち越される。納得がいくまで何度もトライする。そのために宿を一週間分押さえてあるというわけだ。

またその期間中にさらに調査も進めていくつもりだ。

全員分の懐中電灯を看板に向ける。

ポータブルの照明も持ってきているが、懐中電灯だけのほうが臨場感があるとの先輩の意見だ。

先ほどテストしてみたが、それぞれの懐中電灯は光量が強めなので照明としても充分である。むしろ先輩の指摘通り、映像にドキュメンタリーとしての迫真性が出ている。

「私たちはついにイムヴァルドホテルにやって来ました。これがホテルの看板です。八月なのに空気が冷たいです。暗闇からなにかに見張られているみたい。先ほどから肌のざわつきが止まりません。チャコさん、どんな気持ちですか」

「ついに来ちゃったって感じですね。正直、怖いです」

僕は看板の前に立つ蘭子とチャコにカメラを向けている。

ライトが強いのか二人の顔が白飛びしている。

それを指摘すると「却《かえ》ってリアリティがある」とアチラ先輩がOKを出した。

「そして今回は祠からこのようなものをお借りしてきました」

蘭子は手にした風龍神の牙を向けた。

借りたなんて嘘《うそ》をついて後に問題になるのではないかという懸念をアチラ先輩は「今はとにかくチャンネル登録者数と再生数を稼ぐことを優先する」という理屈で払拭《ふっしょく》した。

ネオチューバーにとって多少の炎上は注目を集めるための演出だ。

しかしさじ加減を誤るととんでもないことになってしまうが。

炎上商法は諸刃《もろは》の剣《つるぎ》といえる。

風龍神や祠については今までの動画で既に触れているのでここで改めて解説を入れる必要はない。

僕たちはいよいよホテル内部に潜入することになった。

とはいえホテルは祠を出た後、日が明るいうちに簡単に下見を済ませてある。

昼間とはいえ内部は薄暗く陰鬱《いんうつ》としていた。

チャコの案内で当時のボンボンたちの足取りを辿《たど》っておいた。

そのときはこれといった異変は認められなかった。

看板の立つ広場から緩やかな坂道を上っていくとホテルの威容がシルエットとなって僕たちの目に広がった。

六階建ての建物はイムヴァルドという名にふさわしく深い森林に囲まれている。そしてすぐ近くには奥羅摩《おくらま》山が聳《そび》えているが、こちらははげ山に近い。

僕たちは玄関の前で止まると建物にライトを当てた。

ところどころ外壁材がはげ落ちて、蔓《つる》状の植物がまるで建物を侵食するかのように絡みついている。

そしてやはりここにも凝った落書きが施されていた。

中にはどうやって描《か》いたのだろうと思うほどに高い位置にあるものも認められた。わざわざ梯子《はしご》を持ち込んだのだろうか。

建物の周囲は丈の高い雑草に覆われていて、窓枠にはガラスがはまっていなかった。窓の向こうは漆黒ともいえる暗闇が広がっていて内部の状態が窺《うかが》い知れない。

僕はなるべく建物の全体がフレームに収まる位置を探してホテルを撮影した。

しかし、左右に長いのでどうしても全体を収めることができない。中央にエントランス、左右に客室が並ぶシンメトリーなデザインである。

エントランスには大きな屋根が設置されており、入口に車両をつけられるようになっている。そうすることでゲストが雨に濡《ぬ》れることなく車からホテルの中に入ることができる。

現役の頃はすべての窓やホールに明かりが灯《とも》り、建物が森の中に幻想的に浮かび上がっていたに違いない。僕たちが立つ外庭園やエントランスホールを優美な衣装で身を固めたゲストやスタッフが行き交い、ＢＧＭが流されて華やかな景色になっていたことだろう。

しかし、今は人々の体温や明かりの温《ぬく》もりを微塵《みじん》も感じられない。

廃墟というより、巨大な墓場のようにも思える。

ボンボンがおかしくなったのは、風龍神の呪いやＵＦＯの光線のせいではなくこのホテルに巣くう魔物の仕業ではないか。

そう思えるほどに僕にはこのホテルの威容が禍々《まがまが》しく映った。

四つの光の輪がホテルの壁を行き来していた。

「心霊スポットとしてはうってつけだな」

アチラ先輩は満足そうに見上げている。

「なにか良からぬことが起きそうですね」

僕は先ほどから胸騒ぎを感じていた。

蘭子とチャコもそうなのか二人とも神妙な顔つきでホテルを眺めている。

「ここまで来てんだ。むしろ起こってくれなきゃ困る。さあ、入るぞ」

僕たちは持参したヘルメットを着用した。内部は荒れ放題なのでなにかと危険である。

それぞれが動きやすい着衣と靴でのぞんでいる。

玄関はガラス扉になっていたはずだが、今は風通しが良くなっている。「立ち入り禁止」の板で塞《ふさ》がれていたようだが、ボンボンたちが訪れたときにはすでに外されていた。

有名な心霊スポットということもあり、特に血溜まりボンボンの事件後は多くの若者たちが訪れてくるらしい。よくよく見ると空き缶や花火の残骸《ざんがい》など玄関付近だけでも相当にゴミが散乱している。ホテルのゲストとは違ってマナーが悪いようだ。

一番最初にアチラ先輩がエントランスをくぐり抜けた。

次に僕、そして蘭子。チャコはしばらく深呼吸をくり返すと意を決したように続いた。

まるで風龍神が僕たちの訪問に反応したように外の風が大きくうなった。

エントランスに入ると外よりもさらにヒヤリとしたものを肌に感じた。

それが温度によるものなのか、それとも気のせいなのか区別がつかない。

ただ両腕の肌が粟立《あわだ》っているのは間違いない。

僕たちはライトを照らしてエントランスロビーの様子を窺った。

二階までの吹き抜けになっていて正面にフロントのカウンターが設置されている。

カウンターデスクの正面板には鳳凰《ほうおう》の紋章がデザインされていて、高級ホテルの面影を訴えていた。

左手には半円状にカーブする階段が設けられているが途中で崩れているので使えそうになかった。

内部も外壁と同じくひどく荒れていた。

煤《すす》ばんだカーテンの残骸が床に横たわり、床に敷き詰められた絨毯《じゅうたん》もところどころ剝《は》がれていて、さらに泥や砂で汚されている。

大きなシャンデリアの残骸が床に転がっていた。それもあちらこちらにたたき割られたあとがある。

ゲスト用の椅子《いす》やソファも見受けられるが、そのうちのいくつかは倒されていたし、表面の布や革は切り裂かれたり引き剝がされたりしていた。

「ボンボンたちと来たときより荒れてるわ」

チャコが周囲を照らしながら言った。

僕はできるだけロビーの様子を撮影するようにした。

しばらくすると目が闇に慣れてきた。

ある程度、闇の中でも壁や調度品などの輪郭が分かるようになっていた。

しかし胸騒ぎや怖気《おぞけ》は収まらない。むしろエスカレートしている。

「とりあえずボンボンがおかしくなったところまで行くぞ」

ホテルに足を踏み入れたとき、ボンボンは平常だったという。

しかし五階の一番奥の部屋で様子がおかしくなったようだ。

吹き抜けの階段は使えないので僕たちは建物奥側にある階段に向かった。こちらの階段も手すりや床などに傷みが窺えるが崩れたりしているわけではないので、足下にさえ注意すれば使えないほどではない。

僕たちは時間をかけてとりあえず四階まで上がった。

「ねえ、音がしなかった？」

五階に上がろうとしたとき蘭子が足を止めた。

「どこで？」

彼女は僕の問いかけには答えず廊下に出る。

風が通り抜けたのか彼女の前髪がフワリとあがった。

「あっちのほうでしたと思うんだけど」

蘭子が廊下の先を指さした。

僕たちも廊下に出て彼女の指先を眺めた。

長い廊下の先は暗闇に溶け込むようにして視界から途切れている。

「いや、別に聞こえなかったけど」

チャコは首を横に振った。僕も聞こえなかった。

「そっか……気のせいかな」

蘭子が思い直すように言った。

「先輩、聞こえました？」

「かすかにな……なにかがぶつかるような音だった」

「ですよね！」

蘭子がわずかに声を弾ませた。

「気になるな……うっ」

「大丈夫ですか」

アチラ先輩がまたもこめかみを指で押さえながら辛そうにしている。

蘭子が心配そうに顔を覗《のぞ》き込んだ。

「大丈夫だ。とりあえず確認に行くぞ」

僕たちは先輩のあとについて廊下を進んだ。

無意識のうちに足音を消している。

「なにか動いた！」

チャコが廊下の突き当たりを指した。

僕にも廊下をさっと横切る影が見えた。

僕たちは一斉にライトを当てる。

その正体は瞳《ひとみ》を光らせながらこちらを見つめていた。

「なんだぁ、おどかさないでよ」

蘭子が大きく息を吐きながら言った。

影の正体は黒猫だった。猫は小さくニャアと声を上げた。

「独りぼっちで怖かったでしょう。こっちにおいで」

蘭子が近づこうとすると猫は素早く僕たちの足下を駆け抜けていった。

やがて廊下の闇に姿を消した。

「黒猫なんて縁起悪いな」

「ていうか、心臓に悪いですよ」

僕は舌打ちしながら言った。昔からこの手の肝試しは苦手だ。

「もっとも悪くない演出だけどな」

先輩が僕に耳打ちする。

「他のネオチューバーはそればかりですよ」

「俺たちが目指しているのはそんな志の低いもんじゃないだろ。俺たちが求めているのは本物中の本物だ」

彼は僕の背中をはたいた。

アチラ先輩はなにかと問題が多い人間であるが映像に対しては誠実だ。

「先輩、調子が悪そうだけど本当に大丈夫ですか」

アチラ先輩は苦痛をこらえるように口元に力を入れている。

「大丈夫だって言ってんだろ！　お前は撮影に集中しろ。ここで起ることをあますところなく記録するんだ。うかつなことしたら承知しねえぞ！」

苛立《いらだ》たしげな口調でまくし立てた。

「はい……了解しました」

頭痛のせいか機嫌がよろしくないようだ。

こんなときの先輩には口答えしないほうが賢明である。

「ねえ、こんなものが落ちてるんですけど」

蘭子が床を照らしながら言った。

「嘘……」

それを見たチャコが後ずさった。

「アチラさんが仕込んだんじゃないでしょうね」

蘭子が詰め寄るように言った。

「馬鹿野郎！　俺がそんなことするわけねえだろっ！」

先輩は怒鳴り声を上げる。

その剣幕に驚いたのか蘭子は背中をのけぞらせた。

「そうだよ。僕たちは奥羅摩に来てからずっと一緒だったんだ。先輩にも僕にも無理だよ」

先輩の反応に不穏な気配を感じて僕もフォローした。

「じょ、冗談よ。アチラさんはこの手のヤラセが嫌いなことくらい知ってんだから」

蘭子がアチラ先輩に向けて小さく頭を下げて謝罪の意を示した。

「面白いじゃねえか。ボンボンはこれを拾ってからおかしくなったんだよな」

先輩は鼻で笑いながらそれを拾い上げた。

「それは捨ててください」

今度はチャコが先輩に詰め寄った。

「どうして？」

「胸騒ぎがするんです」

ホテルに侵入してから僕の中でも胸騒ぎが続いている。

しかし床に落ちているそれを見てさらに強くなった。

床に落ちていた「それ」。

斧《おの》だった。

血溜まりボンボンの映像でも斧が落ちていた。

それを手にしたのがボンボンだ。

柄は木製で、顔の大きさほどある刃の背部は赤い塗料が施されている。

刃はところどころ錆《さび》が浮いている。

かなり使い込まれた様子で刃こぼれを起こしている。

何者かがここに廃棄したと考えるのが自然だろう。

「ボンボンは斧を拾った直後におかしくなったんです。それも前回と同じ四階に落ちていたんですよ」

チャコは訴えるように言った。

「ここに斧が落ちていたのは偶然じゃないかもしれん。ボンボンが狂ったのも、もしかしたらこの斧が原因だったのかもしれないな。だったら尚更《なおさら》、手放せないぞ」

アチラ先輩は片手で握りしめた斧をカメラに向かって掲げながら言った。

「風龍神の牙に斧。二つともアチラさんが持ってる。呪われるのはアチラさんですよ。その頭痛だって呪いの前兆かもしれませんよ」

蘭子の指摘に先輩は不敵な笑みを返す。

「上等だ。もし、俺がボンボンみたいになったら容赦なんてしなくていいからな。逆にお前たちがそうなっても同様だ。恨みっこなしでいこうぜ」

「容赦しないって具体的にはどうすんですか」

僕はカメラを先輩に向けたまま質問した。

「殺すまではしないが、無力化だ。とりあえず動けなくする。骨の一本や二本は折るかもな。民夫《たみお》の場合は力ずくでもカメラを回収させてもらう」

先輩は手にした斧を振り回しながら言った。

「危ないから止《や》めてくださいよ。そもそも言い方が物騒すぎるわ。アチラさんがおかしくなったら、私たちがかなうわけありませんよ。武器持ってんだし」

「俺に呪いなんて通用しない。おかしくなるとすればお前たちのいずれかだ。そんときは覚悟しとけよ」

「アチラさんみたいに世の中を舐《な》めきっている人は一度本気で呪われて、怖い思いをするべきだわ。そうすればもう少し謙虚な人生を送ることができるんじゃないですか」

「うるせえよ。謙虚なんてバカが自分の無能さをカムフラージュするために使う言葉だ。

まあ、安心しろ。何か起こったら俺がお前たちを守ってやる」

「はいはい、心強いお言葉をいただきました」

蘭子は諦《あきら》めた様子で肩をすぼめた。

そんな二人をチャコは複雑そうな目つきで見つめている。

「よし、問題の五階に行くぞ」

先輩は斧を肩に載せると先頭に立った。

僕たちは彼の後について階段を上る。

五階も他のフロアと同じ構造になっている。長い廊下が左右に延びている。

「ねえ、大丈夫？」

蘭子が立ち止まったままのチャコに声をかけた。

僕も足を止めて彼女にカメラを向ける。

チャコは胸に手を置いて肩で息をしていた。

惨劇を経験したフロアだけに無理もないだろう。

「う、うん……」

彼女は大きく深呼吸すると急ごしらえのような笑みを見せた。

頰《ほお》が引きつっている。

「心配すんな。呪いなんてもんがあったら俺がこれで蹴散《けち》らしてやる」

アチラ先輩は手にした斧を誇示するように掲げた。

「呪いにそんなものが通用するかなあ」

蘭子が呆《あき》れたような口調でつっこむ。

台本なんてないのに、二人の素のやりとりが面白い。

蘭子は美形なのにどこかヘタレな感じが魅力的だし、なによりアチラ先輩はキャラクターが立っている。二人の個性が絶妙にからみ合っていると思う。

「だから気合いだって言ってんだろ。呪いなんてもんはな、ノーシーボ効果なんだよ」

「でもマサさんはボンボンとの接触を否定してましたよ」

僕たちは歴代の巫女《みこ》たちが事件を起こした人間たちになんらかの暗示を与えていたのではないかと考えた。

あとであかりにも聞いてみたがボンボンが自宅を訪れてきたことはなかったという返事だった。

もっとも彼女が不在のときに訪れたかもしれない。

両親にも聞いてみてくれるということだったが、先ほどあかりからメールがチャコ宛《あて》に来た。それによると両親も心当たりがないという返事だった。あかりが血溜まりボンボンの大ファンだったということもあって、彼女の両親もボンボンのことは当時から認知していたそうだ。

また、マサが嘘をついているようには見えなかった。

そもそも彼女がそんな嘘をつく理由がない。

そして巫女である彼女自身、風龍神の呪いというものを実感体感したことがないとも言っていた。そもそも巫女は他人を呪う能力やスキルなど持ち合わせていないのだとも。

宿に帰ってからそのことについて議論をした。

結果、これ以上巫女を追及しても意味がないのではないかという結論に落ち着いた。

「ノーシーボ効果は本人が呪われていると思い込めば発動する。それが巫女由来だとは限らないさ」

「呪いだと思い込むのは人間の精神的な問題ですよね」

マサは「精霊というのは人間にとって都合の悪いことの元凶ではない」と言っていた。ノーシーボ効果ならそれは人間の精神構造によるものだ。

たしかに風龍神は関係ない。

外ではさらに風が強まっているのだろう。激しさを増した轟音《ごうおん》が止まらない。それははりただならぬ存在のうなり声に聞こえる。昔の人たちが風龍神の存在を身近に感じていたのも分かる気がする。かつては家屋の造りも今と違って防音性や堅牢性《けんろうせい》に乏しかった。

今夜のような激しさには風龍神の怒りを感じ、怖《おそ》れたことだろう。

僕ですら風だと分かっていても心の表面が粟立つ思いだ。そしてなにか良からぬことが起こりそうな胸騒ぎも強まっている。

さすがは心霊スポットとして名を馳《は》せているだけある。

脅威、怖気、戦慄《せんりつ》、畏怖《いふ》……さまざまな種類の恐怖が喚起される。

四人いるからなんとかなっているものの、一人でここに赴くのは絶対に無理だ。いや、今すぐにでもここから逃げ出したい。

僕たちは廊下をゆっくりと進んだ。それぞれの懐中電灯が放つ光の輪が前方で踊るように動き回っている。このフロアもほのかに黴臭《かびくさ》い。

「あ、これ!」

突然、チャコが立ち止まった。彼女は床にライトを向けている。

「こんなところに……」

蘭子はしゃがみ込んで床に落ちているものを拾った。チャコがそれに光を当てて、僕はカメラに収めた。

「間違いない。ボンボンが祠から持ち出したのよ」

チャコが言うまでもなくそれは風龍神の牙だった。アチラ先輩が持っていたものとほぼ同一の大きさと形状をしている。

それにしてもこんなところに落としたままだなんて罰当たりだ。

「見てください。こんなところに風龍神の牙が落ちてました。おそらく当時、ボンボンが祠から持ち出したものだと思われます。やはりあの事件は風龍神の呪いだったのでしょうか。そして牙は二年ぶりに二つ揃ったということになります」

蘭子はすかさずナレーションを入れた。

「警察の捜査も入ったはずなのに誰《だれ》も気づかなかったのね」

チャコが牙をなだめるように指先で撫《な》でている。

「見かけはただの石だから仕方がないわよ」

こんなに荒れた廊下だと尚更目立たないだろう。

「撮影が終わったら祠に返しましょう」

蘭子は風龍神の牙をジャケットのポケットに収めてジッパーを閉じた。

「よかった、見つかって」

チャコが安堵《あんど》を窺わせた。そのことについて責任を感じていたのだろう。

僕たちはさらに歩を進める。床は絨毯が敷き詰められているがところどころ剝げている。また歩くたびに砂埃《すなぼこり》のジャリジャリとした感触が靴底から伝わってくる。侵入者たちにとって壁は思いきり自由に描けるキャンバスなのだろう。床から天井に伸びる「大作」が無造作に並んでいる。中には落書きとは思えない、うっかり見入ってしまうほどに凝ったものもある。廃墟になってから相当に多くの人間がここを訪れたようだ。いったい彼らのうち何人の人間がおかしくなってしまったのだろう。そちらも調査していく必要があるかもしれない。

風が廊下を吹き抜けて僕の前髪がフワリと上がった。

「今、私たちは五階にいます。別段、変わったことはないようです」

蘭子が思い出したようにナレーションを入れる。

「どうですか、チャコさん。このフロアが惨劇の舞台です」

彼女はチャコにライトを向けた。僕は二人の姿をファインダーに収めた。

「正直、怖いです。またなにか恐ろしいことが起きそうな予感がしてます」

チャコの顔が真っ白に見えるのはライトを当てているからだけではないだろう。彼女は声を震わせている。

そして僕はこの光景に違和感を覚えた。

「先輩は？」

ファインダー画面から視線を外した。

「あれ？」

蘭子とチャコが放つ光の輪が振り回されるように動いている。

しかしアチラ先輩の姿がない。

ノーシーボ効果の話をしていたのは二分ほど前のことだ。

「こんなの笑えない。タチが悪すぎる」

蘭子は声に苛立ちを滲《にじ》ませている。

気の毒にチャコは先ほどよりもさらに顔を強《こわ》ばらせている。

「アチラさん、全然面白くないですよ」

呼びかける蘭子にチャコがすがるように近づいた。

僕もライトの光をカメラで追いかける。しかし廊下に先輩の姿は認められない。

「先輩、これは肝試しじゃないんですよ」

僕も虚空に向かって声をかける。反応がない。蘭子とチャコはもう一度呼びかけたが返事がない。

「多分、客室のどこかに隠れているんだわ」

このフロアの客室のいくつかは扉が開いていたり、扉そのものがなくなったりしている。営業当時はこの廊下も天井のライトや間接照明で優美に演出されていたことが信じられないほどに荒れ果てている。魔物の巣窟《そうくつ》というイメージしか湧《わ》かない。

「蘭子さん……私、怖い」

チャコは体を縮こまらせながら蘭子の袖《そで》をつまんだ。

「大丈夫。ふざけてるだけだから」

蘭子はチャコの手をギュッと握った。

「どうする？」

僕は蘭子に聞いた。

「アホの隠れん坊におつき合いするなんてバカバカしいわよ。どうせドッキリ企画とか言い出すんでしょ」

彼女は呆れたように言った。

「でも、アチラさん、ここに来てから調子悪そうだった。そんな余裕あるかな」

こんな状況でもチャコはアチラ先輩のことを気遣っている。

「うん、悪ふざけじゃないかも……」

たしかに先輩は主成分が悪ふざけのような人間だが、撮影に対しては真摯《しんし》にして実直だ。ましてやドッキリ企画なんて程度の低い演出だと吐き捨てるだろう。

本当に魔物にさらわれてしまったのではないか……と考えてしまう。

「どうする?」

蘭子は僕に判断をゆだねた。

「ディレクターの先輩がいないとどうにもならないし……」

「捜すしかないというわけね」

カメラのマイクは彼女の舌打ちをキレイに拾ったことだろう。

「とりあえず三人離れないようにしよう」

「賛成です」

僕の提案にチャコが心細そうな顔をしてうなずいた。

僕たちは一番近くの部屋の扉を開いた。ギッギッと音を立てて引っかかりながら開く。湿った風が吹き抜ける。もしアチラ先輩がこの扉を開いたならこの音で気づいたはずだ。

それでも僕たちは中に入ってみた。

客室もロビーや廊下と同じく荒れ放題だ。

入口の壁にはやはり凝った落書きが施されている。いくつかは同じ人物が手がけたのだろう。似たようなデザインをロビーでも四階の廊下でも見かけた。

ベッドが二つあるのでツインルームのようだが、二人部屋としては広い。四人でも充分に快適に過ごせる広さだ。

ベッドもそれぞれがクイーンサイズでゆったりとしている。

マットレスが載せられているが泥と砂埃で変色し、ところどころ布がすり切れて内部のスプリングが飛び出している。

横たわるどころか腰を下ろす気にもならない。

マットレスの上には額縁に入った絵画が無造作に置かれている。

こちらも泥で汚れており何が描かれているのか判別するのすら困難だ。価値があるのかどうかなんて不明である。

大きな窓にはガラスがはまっておらず風通しがよくなっている。

窓枠をよく見ると破片が残っていることから、ガラスは取り外されたのではなく、侵入者によってたたき割られたのだろう。

僕は蘭子とチャコに窓枠には触れないよう注意を促した。

雲の流れが速いので、月の光で部屋の中が明るくなったり暗くなったりをくり返す。

チャコは窓には近づこうとしない。ベッドの近くでライトを照らしながら探っている。

思えば彼女は客室の窓からロープを使って下のフロアに降りたのだ。窓に近づくのが恐いのだろう。

僕は窓から頭を出して、恐る恐る下を覗き込んだ。

ライトで照らしてみると地面が見える。

思った以上の高さだ。

さらにうなり声を上げる風が僕の髪の毛を吹き上げる。

僕は高いところが苦手なことに気づいた。

思わず顔を引っ込めた。

よくぞこんな状況で窓の外に出られたものだ。

いくら命がかかっているとはいえ、僕だったら恐怖に押しつぶされてしまう。

とはいえ緊急時に備えていちおう各自のリュックサックの中には十五メートルほどのロープが入っている。

部屋には出入口の他に扉が二つあって、一つはウォークインクローゼット、もう一つはバスルームだった。

僕はクローゼットの扉を開いた。

大人三人が余裕で収まるクローゼットの中は心ない侵入者たちによるものだろう、袋に入れられた生活ゴミが詰め込まれている。

腐ったような臭《にお》いが鼻腔《びこう》をついた。袋の中を探ってみる気にはなれない。

割れたブラウン管のテレビや古い石油ファンヒーターもある。

わざわざこんなところまで廃棄に来たのか。

このホテルは今では巨大なゴミ廃棄場になっている。

僕はその模様をしっかりとカメラに収めている。

バスルームも高級ホテルだけあって造りが明らかにビジネスホテルのそれとは違う。先に蘭子が内部を検分していた。

大人二人がゆったりと入ることができるバスタブからは外の景色を眺めることができる。こちらはリビングと違って窓ガラスがはめられていた。

本来なら月の光に照らされた森林の幻想的な風景を楽しむことができるはずだが、ガラスが細かい傷や汚れなどで曇っていてはっきりしない。

バスタブもどこから入り込んだのか、泥がこびりついていて、営業当時の優雅な面影など微塵も残されていない。

洗面台も二人同時に使えるよう並んでおり、大きな鏡も設《しつら》えられている。こちらも汚れと傷などでほぼ壁に同化しておりその機能を果たしていない。

それでもライトの光を鈍く反射させている。

「バスルームだけで私の部屋より広いかも」

蘭子が鏡を見つめながら言った。まるでモザイクがかけられたようにぼんやりとしか映っていない。

「当時、一泊いくらしたんだろう」

「一番安い部屋でも五万円以上したらしいよ」

「それって普通に家賃だよ」

デラックスやスイートルームならいったいいくらになったのか。ゲストの多くが政治家や芸能人、会社の社長、開業医だったというのもうなずける。いまはこんな廃墟でも当時は庶民には手の届かない憧《あこが》れのホテルだったのだ。

それが今では好奇心旺盛《おうせい》な者たち以外寄りつかない心霊スポットである。

「どうやらこの部屋にはいないみたいね」

蘭子がライトをバスルームの出入口に向けながら言った。

「そのようだな。他の部屋も捜してみよう」

僕も同意する。広めの部屋とはいえ大人一人が隠れられる場所は限られている。一つの客室を調べるに当たってはさほど時間はかからない。

「トイレにでも行ったのかな」

僕はカメラを便器に向けた。洋式のそれは蓋《ふた》が閉められていた。開ける気にはなれない。

「それにしたって突然いなくなるなんて……」

僕と蘭子はバスルームを出た。

「チャコちゃん、行くよ」

蘭子が声をかける。しかし反応がない。

「嘘だろ」

僕はカメラを向けながら周囲を探った。チャコの姿が見当たらない。

「部屋を出たのかも」

出入口の扉は開いたままだ。

嫌な予感がして僕は客室を飛び出た。しかしそこにもチャコの姿はない。

「チャコちゃん！」

呼びかける僕と蘭子の声が重なった。しかしその声も虚《むな》しく壁に反響するだけだ。

胸に嫌なざわつきを覚える。

蘭子の荒くなった呼吸が聞こえてきた。

「さすがにチャコちゃんが悪ふざけするなんてあり得ない」

僕はカメラのズームを効かせて廊下の向こうを撮った。しかしその先は濃い暗闇が沈殿しているだけだ。その中でなにかが蠢《うごめ》いているように見えたが錯覚だと思うことにした。

「いったい何が起こってるっていうのよ」

蘭子は声を震わせた。その声も外の風のうなりがかき消す。風はさらに強まっているようだ。

つい先ほどまで四人だったのに今では二人だけ。人数に反比例して恐怖は倍増する。

僕は額を拭《ぬぐ》った。手のひらが濡れている。額の汗なのか手のひらのものなのか判別がつかない。暑いのか寒いのか、それすらも分からなかった。

「と、とにかく落ち着こう。こういう状況でパニックに陥るのはまずい。ホラー映画だと死亡フラグが立ってる」

カメラを持っていないほうの手のひらを彼女に向けて押さえ込む仕草を示した。

「そ、そうね。とりあえず深呼吸しよ」

蘭子は胸を押さえながら言った。

「それがいい」

僕たちは揃って深呼吸を始めた。それによってほんの少しだけ、荒くなりかけていた呼吸が持ち直す。しかし鼓動は激しく胸板を叩《たた》いている。

「民夫さん、なにが起こってもちゃんと撮影するのよ」

強気な口調ながらも蘭子は近づいて身を寄せてきた。

彼女の鼓動が伝わってくる。

「分かってるよ。僕たちは呪いの謎《なぞ》を暴いてやるんだ」

僕は自分自身を鼓舞した。蘭子に強いところを見せたいという下心がこんな状況でも発動している。だけど恐怖に押しつぶされそうだ。

ここは強がりで乗り切るしかない。

「現実的に考えてどういう状況だと思う？　オカルトはなしよ」

蘭子が闇に潜んでいる何者かに警戒するように周囲にライトを当てながら問いかけてきた。

神隠しという言葉が浮かんだが飲み込んだ。

僕はこめかみに拳《こぶし》を強く当てて頭をふりしぼる。

それだけで恐怖が薄れていく気がする。

「僕たちの他に誰かが潜んでいるのかも。そいつらが隙《すき》をついて先輩とチャコちゃんを襲った……ってのはどうかな」

蘭子はうんうんと小刻みにうなずく。

「な、なるほど……リアリティがあるわ。で、そいつらって何者なの？」

次なる問いかけに再び考え込む。

「きっと……このホテルにはとんでもない秘密が隠されているんだよ」

「どんな？」

蘭子が周囲を警戒しながらも聞き返す。

「実はこのホテルの地下には、秘密の研究所があって化学兵器とか生物兵器を開発してる。そのための人体実験なんかをやっているんだ。だから連中としてはホテルに入り込んできた人間を排除する必要がある」

我ながらなにを言っているのか分からない。現実逃避していることだけは分かっている。

「バイオなんとかというゲームみたいね」

蘭子がクスリと笑い声を立てた。

「ごめん、こんなことくらいしか思いつかない」

「いいの。なんだか少しだけ怖さが和らいだ」

「僕も」

僕たちはゆっくりと隣の部屋に近づいた。そして扉のノブをひねる。しかし鍵《かぎ》がかかっているのか、扉は開かない。

「チャコちゃん！」

蘭子はノックをしながら名前を呼んだ。やはり反応がない。

さらに僕たちはその向かいの客室の扉のノブに手をかける。

今度は扉が開いた。黴と埃の臭いが漂ってくる。

僕たちは中に入った。こちらも先ほどの部屋とほぼ同じ広さとレイアウトだった。しかしこちらのベッドには二つともマットレスがなかった。

そして窓には傷や汚れで曇っているがガラスが残されていた。

この部屋も泥と塵埃《じんあい》にまみれた床の絨毯はところどころ剝げ、壁は落書きだらけだ。多くの侵入者がここを訪れたに違いない。

僕たちは手早く内部をチェックする。

クローゼットの中にもバスルームにも人の気配はなかった。

廊下に出てさらに隣の客室も探る。

こちらも同じように荒れ果てており、優雅なホテルライフの面影は残されていなかった。

ただこちらは何者かが生活していたような形跡がある。

食べ物の残骸やミネラルウォーターのペットボトルが転がり、床に敷かれたマットレスには汚れた毛布が掛けられていた。

また灯油の缶が置かれていて、蓋を開けてみると中身が残っている。臭いからして間違いなく灯油だ。すぐ近くに小型のファンヒーターが転がっているから、その燃料に使われたのだろう。

「そう言えばホームレスの死体が見つかったって新聞記事があったわ。一年前の記事だったと思うけど」

蘭子はその記事を図書館で見たようだ。

「マジかぁ」

もしかしたらこれらは亡くなったホームレスの遺品なのかもしれない。僕は思わず寝床に向かって手を合わせた。

「ここにもいないみたい」

「だな」

僕たちは再び廊下に出た。さらに隣の客室の扉に手をかけるが開かなかった。

「もう警察呼びましょう」

「でも……」

警察の介入はできるだけ避けたい。撮影ができなくなってしまう。

「でもも クソもないわ。状況分かってんの！」

蘭子は両方の眉毛《まゆげ》をつり上げて詰め寄ってきた。

「せめて二人の安否を確認してからでも……」

「それじゃ遅いわよ！」

蘭子はスマートフォンを取り出すと画面を立ち上げた。直後に彼女は大きく舌打ちをする。

「つながらない！」

ホテル営業当時は電波が入るようななんらかの設備が整備されていたと思うが、今現在はそれを望むべくもない。

「スマホが圏外。ホラー映画のお約束」

「笑えないわ」

蘭子はスマホをポケットに収めた。

「先輩とチャコちゃん、とにかくどちらかが見つかるまで捜し出そう。そうしたら外に出て警察に連絡する」

「分かった。そうしましょう」

蘭子は僕の提案を受け入れた。

それから僕たちはいくつかの客室に入った。いずれも内部はひどく荒れていて、落書きなど侵入者の形跡もあった。しかし二人の姿は認められない。

「ちょっと」

客室から廊下に出ようとして蘭子が突然立ち止まった。

「どうした？」

「音がした……気がした」

彼女は向かいの部屋を指した。

僕には聞こえなかった。

蘭子は忍び足で件《くだん》の部屋の扉に近づく。

「誰かいるの？」

声をかけながら彼女はそっと扉を開いて中に入る。

僕もカメラを向けながら後に続いた。

「誰かいる」

入ってすぐに蘭子が声を上げた。

扉のすぐ近くの床に女性がうつ伏せの状態で横たわっていた。側頭部を押さえている。

僕たちは慌てて女性に駆け寄った。

体をひっくり返すとはたしてチャコだった。

「う、うう……」

チャコはうめき声を漏らしながら瞼《まぶた》を開いた。

「よかった……生きてる」

思わず出た僕の声をマイクは拾っただろう。

チャコの左手は左の側頭部を押さえたままだ。彼女は苦しそうに顔を歪《ゆが》めた。彼女の手にライトを当てる。

「いったいどうしたの？」

それを見て蘭子は眉をひそめた。手は血で濡れていた。

「いきなり後ろから殴られたみたいで……気がついたらここに……」

チャコは辛そうに答えた。

「僕たちがバスルームを調べている間に襲われたんだね」

僕の問いかけにチャコは「多分」と答えながら首肯した。

アチラ先輩を捜すために最初の客室に入ったときだ。リビングルームで一人になったチャコが何者かに側頭部を殴られた。気を失っている間にこの部屋まで運ばれたのだろう。

「誰にやられたの？」

蘭子はチャコを抱き起こしながら尋ねた。

「分からない。姿は見えなかったから」

背後から襲われたのだから無理もないだろう。

僕の胸のざわつきはさらに大きくなった。ついに流血沙汰《ざた》だ。

そのときだった。

部屋の出入口でザクッと床の砂埃を踏みしめる音が聞こえた。

部屋の扉は開いたままで廊下には人影が立っている。僕と蘭子はすかさずライトを向けた。

「アチラ……さん」

人影はアチラ先輩だった。

両手で握った斧をだらんと提げたままこちらを見つめ、いや睨《にら》みつけている。その瞳は恐ろしいほどにギラギラとしていた。表情にはただならぬ憤怒と憎悪の色が浮かんでいた。そこには普段の気さくさや親しみなんて微塵も窺えない。いや、それ以上に窺えないのが理性だ。

あんなアチラ先輩を見たことがない。

「オマエらぁ……」

彼のうなり声が呪詛《じゅそ》のように聞こえた。

僕は唾《つば》を飲み込んだ。思考がついて行けず体がすぐに動かない。

「マズいわ」

蘭子は飛び跳ねるように立ち上がると部屋の扉を閉めて鍵をかけた。チェーンロックもする。

「そこの椅子《いす》！」

彼女は僕のすぐ近くに置かれている木製の椅子を指した。

高級品なのだろう、しっかりとした造りだ。

「あ、ああ」

僕はその椅子を持ち上げて背もたれの部分をドアノブの真下に押し込む形で扉を固めた。

これで鍵が破られても椅子をどけなければ開くことはできないはずだ。十数秒とはいえ時間が稼げるだろう。

僕たちは扉に向いたまま後ずさる。

何が起きているのか……想像はつく。

「先輩……呪われたんだよな」

僕はカメラを先輩との間を隔てる扉に向けたまま誰ともなしに問いかけた。

「明らかにそういう顔してたでしょ」

蘭子の声がまたも震えた。

「どうしてこうなっちゃうの！」

チャコは両手で頭を押さえ込みながら金切り声を上げた。

やがて扉が大きな音とともに振動した。

斧だ！　先輩は扉をたたき割ろうとしている。

「出てこいっ！　この野郎っ」

同時に怒鳴り声が聞こえた。先輩の声とは思えない、完全に理性を失っている声だ。

「ボンボンと同じだわ」

チャコは涙を流しながら上半身だけを起こしたまま後ずさりした。僕と蘭子はそんな彼女に肩を貸して立たせた。

「傷口見せて」

蘭子は患部にライトを当てる。チャコは手を離した。

その間にも扉を斧で叩きつける音が響いてくる。

「どうなってる？　痺《しび》れちゃって痛みも分からないの」

チャコが心配そうに聞いた。

「まだ出血しているけど、傷はそんなに深くないみたい。でも応急手当は必要だわ」

「よかった……」

チャコは安堵の表情を覗かせた。

僕もカメラで彼女の傷口を撮影したが、パックリと割れていて軽傷とは思えない。縫う必要があるだろう。流血が彼女の肩を染めている。

蘭子はリュックサックからタオルを取り出すとそれをハチマキのようにしてチャコの頭に巻いた。そして部屋の隅に立っているシェードのついた古風なデザインのライトスタンドに駆け寄る。コードを乱暴に引き抜いて戻ってきた。

「これで傷口を圧迫できるわ」

蘭子は一メートルほどのコードをタオルの上に巻き付けてしっかりと縛った。

そうしている間にも扉を叩きつける音と先輩の怒号が続いている。

「これでよしと」

タオルはチャコの頭に固定された。患部はコードの締めつけによって圧迫されているので止血効果も期待できる。

「グッジョブ、蘭子さん」

僕は彼女に向けて親指を立てた。

さすがは医療系の学生だ。

「蘭子さん、ありがとう……」

「お礼はここを切り抜けてからにして」

彼女は扉に顔を向けた。

「お前ら、今すぐ出てこい！　殺してやるぞ！」

アチラ先輩の怒気が扉の振動を通してこちらに伝わってくる。なにより彼女を襲ったのは間違いなく先輩だ。ヤラセやドッキリだったらチャコにここまでのケガを負わせるはずがない。殺意以外の何ものでもない。

チャコは運良く命を落とさずに済んだに過ぎない。

つまり今のアチラ先輩はガチで呪われている……。

蘭子と目が合う。僕はうなずいた。

こんな状況でネガティブな感情に落ち込むのは禁物だ。このホテルで何が起きているのか、僕たちは見届ける必要がある。

「きゃあ！」

チャコが叫び声を上げる。僕たちは扉に視線を戻した。

木製の扉に亀裂《きれつ》が入った。

「ぶっ殺してやるっ！」

亀裂の隙間からアチラ先輩の怒号が飛び込んできた。

この扉が破られるのも時間の問題だ。

僕は部屋の中を見渡した。思えばまだこの部屋を検分していない。

こちらの窓枠にも曇ったガラスがはまっている。

月の光がぼんやりと部屋の中を照らしている。

広さはこれまでで一番広い。

キングサイズのベッド二つと大人三人が収まる朽《く》ち果てたソファと一人掛けのソファ、そしてテーブルが窓際に並べられている。

「武器になりそうなものはない？」

蘭子が切羽詰まった口調で言った。

「武器、武器……」

僕たちはライトで床を照らしながら探す。しかし一メートルほどの棒きれしか見当たらない。その棒もすぐに折れてしまいそうで心細い。

そのとき大きな音がして扉の一部が吹き飛んで、大きな穴があいた。

「チャコぉ、まだ生きていたのかぁ」

その穴からアチラ先輩が顔を覗かせる。

僕はスタンリー・キューブリック監督のホラー映画『シャイニング』のワンシーンを思い出した。チャコもボンボンに襲われたとき同じことを思ったと言っていた。

あの狂気に満ちたジャック・ニコルソン演じる主人公。彼は休業中の雪山のホテルで管理人をしている。悪霊の呪いによっておかしくなった彼は一緒にホテルに暮らす妻と子供に斧を握って襲いかかる。

今のアチラ先輩の表情や声には邪悪しか感じられない。

あの圧倒的な恐怖を僕たちはリアルに味わっているというわけだ。

僕は無意識のうちにカメラを先輩に向けていた。

「格闘になったらとてもかなわないぞ」

アチラ先輩はああ見えてなかなかに腕っ節が強い。大学時代、飲み会の帰りに不良少年のグループに絡まれたことがあるが見事に返り討ちにした。ましてや斧を持っているのだ。

そのとき窓のガラスに大きなヒビが入った。蘭子が窓になにかを投げつけたのだ。それが床に転がった。

風龍神の牙だった。

彼女はそれを拾い上げるとガラスに叩きつけた。何度も続けているうちに亀裂が四方八方に広がっていく。

扉のほうでも大きな音がした。穴がさらに大きくなりアチラ先輩が顔を覗かせている。

「手伝って！」

蘭子が一人掛けのソファを持ち上げようとしている。僕とチャコは駆け寄って、三人で力を合わせてソファを窓に投げつけた。

ガシャンと音を立ててソファは暗闇に姿を消した。

いつの間にか月が雲に隠れて見えなくなっている。窓の外は漆黒だった。

しかし地響きを思わせる風の音が僕たちの肌も震わせている。

窓には大きな穴があいている。蘭子は風龍神の牙を使って手早く残りの破片を取り払った。

「まずい！」

アチラ先輩が大きくなった穴から手を伸ばして鍵を解除しようとしている。

僕は急いで近づくとその手に思いきり棒きれを叩きつけた。次の瞬間、棒きれは折れて先輩の手が引っ込んだ。

「あれで塞ごう」

僕は三人掛けのソファを指さした。またも三人でソファを玄関扉まで運ぶ。そのままソファを扉に立てかけて押さえ込んだ。

「この野郎！　ふざけんな！」

アチラ先輩の怒鳴り声とともに扉が音を立てて破壊されていく。

「ここは長くはもたない！　早く逃げろ」

僕はソファを押さえたまま同じようにしている女性二人に向かって叫んだ。

そうこうするうちにも扉が破られていく。

僕はソファを押さえる腕に力を入れてさらに体重をかけた。

手には作動中のカメラを握ったままだ。

僕はソファを押さえながらもカメラの向きを意識していた。

部屋の中の様子は撮影されているはずだ。

「民夫さんはどうするの⁉」

「考えがある。とにかく君たちは下に降りるんだ。早く！」

蘭子はうなずくとチャコの手を引っぱってベッドに駆け寄った。

リュックからロープを出し、片方をベッドの脚部にくくりつけると今度はもう片方を窓の外に投げた。

あっという間に三本分用意が整った。

二人は窓際に立って窓の下を覗き込んだ。

「四階の窓が開いてる」

チャコが僕に報告した。

「よし、四階に降りるんだ」

僕が告げると二人はうなずいた。

もう間もなくこのバリケードは破られる。

それまでに二人は降りられるだろうか。間に合わなければアチラ先輩にロープを切られて終わりだ。そうしているうちにもアチラ先輩は扉を破ろうとしている。

「民夫さんは本当に大丈夫なの？」

蘭子もチャコも不安と恐怖で表情が張り詰めている。

「二人が四階に降りられるまでなんとか食い止める。大丈夫だ」

強がる僕の声は震えていた。それが恐怖から来るのか、それとも美女二人を救おうとするヒーローになり切った武者震いなのか分からなかった。

「あなた、カメラマンなのよ。絶対に死んじゃダメだよ」

蘭子は念を押すように言った。チャコも神妙な顔で僕を見つめている。

「分かってる」

彼女の気持ちが嬉《うれ》しかった。

「チャコちゃん、いける？」

「いくしかないわ」

二人はロープを手にすると腰に一回だけ巻いた。そして深呼吸の仕草をすると窓の外の闇に溶け込むように姿を消した。

ベッドの脚部につながった二本のロープはピンと張り詰めてギリギリと小刻みに動いている。太さがあるので彼女らの体重を支えるには充分な強度があると思われるが、あの斧を叩きつけられたら真っ二つになるだろう。

外は強風の暗闇だ。二人が階下に降りられるまでにはそれなりに時間がかかりそうだ。

「逃げ場はないぞ！」

衝撃がソファに直接伝わってくるようになった。

どうやら扉は完全に破られてしまったようだ。

ソファで塞がれたわずかな隙間から覗き込むと廊下の様子とアチラ先輩の動く影が見え

隠れする。

僕はさらに力を込めてソファを押さえ込んだ。

今はこのソファだけがバリケードになっている。

「この野郎！　この野郎！　この野郎！」

先輩の怒鳴り声がするたびにソファが弾《はじ》かれそうになる。出入口の向こうから激しく蹴飛ばしているようだ。

僕はベッドから窓の外に伸びている三本のロープを見た。

三本のうち二本はまだ張り詰めたまま小さく動いている。二人とも階下に到達していないようだ。残りの一本は僕が使うことになるかもしれない。

突然、ソファの振動が止まった。

同時にむせるような臭いがしてきたので思わず息を止めてしまった。

その臭いがなんなのかすぐに分かった。つい先ほど嗅いだばかりだ。

気づけば臭いを発する液体が足下に広がっていた。

この臭いは灯油だ。おそらくホームレスがファンヒーターの燃料として使っていたものだろう。アチラ先輩は外から灯油を撒《ま》いたのだ。火をつけられたらとんでもないことになる。

僕は思わず液体から飛び退《の》いた。同時にソファからも離れた。

しかし着火はされなかった。

その代わり、立てかけられたソファがこちらに向かって倒れかかってきた。隙間から人影が見えた。アチラ先輩だ。

僕は反射的に駆け出すとそのままベッドの陰に身を隠した。

それから間もなく人影が室内に入ってきた。

僕はゆっくりとうつ伏せになるとベッドの下に身を滑らせた。

息を殺して外の様子に目を凝らす。相手の足首だけが見える。

ライトの光が二本のロープを照らし出していた。ロープは小さく震えている。まだ二人はロープに吊《つ》られたままのようだ。

足首はゆっくりとこちらに近づいてきた。

アチラ先輩は身を屈《かが》めたようだ。そしてベッドの脚に巻きついたロープに指を沿わせた。彼の指が目の前にある。

こんなときでも僕はカメラを向けている。

しかし幸い、僕の存在に気づいていないようだ。

影の動きから先輩が立ち上がるのが分かる。

足首はベッドから離れていった。明らかにロープが伸びているほうに向かっている。もちろん窓である。

「見ぃつけたぁ！」

アチラ先輩が階下に向かって大声で呼びかけた。

「アチラさん！　正気に戻って！　私です、蘭子です！　チャコちゃんもいるのよっ！」

「うるせえよっ！」

彼の怒号が聞こえる。

僕は意を決してベッドの下から這《は》い出てしゃがみ込んだ。ベッドの陰に身を隠して先輩の様子を窺う。

彼は窓枠に手をかけて階下を覗き込んでいた。

「アチラさん、あなたは風龍神の呪いにかかってるのよ！　正気に戻ってください！」

今度はチャコの必死の叫び声が聞こえてくる。

「うるせえって言ってんだろ！」

アチラ先輩は怒鳴りながらもこめかみに指を当てている。雲から顔を出した月の光がアチラ先輩の横顔を照らした。彼は辛そうに顔をしかめている。

今だ。

僕は身を屈めながらゆっくりとアチラ先輩に近づいた。

「アチラさん！　呪いなんかに負けないで！　そんな弱い人間じゃないでしょっ！」

「なにかあったら私たちを守ってくれるって言ってたじゃないですかっ！　約束守ってよっ！」

二人の切実な叫びが風の轟音に混じった。

「くそ……ぶっ殺してやる」

アチラ先輩は窓の外に伸びるロープに向けて斧を振り上げた。ロープが切断されたら二人は落下してしまう。無事では済まないだろう。

「死ねえっ！」

その瞬間、僕の体は自然に動いた。

僕は立ち上がるとそのまま先輩に向けて突進した。

そこから先の動きはすべてがスローモーションのように思えた。

僕の体がアチラ先輩にぶつかる。

前のめりになった彼はバランスを崩しながらも闇雲に僕の腕を摑《つか》んだ。

突進した勢いで僕も自分の体を止めることができない。

そのまま先輩に引っぱられながら気がつけば僕たちは宙に浮いていた。

風景が回転する。

浮遊感は一瞬でそれはすぐに落下に変わった。

うわあああああっ！

叫び声を上げたつもりが聞こえなかった。

「民夫さんっ！」

代わりにすぐそばで蘭子とチャコの声が重なった。

僕は瞬時に窓の外に飛び出たことを察知した。

そして手に触れたものを反射的に摑んだ。体が壁面に勢いよく激突する。

その衝撃で手の力が弱まり滑り落ちる。

慌てて握力を総動員すると滑落が止まった。

手のひらにすり切れた痛みを感じたが放さなかった。

放すわけにはいかない。

僕が掴んだのはロープだった。もしこれを掴み損ねていたら今ごろ地面に叩きつけられていただろう。五階の高さだ。無事でいられるとは思えない。

僕は両手でロープにしがみついた。

そして恐る恐る下を見た。

ちょうど足下では同じように蘭子とチャコがそれぞれのロープに吊されている。

どうやら僕は自分のロープを掴んでいたようだ。

そしてアチラ先輩。三階あたりまで落下したが僕のロープを掴んでいた。

暗闇の中からギラギラした瞳を僕たちに向けていた。

「お前らぁっ！」

先輩の怒号が風と一緒に吹き上がってきた。落としてしまったのか、斧は見当たらない。

彼は両手でロープを握りしめていた。

そして壁に足をつけると僕たちを目がけてよじ上ってくる。その表情は相変わらず狂気に満ちていた。

マジかよ……。

下腹部に鷲《わし》づかみにされる感触が走った。

「上れ！　上るんだっ！」

僕の呼びかけよりも先に蘭子もチャコもロープを上り始めていた。僕は手のひらに突き刺すような痛みを感じながらも両腕と両足に全力を込めた。

先輩に追いつかれたらアウトだ。

僕は必死だった。落ちるまで手にしていたカメラがどこにいったのか考えもしなかった。

「手を伸ばして！」

頭上から蘭子たちの声が聞こえてくる。

僕が言うとおりに片手を伸ばすと、四本の手が僕を掴んで引き上げた。

「よかった！」

部屋に上がり込むと蘭子とチャコに抱きしめられた。しかしすぐに二人は僕から離れる。

僕が上ったロープはいまだに張り詰めて小刻みに左右に動いていた。

「そこで待ってろ、ぶっ殺してやるからなっ！」

窓の真下から先輩の怒号が聞こえた。すぐそこまで迫っている。

「これよ！」

蘭子が床に落ちているものを拾い上げた。

それは斧だった。僕が激突したはずみで床に落としたのだ。さらにはすぐ近くにゴープロも転がっていた。僕はカメラを拾うと斧を握った蘭子に向けた。

彼女は窓際に立つと階下を覗き込んだ。僕もカメラを向ける。すぐそこまで迫っている先輩の姿があった。その表情には理性の欠片《かけら》も窺えない。

呪われている……完全に呪われているのだ。

僕と蘭子、チャコは互いに顔を見合わせた。そして三人とも同時にうなずいた。

蘭子は斧を大きく振りかぶった。

その姿がゴープロの液晶モニタに映った。まるでホラー映画に出てくる殺人鬼にトドメをさす強いヒロインを思わせた。

「アチラさん、ごめんなさい」

そうつぶやくと彼女は斧を窓枠を横切るロープに向かって思いきり振り下ろした。

一回、二回、三回……。

刃部が叩きつけられるたびに繊維は切断されて細くなっていく。

「ぶっ殺してやるぞぉ」

そのとき窓の外にアチラ先輩の頭が見えた。

「蘭子さんっ！」

チャコの叫びとロープが真っ二つに弾けとぶ音が重なった。

同時にアチラ先輩の姿が消えた。

「うわあああああああああ！」

彼の絶望的ともいえる叫びが階下のほうに遠のいて行く。

僕とチャコは窓から身を乗り出した。

いつの間にか月が雲に隠れてしまったため二階より下は漆黒に塗りつぶされていた。

恐る恐る懐中電灯で照らしてみたが草木が生い茂っていて先輩の姿は認められなかった。

この高さだ。いくら先輩でも……。

「蘭子ちゃん！」

チャコが腰を抜かしている蘭子に駆け寄った。

蘭子は両目を見開き、口をポカンと開けたまま肩で息をしていた。斧は床に転がっていた。

「もう大丈夫、助かったんだよ」

チャコは蘭子に優しく言った。

「わ、私、殺しちゃったのかな……」

彼女の白目は真っ赤に充血している。

「ぶ、無事だよ。ケガしてるみたいだけど」

「ほ、本当？」

「ああ、本当さ」

「よ、よかった……」

蘭子は強ばった表情を緩ませながら大きく息を吐いた。

僕は後ろめたさを覚えながらも笑みを取り繕った。彼女をこれ以上、苦しめたくなかっただけだ。

蘭子が斧を手にしたとき、僕はカメラを向けて自分がカメラマンであることをアピールした。そうすることでロープを切る役目を彼女に押しつけたのだ。

我ながら卑劣だと思う。

しかしあの時の僕はすでに限界を超えていたのだ。どうにもならなかった。

「アチラさん、正気に戻ってくれたかな」

チャコは不安げに言った。彼女も僕の方便を真に受けたようだ。

「きっと今の衝撃でいつもの先輩に戻ったんじゃないかな」

そんなことよりも先輩の安否のほうが心配だ。

「やっぱり呪いは存在したのよ」

蘭子はポケットから風龍神の牙を取り出した。

これがやはり元凶だったのだろうか。それともこのホテルに巣くうなにかが先輩を狂わせてしまったのか。

今夜の出来事はこのカメラにしっかりと収まっているはずだ。僕はゴープロを握りしめた。

「こんなの信じてもらえるかなあ」

まるでホラー映画のような内容だ。それもかなりB級の。

「信じる信じないは視聴者次第でしょ」

蘭子の言うとおりだ。僕たちは目の前で起きたことを正直に伝えるまでである。演出を加えたらそれはドキュメンタリーではない。そもそもアチラ先輩が許さない。

窓の外では風のうなりが続いている。

「この音、二度と聞きたくない」

チャコは恨めしそうに窓の外を見つめながら言った。ボンボンのときも同じように風がうなっていたのだろう。

「この音を聞くと今夜のことを思い出してしまいそうね」

蘭子はゆっくりと立ち上がるとズボンの汚れを振り払った。外から入り込んできた風が彼女の髪を吹き上げた。

「アチラさんを探しに行きましょう」

彼女は斧を手にしたまま言った。

僕たちは部屋を出た。暗い廊下を進んで階段に向かう。恐怖の対象を撃退できたという安心感もあるのか、女性二人の足取りは往路に比べると心なしか軽い。

やがて僕たちは一階のエントランスロビーに戻った。相変わらず営業当時の華やかな光景が想像できない。

生暖かい風が頬を撫でる。

僕たちは建物の外に出た。もちろんカメラは回したままなので本体がほんのりと熱くなっている。

そしてアチラさんが落下したであろう地点を目指して、ホテルの壁沿いに進む。

斧を握りしめた蘭子を先頭に僕とチャコは警戒しながら後についていった。

壁に沿って大小の木々が植樹されているが手入れが行き届いておらず雑木林の様相を呈している。地面は雑草で埋められて地肌が見えない有様だ。一歩一歩進むたびに草木を踏みしめる音が聞こえてくる。

「風が弱まってきたわ」

チャコの言うとおり気がつけば遠くのほうで聞こえていた龍のうなり声のような風音がなくなった。それでも枝葉が揺れるくらいの風が吹いている。この地域は強風が吹いたりやんだりを一日に何度もくり返すようだ。その風土が住人たちに風龍神信仰を生み出させたのだろう。

「ここらへんよね」

蘭子がアチラさんが落ちた辺りに懐中電灯の光を当てる。僕たちも周囲を探った。

アチラさん、どうか無事でいてくれ……。

心の中で強く念じる。しかしアチラさんの姿が見当たらない。

「ねえ、これ！」

チャコが指したほうを僕と蘭子のライトが照らした。

「ロープの切れ端だ……」

僕はチャコが手にしたものにカメラを向ける。ロープは木の枝に引っかかっていた。彼女が引っぱるとロープはスルスルと枝の間を抜けてもう片方の端が地面に落ちた。

「気をつけて！　近くにいるはずよ」

蘭子が姿勢を低くしながら忠告した。僕は彼女に倣《なら》いながらもカメラで周囲を探る。ライトの光が当たってないところは墨汁で塗り込めたような闇に包まれている。

僕の中でアチラ先輩の死体が見つからない安堵と、無事だった先輩に襲われるかもしれない恐怖がない交ぜになっていた。ただアチラ先輩は武器を持っていないはずだ。今は斧を蘭子が握っている。彼女は不意の襲撃に備えて構えの姿勢を取っていた。僕たち三人は死角から襲われないよう背中合わせになって周囲を警戒した。先ほどより暗闇に目が慣れてきたせいか、風景の輪郭がぼんやりと見えるようになっている。しかしアチラ先輩の姿は見えない。気配もない。

いったい先輩はどうなってしまったのか。

たしかに彼は落下していった。しかし途中で闇にかき消されてしまった。それぞれの部屋の天井が高いので同じ五階でも普通のビルより高さがある。地面に叩きつけられれば無事では済まないはずだ。

風の音が弱まってきたこともあって互いの呼吸が聞こえる。僕も他の二人も息を荒くしていた。背中や肩に感じる二人の体の接触が心強い。もし一人だったら恐怖に押しつぶされてしまいそうだ。

「ごめんね、チャコちゃん。こんなことに巻き込んじゃって」

背中越しに蘭子が謝った。

「蘭子さんが謝ることなんてないわ。ここに来たのは私の意思だから。いつかはあのことに向き合わなくちゃいけないって思っていたの。どうしてボンボンがおかしくなったのか。それをどうしても知りたかった」

「そう……強いんだね」

「蘭子さんはどうして?」

今度はチャコが聞き返した。

「私、やっぱり歯医者に向いてない。大学での勉強も全然興味が持てないし、実習もバイトもちっとも面白くない。もちろん歯医者はこれからも患者さんたちから必要とされる尊い仕事よ。だけどいくら実家が歯科医院だからってやりたくないことで一生を過ごさなくちゃならないなんて辛いわ。人生は一度きりしかないんだもの。このままではきっと後悔すると思うんだ」

「やっぱり映画?」

「うん、私は映画が大好き。だから映画を作る仕事をしたい。できたらいろんな役を演じたい。それが私の夢よ」

「蘭子さんならきっと女優になれる。だってきれいだし可愛《かわい》いし、女の私から見ても魅力的だもん」

「チャコちゃんにそう言ってもらえると嬉しいわ。いつもアチラさんにディスられてばかりだからね」

二人の温かい笑いが背中に伝わってきた。

極限的ともいえる状況で女の子が夢を語る。いいシーンだと思う。

「民夫さんもそうなのよね」

チャコは次に僕に話を振ってきた。

「うん。観客をびっくりさせるような映画を撮りたい。できたらアチラ先輩とペペロンを完成させたい」

「そのためにはこの企画はやり遂げないとね」

「そうだな。やり遂げないとな」

この会話で気持ちが盛り返してきたせいか、暗闇に対する恐怖が薄らいできたような気がする。

「風龍神なんかにアチラさんを渡さない。絶対に取り返してやるわ」

蘭子が斧を強く握りしめた感触が背中に伝わってくる。

「やっぱり呪いなのかな」

チャコがずっとつきまとっている疑問を口にした。

「どうだろ。今日のアチラさん、体調が悪そうだった。なにか関係があるのかしら」

蘭子の言うとおり、先輩は奥羅摩に来てから何度か頭痛を訴えている。特にホテルに入ってからそれが顕著になった。

「そう言えばアチラさん、ノーシーボ効果の話をしていたけどどうなんだろう」

「ノーシーボ効果はプラシーボ効果とは逆だけど同じ理屈よ。私も大学の心理学と薬学で習ったけど、対象が暗示を自覚していたら成立しないわ」

それはそうだろう。患者が偽薬であることを承知していたら効果を見込めるはずがない。アチラ先輩は呪いがノーシーボ効果である可能性を疑っていた。そんな彼にノーシーボ効果が発動するだろうか。

「催眠術の可能性はないかな」

「ノーシーボ効果よりは説得力があるかも。あんなにおかしくなっちゃうんだからかなり強力な催眠術ね」

僕の思いつきに蘭子が応じた。

「だったら催眠術師は誰なの？　そもそも催眠術って本人に気づかれずにかけられるものなの」

「もしできたとしてもいろんな方法を駆使して対象に暗示を与えていくわけだから相当に時間がかかると思う。それにあの猜疑心《さいぎしん》の塊みたいなアチラさんに効くとは思えないわ。もし催眠術だったら術者は相当のスゴ腕よ」

もし催眠術が事件の真相であるなら、ボンボンもアチラ先輩も同じ催眠術師にかけられたのだ。

ボンボンとアチラ先輩と接触した共通の人物といえば誰だろう？　奥山家の人間はいずれもボンボンと接触していないと言った。しかしそれも本当のところは分からない。嘘をついているかもしれないし、特に高齢のマサは忘れているのかもしれない。

仮に接触していたとしてもアチラ先輩は短時間だ。あのやりとりの中で催眠をかけられてしまったのだろうか。

僕は頭を強く振った。いくらなんでもそれはあり得ない。

しかし、とも思う。

他人は見た目だけで判断できない。どんなに人当たりが良くても、内にどす黒い悪意を秘めている人間もいる。

僕はそっとゴープロを右斜め後ろに立つチャコに向けた。血がにじんだタオルを頭に巻いた彼女は周囲を警戒していて自分がファインダーに収まっていることに気づいていないようだ。

もし彼女が強力な催眠術を使える魔女みたいな人間だとしたら……。

ボンボンとは交際していた。男女間のことは本人たちにしか分からない。多くのカップルは相手に好意を向けているが、中にはそうでない人もいる。

それが殺意であることも……。

女性が浮気が許せずパートナーを殺害してしまったという海外で起きた事件のニュース

記事を最近読んだ。その女性は刃物で刺したようだが、もし彼女が催眠術を使えるとしたらどうだろう。催眠術なら凶器や毒物が残らない。つまり警察に逮捕される可能性も相当に低くなる。

「ねえ、チャコちゃん。君やボンボンは敬明大学出身だったよな」

「え、ええ。そうだけどそれがどうしたの」

液晶モニタに映っているチャコは目をパチクリとさせている。ちなみに敬明大学は名門の難関私立大学である。チャコも蘭子も高学歴女子なのだ。

「なにを専攻していたんだい？」

「ボンボンは経済学部でトミオとキャン太郎は二人とも文学部。私は社会学部の人間心理学科だったから主に心理学よ」

チャコが答えた。

心理学……。

僕は胸の内にざわつきを覚えた。

「だったらアチラさんや私なんかよりノーシーボ効果に詳しいんじゃない」

蘭子の言うとおりだ。

「詳しいってほどじゃないんだけど……私もノーシーボ効果は違うと思う。蘭子さんの言うようにアチラさんは暗示や思い込みを自覚していたから効果はないという意見に賛成よ」

「催眠術については？」

僕は改めて見解を求めた。

「考えにくいけど可能性はゼロじゃないわ。なんらかの方法、例えば薬物なんかを使って対象をトランス状態に落とし込む。その状態でトリガーとアンカーを植え付ける。トリガーは引き金、アンカーは暗示のことよ。例えばチャイムの音を聞くとトイレに行きたくなるみたいな」

以前、なにかの映画で催眠術者が楽器の音を合図に被験者に拳銃《けんじゅう》の引き金を引かせるシーンを見たことがある。

僕は液晶モニタを通して注意深くチャコの表情の変化を観察した。頭を負傷した、闇に怯《おび》えるか弱い女性にしか思えない。だが見かけだけの判断は禁物だ。

もし彼女が心理学の知識を活《い》かして強力な催眠術を扱えるとしたら、それを殺人に応用したかもしれない。

ボンボン殺害にはなんらかの動機があったのだろう。首尾良く正当防衛を取り繕って自身を被害者に仕立てることができた。

そして事件の真相を解明しようとする人間を見逃すわけにはいかない。

彼らの目の前で事件を再現すれば呪いの存在を信じさせることができる。

もし真相が発覚しそうになればその前に全員殺害するつもりなのかもしれない。

風龍神の牙や斧もチャコが事前に用意して現場に残したのかも……。

無理筋な推理だと思うが、不可解な事件だけに可能性も捨てきれない。

「今思うと、アチラさん。風の音に反応していた気がする」

突然、蘭子が思い出したように言った。

「どういうことなの？」

「風の轟音がするたびに辛そうにしてた」

チャコの問いかけに蘭子が答えた。

「ああ、たしかにそうね。風が弱まっていたときはいつものアチラさんだったわ」

「もし催眠術だとしたら風の音がトリガーだったのかな」

「そうかもしれないわ」

チャコが同意する。

「民夫さんはどう思う？」

僕としてはどう受け止めていいのか分かりかねた。

蘭子はチャコをまるで疑っている様子はない。そのことを蘭子に告げれば一笑に付されるだろう。

ただアチラ先輩が辛そうにしているタイミングには心当たりがあった。

たしかに彼が顔をしかめているとき風の轟音が地鳴りのように響いていた。

不安をかき立たせられる、風龍神の存在を思わせる音だ。

「風の音がアチラさんを狂わ……うわっ！」

突然、上から大きな影が降ってきた。

僕たちは反射的にその場から飛び退いた。

影は音を立てて地面に落下した。僕たち三人はその影を囲むようにして立っている。

やがて影はゆっくりと起き上がった。人間の輪郭をしている。

僕はカメラと一緒にライトの光を当てた。

ギラギラした瞳が僕を睨みつけていた。

「アチラさん！」

影ははたして先輩だった。

狂気に満ちた形相に思わず怯《ひる》んでしまい、咄嗟《とっさ》に体が動かせない。

「トドメよっ！」

アチラ先輩の背後で蘭子が斧を振り上げている。

「蘭子さんっ！」

チャコのかけ声と同時に蘭子はアチラ先輩の脳天目がけて振り下ろした。

同時に僕の目の前で彼は崩れおちるように倒れ込んだ。

「アチラさん……」

僕たち三人は恐る恐るアチラ先輩を覗き込んだ。

彼はピクリとも動かなかった。

5

「意識が戻りました」

看護師がやって来て二人のスーツ姿の男性に伝えた。

一人は三十代半ばくらいで長身のがっしりとした体型をしている。顔立ちも整っていてスマートな印象を受ける。

もう一人は白髪《しらが》交じりの年配で短軀《たんく》だった。

女性としては平均的な身長のチャコとほぼ同じくらいだ。額や頰《ほお》に深い皺《しわ》が刻まれた渋い顔立ちをしている。

若い方が山本哲也《やまもとてつや》、年配の方が寺脇正義《てらわきまさよし》。

彼らは律儀にフルネームで名乗った。

そして奥羅摩《おくらま》署刑事課の刑事だと身分を明かした。

刑事ドラマで見る刑事そのものである。演技をしている役者じゃないかと思えるほどだ。

二人は猜疑心《さいぎしん》に満ちた鋭利な視線を僕たちに向けていた。

「よかったぁ……」

廊下をせわしなく歩き回っていた僕は安堵《あんど》のあまりソファに腰を落とした。

つい先ほどまで張り詰めていた蘭子《らんこ》とチャコの表情も看護師の言葉を聞いてふわりと緩んだ。

ここは奥羅摩駅近くにある奥羅摩中央病院の待合スペースである。

時間が時間だけに他に患者の姿は見かけない。

普段は診察待ちの人たちであふれているであろうロビーも今は閑散としていて、たまに病院スタッフが通りかかるくらいだ。

人口のわりに規模の大きな病院で築浅なのか、床のリノリウムもピカピカに光っている。

「で、殴ったのはあなたなんだね？」

「はい」

寺脇の質問に蘭子は神妙に答えた。

「斧《おの》だったんだから殺意はあったんだよな」

「そ、そんな滅相もない！」

彼女は両方の手のひらを胸の前で左右に振った。

「普通、斧で殴れば死ぬだろ」

「そ、それはそうなんですけど……」

「刑事さん、何度も言ってるんですけど私たちは襲われたんです。彼女は正当防衛ですよ」

僕は立ち上がると刑事に主張した。

「それ、撮ってんの？」

山本が僕のゴープロを指しながら視線と声を尖《とが》らせた。

「あ、いや……はい」

「もしかしてネオチューバーか」

「まあ……そんなもんです」

僕は後頭部を掻《か》きながら答えた。

「撮影は止《や》めてくれないかね。我々にも肖像権ってもんがある」

今度は寺脇が言ってきた。

僕は蘭子とチャコに目を合わせた。二人は小さくうなずいた。

「すいません」

僕はゴープロの電源を刑事たちが見ている前でオフにした。さすがにここでカメラを回すのは難しそうだ。

年配の刑事は「ふん」と鼻を鳴らした。

「最近はあんたらみたいのがやって来てはうちの管轄でトラブルを起こす。まったくいいかげんにしてもらいたいな」

彼は僕のゴープロに指を突き立てながら苦々しい顔をした。

「あの事件以来……」

そう言いかけて若い刑事がチャコを見つめた。彼女は頭に包帯を巻いている。アチラ先輩に殴られた傷口は、三針ほど縫合した。

「また、あんたか！」

年配の刑事も気づいたようだ。

「ごめんなさい！」

チャコはバツが悪そうな顔をして勢いよく頭を下げた。

「ホントに困るんだよ。あの事件が起きてからあのホテルへのネオチューバー連中の不法侵入があとを絶たないんだ。ゴミは捨てるし壁は落書きだらけ。マナーがなっとらん」

すべてをネオチューバーに結びつけるのは乱暴だと思ったが言わないでおいた。

警察の機嫌は損ねたくない。

下手をすればカメラや映像のデータまで没収なんてことになってしまうかもしれない。

カメラはともかく映像データは守りたい。

「どうせ再生数が目的なんだろ。そのためなら迷惑行為も厭《いと》わない。俺《おれ》たちがあんたらみたいな連中のことでどんだけ振り回されていると思ってんだ」

山本の額には青筋が浮かんでいる。

「あんた、なんでまたここに戻ってきたの」

寺脇がチャコに尋ねた。

「どうしてボンボンがおかしくなったのか。知りたかったんです」

「で、あれもこれも風龍神《ふうりゆうじん》の呪《のろ》いだと言うつもりなんだろ」

山本が呆《あき》れたように小さく息を吐く。

「だったら刑事さんはどう思っているんですかっ⁉」

珍しくチャコがキッとした目で刑事を睨《にら》んだ。

「ど、どう思っているってなにをさ」

彼女の勢いに気圧《けお》されたのか山本はわずかに体をのけぞらせた。

「どうしてボンボンはおかしくなっちゃったんですかってことですよ」

「本人は亡くなっているんだ。そんなこと分かるはずがないだろう」

「それは刑事さんにとってボンボンは単なる他人だからですよ！　私は彼と交際してました。それに彼にも両親兄弟がいます。残された者たちからすれば、彼がおかしくなっただけという結論で済まされたらたまったもんじゃありません。どこにも、誰《だれ》にもぶつけようのない悲しみと怒りともどかしさをずっと抱えて生きていかなくちゃならないんです。そんなの耐えられるわけないでしょう！」

チャコは目を剝《む》いてヒステリックに喚《わめ》いた。

「チャコちゃん」

蘭子が駆け寄ってチャコの体をそっと抱きしめた。

彼女の白目は真っ赤に充血していた。

今までにも心ない言葉を浴びせられたのだろう。

それにじっと耐え続けて、ついに現場に向き合う決心がついたのだ。そんな彼女の気持ちを考えるといたたまれない思いにかられる。僕もつい先ほどまで彼女のことを疑っていた。今では申し訳ないと思っている。

「まあまあ、お嬢さん。気持ちは分からんでもないが、それではいつまで経《た》っても前には進めない。あんたらの話が本当ならまたも殺されそうになったんだろう。それでも大事に至らなかった。幸運だったとしか言いようがない。お嬢さんの先の人生はまだまだ長い。もう過去を振り返らずに前向きな人生を送ったらどうだ」

寺脇は年長者らしく穏やかな口調で諭《さと》すように言った。

「とにかく風龍神の呪いにこじつけるのは止めてくれ。地元には風龍神を心の拠《よ》り所《どころ》にしている人たちが少なからずいるんだ。今回のようなことが起こるたびに彼らは心を痛めることになる」

山本が寺脇に続いた。

「本当に真相だけを知りたいんだったらカメラを回す必要はなかろう。あんたらがどんな理由をつけようとこちらとしては再生数稼ぎにしか思えない。ネオチューブってあれだよな、観《み》られると金が入るんだよな」

寺脇が山本に問いかける。

「結構な額が入るらしいですよ。俺の親戚《しんせき》の大学生もネオチューバーで父親より稼いでいるって言ってました」

「そんなにか」

寺脇はどういうわけか僕を非難するような目で見た。

「まだチャンネル登録者数が少ないから広告なんてつきませんよ」

「でもいずれはそれが目的なんだろ」

そう言われると何も言い返せない。

「俺たちが言いたいのはそのために他人に迷惑をかけるなということだ。あんたらネオチューバーはエスカレートしすぎなんだ。今回のことだってそうだ。あのホテルに許可なく立ち入るのは不法侵入に他ならない。立派な犯罪だ。それはちゃんと分かっているんだろうな」

山本の責め口調は僕に向けられている。僕がリーダーと思っているようだ。

「すいませんでした」

その件についても何も言い返せず素直に謝罪する。

「とりあえずもう一人にも話を聞こう」

寺脇がクイと親指を廊下の先に向けた。もう一人というのはアチラ先輩のことだ。

僕たちは刑事たちについて先輩が収容されている病室に向かった。彼の部屋は廊下の突き当たりから二番目の部屋だった。

ノックして病室に入る。六畳ほどの部屋の窓際にシングルベッドが設置されていた。ベッドサイドには点滴スタンドが立てられていて、チューブがベッドに横たわっている患者に繋《つな》がっていた。さらにはバイタルサインを計るモニターも備え付けられて、規則正しい電子音を上げていた。色白でひょろっとした若い医師がモニターをチェックして、女性看護師がバインダーの用紙になにやら記録していた。

医師は気づくと僕たちに近づいてきた。胸に安全ピンで留められたネームプレートには「石橋亘太郎《いしばしこうたろう》」と刻印されていた。

――石橋亘太郎……この名前、どこかで見たような気がする……。

しかし思い出せない。

蘭子もチャコも気にしている様子はなかった。

気のせいか……。

「額は七針ほど縫合しましたが、命に別状はないでしょう。あと右手首が軽く捻挫《ねんざ》してます。ホテルの五階から転落したと聞きましたがそのわりには軽傷で済んだと思います」

石橋医師は微笑《ほほえ》みながら言った。

「ご迷惑をおかけしました」

僕たち三人と二人の刑事は軽く頭を下げる。石橋と看護師は「それではなにかありましたら声をかけてください」と言い残すと部屋を出て行った。

一同はベッドサイドに近づいた。寝間着姿で横たわっている患者ははたしてアチラ先輩だった。

彼の額と右手首に包帯が巻かれている。

「民夫《たみお》、ちゃんと撮れ」

彼は僕を見るなり言った。

「でも……」

僕は刑事たちに視線を向けた。

「こいつらが映らなければいいいんだろ。俺を撮れ」

僕の仕草から事情を察したアチラ先輩が左手の指をクイクイと自身に向けた。

僕がゴープロを起動させると山本が舌打ちをしたが制止はしなかった。僕はレンズを先輩に向けた。

「アチラさん、大丈夫なの？」

蘭子が心配そうに言った。

「大丈夫なわけないだろ。斧で思いきり殴られたんだ。お前、俺を本気で殺そうとしただろ」

「はい」

蘭子はあっさりと肯定した。二人の刑事もギョッとしている。もちろん僕もチャコもそうだ。

「お前なぁ」

「冗談ですよ。ちゃんと刃の部分じゃないところで殴りました。咄嗟《とっさ》の判断です。褒《ほ》めてください」

そのときは気づかなかったが、彼女は刃先ではなく逆の斧頭《ふとう》を先輩の頭に叩《たた》き込んだのだ。

「なにが褒めろだ。刃じゃなくても当たりどころが悪かったら死んでたぞ！」

「まあまあ、死ななかったからいいじゃないですか」

「よくねえよ。問題なのは死ぬかもしれなかったということだ！」

アチラ先輩は上半身を起こして目を剝《む》いた。

さすがは先輩。思ったより元気そうだ。

これならすぐにでも退院できそうじゃないか。

僕は心の中で大きなため息をついた。廊下の待ち合いスペースで待っていたときと比べると張り詰めた空気は幾分緩くなっている。

「それにしてもアチラさん、よく無事でしたね」

今度はチャコが声をかけた。

「多分、木の枝がクッション代わりになってくれたんだろう」

どうやら落下したときには意識がなかったようだ。

「ところでほんとにほんとにいつものアチラさんなんですよね？」

「あったり前だろ……なに言ってんだ」

蘭子の質問に先輩は表情をわずかに曇らせながら答えた。

「我々も少し話を聞かせてもらいたいんですがね」

寺脇と山本が前に出てきて警察手帳を提示した。

「なんで警察なんて呼んじゃうんだよ」

液晶モニタに映るアチラ先輩は不満そうな表情をしている。

「しょうがないじゃないですか。事情を説明したら病院の人が通報しちゃったんですよ」

答えたのは蘭子だった。

あれからすぐに彼女は通話圏内に移動して救急車を呼んだ。

この時点でアチラ先輩は額から血を流して気を失っていた。

救急車はすぐに駆けつけてきてくれて応急手当を施したのち、彼はここ奥羅摩中央病院に搬送された。僕たちもすぐに車で病院に移動したというわけである。チャコの傷もすぐに処置してくれた。ちなみに斧は最初にやって来た交番の警官に押収されている。彼にことのあらましを説明していたら山本と寺脇が病院に姿を見せたのだ。

「阿知良《あちら》サトシさんだね。あんた、自分がなにをしたか分かってるんだよな」

山本が責めるような口調で尋ねた。

「あ、ああ……気がついたらロープに吊《つ》り下がっていて……そのまま落ちた」

先輩にしては歯切れが悪い。

「その前の記憶はないのか」

「ひどい頭痛に襲われてからなんか体がやたらと熱くなって、それからは……」

先輩はこめかみに指を押し込みながら目を細めた。

「アチラさん……」

蘭子はアチラ先輩の背中を優しくさすった。

「もしかして俺はボンボンみたいになったのか？」

彼は蘭子の手を払いのけながら聞いた。

彼女は哀《かな》しげに相手を見つめる。

「そうですよ」

一呼吸置いて彼女が答えると先輩は苦々しい表情で舌打ちをした。

「俺はお前たちを殺そうとしたのか？」

「だよね」

蘭子に向けて僕もチャコも相づちを打った。

「くそ、マジかよ」

先輩はしばらく俯《うつむ》けた顔を手で覆った。

「大丈夫ですか」

チャコが先輩を気遣うと、彼は顔から手を離した。

「民夫、ちゃんと撮れてるんだろうな」

今度は僕に問いかけてきた。

「バッチリです」

僕は指で輪を作って見せた。

病院に到着してからすぐに録画映像を確認した。映像も音声も問題なかった。

「そっか、よかった」

先輩は小さく息を吐いている。

「おいおい、そんな下らないヤラセをしてまで再生数を稼ぎたいのか！」

山本の怒号が病室に響いた。寺脇も厳しい目つきだった。

チャコが思わずといった様子で肩をすくめている。

「ヤラセなんかするかよ！　俺たちは命がけでやってんだ」

「なにが命がけだ！　お前たちのやってることは不法の迷惑行為以外のなにものでもない」

「俺たち底辺はな、ここまでしないと這《は》い上がれねえんだよ！　お前らみたいな俺たちの税金で飯を食ってる公務員とは違うんだ！」

「なんだと、貴様！」

「山本、よせ」

寺脇は詰め寄ろうとする山本の肩に手を置いて制した。

「アチラさんもちょっと言い過ぎだよ」

蘭子が小声を漏らした。それにには同感だ。

「阿知良さん、もう一度確認したいんだが落下する直前の記憶はなかったってことでいいんだね」

「ああ」

アチラ先輩はどこか納得がいってない様子で答えた。

「彼は催眠術にかかってたと言うんだが、心当たりはあるかね」

寺脇は僕を指して言った。

「お前、そんなこと言ったのか」

アチラ先輩はモニタを通して僕を睨む。

「いやあ、そうでもないと解釈がつかないと思って」

「催眠術か……」

先輩は病室の天井を見上げた。

「ちょっとよろしいですか？」

突然、背後から声がしたので振り返る。病室の出入口に担当医の石橋が立っていた。その隣に六十代といったところか、白衣姿でロマンスグレーの男性が立っていた。

「おやおや、寺脇さん。こんな時間までお疲れさまです」

男性は穏やかな笑みを浮かべながら右手をあげた。知的な顔立ちで上品な物腰だ。

「院長先生、いつもお世話になっています」

どうやら奥羅摩中央病院の院長のようだ。立ち姿にはその風格が漂っている。

「ところでどうですか調子は？」

院長はベッドに近づいてアチラ先輩に声をかけた。

「あんたら親子だったたんだな」

彼は院長の問いかけに答えずに言った。

僕はカメラを院長の胸のネームプレートに向けた。そこには「石橋亘《わたる》」とある。

「ええ、息子の亘太郎は今回、阿知良さんの担当医をさせていただいてます。父親の私が言うのもなんですが、若いですけど見立てがいいのでご安心ください」

彼の後ろに立つ息子は気恥ずかしそうにしている。

先ほど石橋亘太郎の名前にどこかで見たことがあると思ったが、それは『「石橋亘」太郎』ということだと気づいた。

「院長先生の専門は精神科ですよね？」

僕が尋ねると石橋は不思議そうな表情を向けながらも「そうですが」と肯定した。

やっぱり！

石橋亘の名前は図書館で調査をしたときに目にしている。

「父のことをご存じなんですか？　地元の方じゃないですよね」

本人が感じているであろう疑問を息子が代弁した。

「奥羅摩で起きた殺戮《さつりく》事件に精神医学の知見に基づいた解釈をされている新聞記事を読んだばかりなんです。その記事に先生の名前が記載されていました。風龍神の巫女《みこ》についても精神医学的な見解を示されていましたよね」

「ほぉ、随分前の記事だと思うんだが読んでくれたんですか。いやはやお恥ずかしい」

石橋院長が苦々しそうに微笑んでいる。

犯罪と遺伝子疾患を無根拠にこじつけた記事に対して謝罪記事が出たことを思い出しているのだろうか。

「なるほど、院長先生ともあろう方がわざわざ俺のところまで見舞いに来てくれた理由が分かったぜ」

アチラ先輩が鼻で笑った。

僕も分かってる。蘭子もチャコも勘づいたようで何度もうなずいている。

二人の刑事はさすがに分かってないようで瞬《まばた》きをくり返してる。

院長が奥羅摩で起きた一連の殺戮事件について精神医学の見地から研究していたのは記事を見れば想像がつく。おそらく血溜まりボンボンのイムヴァルドホテル事件も研究対象だったに違いない。

「察しがいいですな」

「先生としてはどう考えているんだ？」

「阿知良さんも凶暴化したときの記憶がないんですよね」

「阿知良さん『も』とはどういうことだ？」

先輩は質問を質問で返した。

たしかに気になる言い回しだ。他にも似たような事例があるということか。

「奥羅摩は私の生まれ故郷です。私の亡くなった祖父が風龍神様の熱心な信者で、子供の私に風龍神様を怒らせてはならないと言い聞かせていました。悪さをするとか宿題をしないとかご飯を残すとか、そういうことで風龍神様はお怒りになるのだと。しつけの一環だったとは思うが、それ以上に祖父は風龍神様に対する畏怖《いふ》が大きかった。祖父も奥羅摩で起きた昭和四十二年と十一年、そして大正三年の事件をたまたま目の当たりにしているんですよ。特に大正三年の、浪曲師だった大森敦夫《おおもりあつお》が自分の家族を殺害した事件。大森敦夫は祖父の親友の父親でした。そのとき、祖父は少年だったんですが、たまたま大森家に立ち寄っていた。そこで大森敦夫に襲われたんです。少年だった祖父は命からがら逃げ出しましたが、大森家の家族は全員殺されてしまった。もちろん祖父の友人もです」

「それはショックだったろうな」

　アチラさんにしては痛ましそうな表情を向けている。

「それから昭和に入って二度も不可解な殺戮事件が起きた。そのときも祖父はたまたま現場に居合わせていたそうなんです。長い人生とはいえ殺戮事件を三度も目の当たりにするなんてなかなかあることではない」

　それはそうだ。多くの人は一度だってないはずだ。

「祖父は風龍神様の怒りだと確信していました」

「その根拠はなんだ」

「事件を起こした犯人は風龍神様を信仰していなかった、むしろ冒瀆《ぼうとく》していたというわけです。三人とも巫女一族である奥山《おくやま》家との関係が悪かった。まあ、どんなコミュニティでもそうですけど、一目置かれている存在を目の敵《かたき》にする人間が一定数います。三人もそんなタイプだったんでしょう。昭和四十二年事件の磯辺《いそべ》レコードの店主、磯辺太一郎《たいちろう》は風龍神様の祠を損壊したかどで現行犯逮捕されています。私も当時は中学生だったのですが、あの事件のことはよく覚えていますよ。そりゃ、もう奥羅摩中が大騒ぎでしたからね」

「つまり先生も一連の事件は風龍神の呪いだと言いたいんですか？」

今度は刑事の山本が聞いた。

「そう言ってんのは先生のじいちゃんだって言ってんだろ。ちゃんと人の話を聞けよ」

間髪入れずに言ったアチラさんの指摘に、山本は苦々しく舌打ちをした。

「私は精神科医で科学の世界に生きる人間です。さすがに呪いなんてオカルトを認めるわけにはいきません。しかしたしかに奥羅摩で起きた一連の殺戮事件の発生数は長い年月を経ていることを勘案しても突出しています。それを明確にするため世界中の殺戮事件の頻度の統計を取ったことがあるんですが、奥羅摩の極めて限られたエリアで起きた頻度は明らかに異常であると言わざるを得ませんでした。つまりここには人々を狂わせるなにかがある。私はそのことに強い関心を持ちました。いつしかこのことの解明をライフワークとするようになりました。もっともこんな研究をしているなんてことを表沙汰《おもてざた》にすれば変わり者扱いされてしまいますからね。個人的に研究を重ねてきたというわけです。そこで起きたのが人気ネオチューバーの若者たちによるイムヴァルドホテルの事件。あのときはちょうど私、持病が悪化してまして長期入院している最中だった。だから現場に赴いて調査ができなかったんです。大変失礼なことを言わせてもらえば、あなたにもいろいろと話を聞きたかった」

院長はチャコに向いて少し嬉《うれ》しそうに言った。どうやら彼女のことを知っていたらしい。もっとも奥羅摩の一連の殺戮事件を研究していたのだからチャコのことを知っているのは必然だ。

「私も事件の真相を解明するためにここに戻ってきたんです。刑事さんにはあのことは忘れて前向きになれと言われたんですが、何も知らないままでは前には進めません」

寺脇は唇を尖《とが》らせながらも同意したように一度だけうなずいた。

「寺脇さん、彼はこれからどうなるんでしょうか」

石橋が聞くと寺脇は腕を組んだ。

「まあ、傷害の疑いですからいろいろと話を聞かせてもらうことになりますかな」

「俺は逮捕されちゃうのかよ」

アチラ先輩は心底嫌そうに顔をしかめた。

「そりゃ、傷害沙汰だからな」

寺脇が素っ気なく言った。あまり先輩に好印象を抱いていないようだ。あんな態度では無理もないけど。

「私たちも正当防衛ですよ」

蘭子も手を挙げて主張する。

「ここはどうでしょう。彼らをしばらく私に預からせていただけませんか。どうして阿知良さんがあんなことになってしまったのか、調べさせてもらいたいんです。もし原因が解明されれば今後、奥羅摩で起き得るおぞましい事件を防ぐことができるかもしれない」

石橋は懇願するように頭を下げた。

「まあ、今回は大事には至ってないようだし、石橋先生がそこまでおっしゃるなら」

「ありがとうございます」

石橋は寺脇の手を取って礼を言った。

「ただし、報告だけはきちんとしてください」

「それはもちろんです」

それから間もなく二人の刑事は病室から出て行った。僕たちは後日出頭して事情聴取を受けることになった。

石橋院長は地元警察からの信頼も厚いのだろう。病院長に就任してから警察の捜査にも積極的に協力してきたとかそんなところだろうか。どちらにしてもこの規模の病院のトップなのだから、奥羅摩町の名士であるのは間違いない。

「民夫」

アチラ先輩に呼ばれて僕はカメラを向けたままベッドの上の彼に近づいた。石橋院長と息子は刑事たちを見送りに出て行ったばかりだ。戻ってくるまでには数分ほどかかるだろう。

「なんですか？」

「今のうちにこれまでの動画を編集してネオチューブにアップしろ」

「今からですか」

予定ではすべての撮影が終わってから、じっくり時間をかけて凝った編集を施してアップロードするはずだった。

「警察沙汰になっちまったんだ。早いほうがいいだろ」

「そ、そうですね」

先輩の言うとおりだ。カメラと映像データの没収は避けられないだろう。本来なら今の時点でそうなるはずだが、田舎の気質なのか、その点は大らかといえる。

「編集は俺とお前との共同作業の予定だったが、こんな状況だ。お前に任せる。しくじるんじゃねえぞ」

先輩は僕の胸に拳骨《げんこつ》をぶつけた。何気に痛い。

「分かってますって」

「明日の朝までにはアップしろ」

「は、はい」

どうやら徹夜になりそうだ。

それから数分で院長と息子が戻ってきた。

「君にはいろいろと話を聞きたいし、各種検査もしたいと思ってる。しかし今夜はいろいろあったようだ。疲れているだろう。今はゆっくりと休むがいい」

「悪ぃな」

アチラ先輩はぶっきらぼうに答えた。しかし彼はちゃんと感謝している。傍《はた》から見れば
そう思えないが、そうなのである。

「君たちは今夜はどうするのかね」

「私たちは宿を取ってあります」

「今夜は帰りたまえ。問診と検査は明日の午前中から始めたいと思ってる」

「先生、今夜は本当にありがとうございました」

蘭子は深々と頭を下げた。その口調にも深い感謝がこもっている。

もっとも彼女は石橋院長の記事を読んだとき「この人、精神科医としては失格ね」と呆
れたように言っていたことをすっかり忘れているようだった。

僕たちはレンタカーで宿に戻った。
僕はノートパソコンを取り出して起動させるとマイクロSDカード経由で撮影した動画
データを取り込んだ。
すべてのデータを取り込んだら、今度は動画編集ソフトを立ち上げる。僕が使っている
のはサイバーリンク社のパワーディレクターというソフトだ。本当はアドビ社のプレミア
プロを使いたいところだが、サブスクリプションとはいえあの月額だと今の僕には厳しい。

パワーディレクターはプレミアプロよりずっと安価であるが、それでもかなり高度な動画編集ができるようになっている優秀なソフトだ。

チャンネル登録者数を増やして多額の広告収益を得られるようになったらプレミアプロを導入したいと思っている。

ちなみに動画編集ソフトには無料のもの、いわゆるフリーソフトがある。

フリーでもかなりの編集ができるが、同じ編集作業を施すにしても相当の手間暇がかかるようになっている。

それを簡便にするよう独自の工夫が施されているのが有料ソフトだ。

フリーでかかる手間暇は大きなストレスになるので有料ソフトにしている。

時間を買えると思えば高い金額ではないと思う。

またフリーに比べて有料版は不具合があったときに対するサポートがしっかりとしている。これも大きい。

動画編集というのは動画のタイムラインに合わせて別撮りの音声を同期させたり、テロップや画像を挿入したりする作業である。

今回、音声はゴープロ内蔵のマイクを使っている。

別途用意した高性能マイクで別撮りしたほうが音質が良くなるが今回は採用しなかった。

内蔵マイクのほうがリアリティが出るというアチラ先輩の判断だ。

こうやってパソコンのスピーカーで再生してみても音質がよろしいとは思えないが、たしかにドキュメンタリータッチのリアリティを感じる。この手の映像は照明や音声などあまりにも凝りすぎてしまうと、画質や音声は良質なものになるが、それだけ作り物に見えてしまう。

ドキュメンタリーにとって重要なのはリアリティと迫真性だ。

まずは動画の内容を一通りチェックして、必要のない映像はバッサバッサとカットしていく。

ひと昔前のノートパソコンでは重い動画編集ソフトを動かすにはかなりのハイスペックを要求されたが、今はパソコンの基本性能が向上してミドルクラスのノートパソコンでも４Ｋや８Ｋなど超高画質でなければ扱うことができる。

とはいえ画質はなるべく高い状態にしておいたほうがいい。

なぜなら完成した動画をネオチューブにアップすると、ネオチューブ側でその動画データをダウンサイズしてしまうからだ。

アップした映像データを格納しておくネオチューブのサーバーも無限ではない。

だからデータを小さくしてしまうわけだが、それは画質の劣化に直結する。

つまりアップした元々の画質が高くないと、視聴者たちが視聴する画質はさらに劣化したものとなる。

アップした画質ではくっきりしていても実際に配信される映像はぼんやり見えるというわけだ。

最近では4K画質をアップするユーザーも増えているが、このノートパソコンの性能では無理だろう。

今回の動画は画質よりも重要なのは配信するタイミングだ。

なるべく早い段階で配信したい。

イムヴァルドホテルには多くの見物客が訪れているようだった。

その中にはネオチューバーも含まれるだろう。

モタモタしていると僕たちと同じ企画を打ち出してくるネオチューバーが出てくるかもしれない。

この世界はなんだかんだ言って先行者優位なところがある。

ライバルが参入してくる前にこのネタは押さえておきたい。

また事件性があるから場合によっては削除されてしまうかもしれない。

この場合、消される前にどれだけ多くの人間が視聴してくれるかで勝負が決まる。

もっとも消されるに至るまでにはネオチューブ側でそれなりの手続きがあるだろうから猶予はあるはずだ。

つまりまだ騒動になってない今の時点で動画をアップしてしまうことが肝要である。

僕は動画を二倍速で確認しながら不要部分をカットしていく。

冗漫なシーンは視聴者離れにつながる。

星の数ほどチャンネルが存在するネオチューブにおいて視聴者たちの根気は驚くほどに

悪い。

少しでも気に入らなければあっという間に別のチャンネルに逃げてしまう。なので動画のテンポを上げる必要がある。

その戦術としてアチラ先輩は動画速度を二割増しにするよう指示した。

そのくらいの速度の水増しなら動きや台詞《せりふ》にギリギリ違和感を覚えない。

そして編集作業においてもっとも時間がかかるのがテロップ入れだ。

最近のネオチューブの動画を見ていると台詞の一つ一つにテロップが入っていることが多い。

たしかにこれは必要不可欠だ。

なぜならネオチューブの多くはパソコンやテレビよりも、スマートフォンといった移動端末で見られることが圧倒的に多いからだ。

特に若者たちが視聴する動画の多くがそうだと言われている。

例えば電車の車内で視聴される場合など、音を出すわけにはいかない状況が多々ある。

そんなときテロップが入っていれば音声がなくても動画を楽しむことができる。

視聴回数を増やすためにはどうしたってスマートフォンによる視聴者を意識するのが鉄則だ。

これらもアチラ先輩から教えられたことである。彼は本気でネオチューブの研究をしていたようだ。

僕は音声に合わせてテロップを入れる作業を続けた。

夢中になって気づかなかったがいつの間にか時計は四時を回っている。女性陣はすでに眠りに就いているだろう。

テロップを入れるにも工夫が必要だ。

どんなフォントを使って色や大きさをどうするか。テロップが表示されるタイミングや時間も考慮する必要がある。視認性が高くて、それでいて鬱陶しさを感じさせない演出が不可欠。視聴者の目がテロップばかりに向いても意味がない。

主人公はあくまで実写映像である。

バックミュージックや効果音にも気を遣う。言うまでもないことだが音楽に限らず画像や映像などの制作物には著作権がある。そこで商用利用が可能な著作権フリーの音源を使うことになるのだが、利用規約をしっかり把握しておかないとあとで著作権侵害を指摘されて、広告収益がつかないどころかチャンネルそのものをBANされてしまうことだってある。

音楽や効果音、そしてボイスに関して言えば音量のバランスも重要だ。良くないのはなんといってもボイスが聞き取りにくいことだろう。ボイスはゴープロ内蔵マイクなので、専用のマイク機材に比べるとどうしても音質は劣ってしまう。その分、リアリティを生み出しているといえるが、やはりある程度音量を上げないと聞き取りづらいシーンがあった。特にカメラから離れたところで話しているとそうなってしまう。

これは先日、アチラ先輩といくつかの動画を視聴してみて議論したことだが、ネオチューブにおいて画質よりも音質にこだわったほうがいいかもしれないという結論に至った。画質が低くとも内容が面白ければ問題なく視聴できる。しかし低い音質は視聴者にとって大きなストレスとなりなかなか受け入れられないというわけである。広告収入が入るようになったら、カメラよりもマイクのクオリティを上げていくべきだろう。

どんな撮影機材を選ぶべきかは、他ならぬネオチューバーたちの動画が非常に役に立つ。ガジェット系ネオチューバーと呼ばれる人たちがいて、彼らは自腹で機材を購入して忖度《そんたく》なしのレビューをしてくれるのだ。

「よし、できたぁ」

エンコード、いわゆる書きだし作業が終わった。

エンコードとは動画編集ファイルで編集した動画を、ネオチューブで配信できる形式のファイルに変換する作業である。編集された動画はさまざまな情報を含んでいるのでデータ量が膨大になっている。そこでそのデータを圧縮してＭＰ４などといったファイル形式に変換しなければならない。ネオチューブ側のサーバーも無限ではないし、編集直後の大きすぎるファイル形式は視聴には適さないというわけだ。

ちなみにこのエンコードはなるべく高い画質音質に設定しておきたい。先ほども触れたようにエンコードした映像ファイルをネオチューブにアップロードすると、ネオチューブ側でさらに圧縮されてしまう。つまり画質や音質も劣化する。だからアップロードする動画の品質はなるべく高いほうが良い。とはいえエンコードはパソコンにとって大きな負担となる作業である。つまり高品質な画質でエンコードしようとすればハイスペックPCが必要となる。

僕のノートパソコンでもできないことはないが、スペックの低さから作業に膨大な時間がかかってしまうし、下手をすれば処理しきれずにフリーズしてしまうこともある。それが原因でデータが破損を起こせば数時間にわたる編集が振り出しに戻ってしまうので無理はできない。

また今回は画像の品質よりアップロードのタイミングにこだわるべきだろう。内容が内容なだけに警察が介入すれば動画削除を余儀なくされるかもしれない。その前に多くの視聴者を獲得しておきたいというわけだ。

動画は完成した。

あとはアップロードするだけ、とはならない。

まだもうひとつやらなければならない重要な作業がある。

それはサムネイルの制作だ。

サムネイルとは視聴者のブラウジングページに表示させる、動画の内容を示す画像である。サムネイル（親指の爪《つめ》）と呼ばれるだけあって小さな画像である。その中に動画の内容を示すタイトル、画像、そして簡単な内容紹介を表示させる。本や雑誌に例えればサムネイルは表紙に当たる。ＣＤだったらジャケットだ。

動画以上にサムネイル制作は手が抜けない。

書籍や雑誌であれば「表紙買い」、ＣＤであれば「ジャケ買い」と呼ばれるように、それらに魅力があれば消費者は内容を知らずとも手に取ってくれる。

ネオチューブも同じだ。魅力的なサムネイルだと「取りあえず観《み》てみよう」とクリックする動機になる。

逆をいえば、どんなに内容が優れていたとしてもサムネイルに魅力がなければクリックされない。ネオチューブは視聴されてナンボである。どんな内容であれクオリティであれ、視聴されないことにはどうにもならないのだ。

だからネオチューバーたちは少しでも目立とうとタイトルや画像を扇情的なものにする。

これには僕も頭を捻《ひね》った。

荒れ果てたイムヴァルドホテルのロビーでチャコと蘭子が不安そうにカメラを見つめているワンシーン。廃墟ホテルの禍々《まがまが》しい雰囲気と、彼女たちの表情からただならぬ緊迫感が伝わってくる。

これは使えるな。

僕はその中でも最良と思える一コマを切り取ってパワーディレクターに表示させた。ちなみにネオチューバーの多くはサムネイル制作にアドビ社のフォトショップを使っているようだ。本当はそれを使えればいいのだが月額が高いため僕は動画編集もサムネイル制作もパワーディレクターを併用している。こちらでもいたずらに凝らなければ最低限のものは制作することができる。

問題はキャッチコピーだ。

サムネイルは小さいため文字数も限られる。文字数を増やせば文字サイズが小さくなってしまい視認性が大きく低下する。

当然、それでは視聴者の注目を集めることができない。

視聴者のブラウジングページにはライバルとなるチャンネルのサムネイルが多数並ぶのだ。

つまり一瞥《いちべつ》しただけで目に飛び込むデザインとインパクトが肝要となる。

それにはキャッチコピー自体はもちろん文字の大きさやフォント、色にもこだわる必要がある。

『あのイムヴァルドホテルに潜入！』

フォントをおどろおどろしいデザインのものにして、色は血をイメージさせる赤にしてみた。

悪くはないが、今ひとつキャッチコピーが弱い気がする。

いかにもありきたりだ。

「あのイムヴァルドホテル……」と書かれても事件のことを知らなければ伝わらない。

そもそもイムヴァルドホテルに潜入した動画は他にもいくつかある。そのうちいくつかは数万の再生数を稼いでいた。

要は差別化だ。

この動画が他と決定的に違うということをアピールしていけばいいのだ。

とはいえ釣りコピーは禁物だ。

視聴者が内容とは関係ない煽動的《せんどうてき》なコピーに釣られてクリックしてくれたとしても、彼らはそのことにすぐ気づいてさっさと離脱してしまう。そして二度とそのチャンネルには戻ってこないだろう。そうなればチャンネル登録者数の増加にはつながらないし、視聴時間維持率が著しく低下してしまって、ネオチューブ側からのチャンネルや動画に対する評価が低くなる。

そうなると視聴者のブラウジングページに紹介されなくなるし、さらには単価の高い広告がつきにくくなってしまうようだ。

ブラウジングページに紹介されなければ露出も減ってしまい、チャンネル登録や再生数増加もままならなくなってしまう。

あくまで内容に則していて、それでいて視聴者の関心を惹《ひ》くことができるインパクトの大きなコピーはないものか。

『ついに解明　イムヴァルドホテル事件の真相』

先よりも訴求性は強まっていると思えるがまだ弱い。それに現時点で真相はまだ解明していないから釣りコピーに近い。

僕はそれからいくつかの案をノートに書き出した。

「やっぱりこれかな……」

僕はタイトルのひとつを赤丸で囲った。

『チャコ（血溜まりボンボン）と逝く　因縁のイムヴァルドホテル！』

やはりここはチャコの名前を出すべきだろう。今まで表舞台から姿を消していたチャコの登場とあれば彼女のファンも注目するはずだ。

僕はチャコの全身を切り抜いた画像を背景に置いた。蘭子やアチラ先輩を彼女の両隣に据える。そしてチャコの存在を強調するため他の二人の画像を小さくする。背景はイムヴァルドホテルの廃墟同然のロビーだ。薄暗い雰囲気が出ている。

背景が暗めなのでタイトルは明るい配色にした。「チャコ」と「血溜まりボンボン」「イムヴァルドホテル」の文字を大きくして、さらに黄色や白など暗色背景に対して目立つ配色にする。

「これでよし！」

僕としても納得のいく出来映えだ。イムヴァルドホテルの不気味さを伝えながらも、恐怖に怯《おび》えるチャコの表情とタイトルメッセージが目に飛び込んでくるようになっている。反面、蘭子とアチラ先輩は目立たないが、これは問題ないだろう。

僕は完成した動画ファイルとサムネイル画像をアップロードした。アップロードが完了するまで若干の時間がかかるようだ。僕はその間にタイトル欄や概要欄に必要事項を書き込んだ。タイトル欄には動画のタイトル名、概要欄には動画の内容を書き込むのだが、これも実は手が抜けない。文中にどんなキーワードを含むかで、検索順位が大きく変わってくる。

この動画が僕たち東京プレデターズにとって初の投稿となる。つまり僕たちのチャンネルには実績がまったくない。星の数ほどあるチャンネルや動画の中に僕たちの存在が埋もれてしまう。とにかく僕たちの存在をアピールするためにはネオチューブ検索で上位に表示される必要がある。

今でも「血溜まりボンボン」「チャコ　復帰」「イムヴァルドホテル」などのキーワードで検索している人間は多いことが分かっている。つまりこれらのキーワード検索をかけたとき僕たちの動画がトップに表示されれば、多くの視聴者たちに観てもらえるというわけだ。内容が気に入ればそのうちのいくらかはチャンネル登録に結びつく。それをくり返してチャンネルは大きくなっていく。

今回はそれこそ命がけで作成した動画だ。なんとしてでも成功させたい。

そんなことを思いながら画面を眺めていたら「アップロード処理完了」と表示された。

「やったぁ」

僕は感慨深い思いで東京プレデターズのチャンネルトップページを開いた。そこにはアップロードしたサムネイルとタイトル名が表示されていた。再生数はまだゼロだ。

僕は動画を再生させた。映像も音声も問題ない。

動画の終了と同時に僕は布団に倒れ込んだ。時計を見ると午前五時を回っている。編集に没頭して時間の経過に気づかなかった。

それからすぐに眠りに落ちた。


身体《からだ》が揺すられているのに気づいて目が醒《さ》めた。

瞼を開くと蘭子とチャコが顔を覗かせていた。

「民夫さん、すごいことになってるよ！」

彼女たちはなおも僕の身体を揺すっている。

「今、何時？」

僕は目を擦《こす》りながら二人に問いかけた。

「朝の九時を過ぎたとこ」

九時……ということは睡眠四時間だ。

「とにかく起きなさいよ！」

蘭子が僕の両腕を引っ張り上げて無理やり身体を起こした。

「だから、どうしたんだよ」

僕は頭を掻きながら二人に向き合った。二人は身支度を済ませている。

「すごいことになってる」

包帯を頭に巻いたチャコがスマートフォンの画面を僕に向けた。画面には東京プレデターズのチャンネルトップページが表示されていた。僕はスマートフォンを受け取って画面を見た。

「マジかよ……」

先ほどアップロードした動画の再生数を見て思わずつぶやいた。

再生数が二十万を超えている。

「急上昇ランキングに載ってるよ！」

急上昇ランキングというのは、その名前のとおり急激に再生数を集めたり、話題になっている動画をネオチューブ側がピックアップしてランキング形式で紹介するものである。視聴者の多くは急上昇ランキングをチェックしているので紹介されると再生数やチャンネル登録者数の増加にブーストがかかる。

僕はアクセス解析ツールアプリを開いてリアルタイムアクセスを確認する。再生数もチャンネル登録者数も表示が更新されるたびにものすごい勢いで増えている。

「いきなりバズったのよ」

蘭子もチャヤコも興奮気味だ。スマホを握る僕の手も震えている。

「これがネオチューバーのすごさか」

おそらく動画を観た視聴者たちがツイッターやフェイスブック、インスタグラムといった各種ＳＮＳで拡散しているのだろう。それによって多くのアクセスが集中して急上昇ランキングに載ったのだ。

動画をアップしてから四時間でチャンネル登録者数が二万人を超えている。

「チャコちゃん効果だよ。すごい」

蘭子はチャコを背後から抱きしめた。

「そ、そんなことないよ」

彼女も照れくさそうに笑っているが喜んでいるようだ。

僕はメールを確認した。普段よりも多くのメールが届いている。

「マジかよっ！」

メールの一つを目にして思わず声を上げてしまった。

「どうしたの」

蘭子が目をパチクリとさせた。

「あのカナキンからコラボ依頼が来てるんだけど」

僕は件《くだん》のメールを二人に見せた。そしてカナキンのチャンネルにジャンプして、彼のメールアドレスを確認する。

「間違いなく本物ね。これってスゴいことだよ」

チャコが小さく拍手をしながら言った。

こうしている間にもアクセス数やチャンネル登録者数がまさにうなぎ上りの勢いで伸びている。僕は胸を手で押さえた。

「心臓がバクバクしてる」

「私もよ」

収益化の基準をクリアするのにそれなりの日数がかかるだろうと覚悟していたが、わずか数時間でクリアしてしまった。

僕はクリエーターズページを開くと手順に従って収益化の申請を完了させた。これからネオチューブ側がチャンネルの内容を審査して、モラルや著作権などに問題なしと判断すれば収益化が実現する。多くの新規ネオチューバーたちにとって収益化が最初に越えなければならない大きなハードルとなる。そしてほとんどのネオチューバーたちがそのハードルをクリアできずに投稿を止めてしまう。

「このままバズれば広告収入もすごいことになりそう」

チャコが言うには再生数百万回なら三十万円以上は見込めるという。そんな動画を月に十本アップできれば月収三百万円だ。ネオチューブの世界ではバブルが起きているのではないかと思う。

それなら尚更《なおさら》乗るしかない、この途方もないビッグウェーブに！

動画のコメント欄にはすでに二千を超えるコメントが書き込まれている。多くはチャコのネオチューブ復帰を歓迎する内容だったが、「蘭子が可愛い」というコメントも目立つ。

「私もいきなり人気ネオチューバーね」

蘭子は嬉しそうに胸を張った。

対してアチラ先輩に対するコメントは辛辣《しんらつ》だ。「不快なおっさん」「頭おかしい」「礼儀知らず」とさんざんだ。カメラマンの僕はほとんど登場しないのでスルーされている。個人的に気になるのは「音質がいまいち」「カメラを振り回しすぎ」「ゴープロは暗所に弱い」など撮影技術面に対する書き込みだ。今後はこれらのコメントを参考にフィードバックしていく必要がある。

「アチラさんにはコメント見せないほうがいいかも」

僕が言うと蘭子もチャコも愉快そうに笑った。

「とりあえず早速アチラさんに報告しましょう。きっと病院で首を長くしてるわよ」

僕たちは支度を済ませるとレンタカーに乗り込んだ。


「だから言っただろ、これからはネオチューブだって」

ベッドで上半身を起こしたアチラ先輩の声が病室に響きわたる。廊下を通りかかったナースが顔を覗かせた。

「すんません」

僕たちは謝ると開けっぱなしだった病室の扉を閉めた。

時刻は午後二時を回っていた。僕たちが病院に到着したとき、病室にアチラ先輩の姿がなかった。受付に問い合わせてみたら検査室にて検査中であることが分かった。午前いっぱいはかかるし、検査結果が出るのは午後二時くらいになるとも告げられた。

仕方がないので僕たちはいったん宿に戻って時間を潰《つぶ》すことにした。僕は睡眠不足だったので仮眠を取った。そして午後二時になったので軽い朝食を摂《と》ってから、再びアチラ先輩の病室を訪れたというわけである。そのときは検査を終えた彼はベッドに戻っていた。

「とりあえずこれで第一段階は大成功だな。民夫の編集には言いたいことがあるが、まあ、結果オーライだ。ご苦労だったな」

先輩の口から労《ねぎら》いの言葉を聞くのは初めてだ。

「先輩こそ身体は大丈夫なんですか」

僕は彼にカメラを向けたまま尋ねた。

「おう、全然平気だ。チャンネル登録者数を見てさらに元気になったぜ」

朝は二万だったチャンネル登録者数が早くも三万人の大台に乗った。増加の勢いは依然衰えていない。それに比例して再生数もうなぎ上りだ。収益化の審査にクリアしないと広告がつかず収入にならない。口惜《くや》しいがそれは仕方がない。収益化するまでには早くても数日要するらしい。

あれからカナキン以外の人気ネオチューバーたちからもコラボ依頼のメールが届いている。さらにネット系ニュースサイトからもインタビュー依頼がいくつか舞い込んだ。ネオチューブの中で僕たちは「時の人」として扱われているようだ。しかしリアルな世界ではなんら変化がないのでまるで実感がない。

そのとき病室の扉が開いて白衣の男性が入ってきた。

「おやおや、皆さんお揃《そろ》いですね」

男性は院長の石橋だった。

「おはようございます」

僕たちは頭を下げた。彼は表情を緩めた。

「調子はどうですか」

石橋はベッドに近づきながらアチラ先輩に声をかけた。

「エブリシングオッケーだ。いつでも退院できるぞ。それで検査結果はどうだった」

先輩の問いかけに石橋は手にしていたファイルを開いた。

「腕や足、額に外傷は認められましたが、いずれも軽傷です。骨にも異常がない。ホテルの五階から落下したことを思えば幸運としか言いようがない」

石橋の言葉に僕たちはとりあえず胸をなで下ろした。アチラ先輩が簡単に死ぬとは思ってないが、それでも彼は生身の人間だ。特に彼が摑んでいたロープを切った蘭子の安堵は大きいようだ。大きく息を吐いている。

「当たり前だ。痛くもかゆくもない」

「ただですね……」

石橋はメガネをかけるとファイルに目を落とした。

「なんだ」

「わずかな脳波の乱れが認められるんですよ」

彼は先輩にファイルの内容を向けた。そこには脳波の記録と思われる波形が描かれていた。

「これが問題なのか」

「いえ、もちろん命に別状はないですが、実に興味深い」

石橋は目を輝かせている。

「気持ち悪いな。なにがそんなに興味深いんだ」

「この脳波は解離性同一性障害の痕跡《こんせき》です」

「なんだと⁉」

アチラ先輩にしては珍しく表情に驚愕《きょうがく》の色を浮かべていた。

「カイリセイ……障害？」

チャコが目を白黒させながらつぶやいた。

「いわゆる多重人格のことよ」

さすがは医学系の大学生だけあって蘭子は承知していたようだ。僕も以前、多重人格者が登場するサイコサスペンスの脚本を書いたことがあるので知っていた。

「アチラさんが多重人格ってことですか」

チャコが確認すると石橋は小さくうなずいた。

「人格が解離した患者にはその名残としてこのような脳波が出ることがあります。特にこの部分の棘徐波《きよくじよは》とか……」

彼は僕たちに脳波の記録表を見せてくれたが、僕にはその波形のどこが異常なのか理解できなかった。

「先生は解離性同一性障害の専門家なんですか」

蘭子の問いかけに石橋は首肯した。

「私のライフワークです。とはいえ、この病気はそれほど多くの症例があるわけではない。だから患者になかなか出会うことができません。この分野はまだまだ分からないことが多くて、診断にしろ治療法にしろ研究者たちは手探り状態に近い。この脳波に関しても私の経験上からの見解であって、解離性障害が原因とは言い切れないのですよ」

「俺が多重人格患者だったら俺本人がとっくに気づいてるだろ。イマジナリーフレンドとか空白の記憶とか自覚症状が出ていたはずだ」

ベッドの上であぐらをかいたアチラ先輩の主張を石橋はカルテにメモしていた。

「本来、我々の脳内には複数の人格が存在している……というのが私の見解です」

「どういうことだよ」

「人間を含めた霊長類は、生まれつきそれぞれが複数の人格を有しているということです。通常であれば機能するのは主たる人格ひとつだけで、他は眠っている。ほとんどの人は副人格が一度も目覚めることなく一生を終えます。しかし副人格がなんらかのきっかけで目覚めてしまい、主人格が乗っ取られてしまう。これが多重人格、解離性同一性障害の症状です。阿知良さんの場合、今まで一度も副人格が目覚めたことがないんでしょう」

「つまり今回初めて俺の別人格が目覚めたというわけか」

「まだ確定はできませんが、今のところそのように考えています。問診でも答えていただきましたが、あなたは彼らを襲った記憶がないんでしょう」

石橋は僕たちに手先を向けた。

「あ、ああ……ないな」

アチラ先輩はバツが悪そうな顔で認めた。

「副人格に支配されている期間の記憶は主人格に共有されないことが多いんです」

たしかに映画やドラマで描かれる多重人格者もそうだ。

「先生、アチラさんは殺人未遂かなにかで刑務所送りになっちゃうんですか」

蘭子が心配そうに尋ねた。

「解離性障害が認められれば不起訴となるでしょうな。そのためにはもう少し詳しい検査が必要になりますが……」

「ないないない！　お前たちを襲った記憶なんてこれっぽちもねえぞ！」

アチラ先輩は首を左右にブンブンと振った。そんなに強く振ったら頭が痛くなりそうだ。

「分かってますって。あんなの明らかに先輩じゃなかったですよ」

僕はカメラを先輩に向けたまま同意した。隣で蘭子もチャコもうなずいている。

「ところでチャコさん」

突然、石橋はチャコに声をかけた。彼女は石橋に向き直った。

「なんでしょう」

「血溜まりボンボンのリーダーの彼は解離性同一性障害の症状が出ていましたか。たとえば明らかに本人の行為なのに、それに対する記憶がまったくないとか」

「いいえ、聞いたことがありません」

チャコはすぐに答えた。

「ボンボンも多重人格だったというのかよ」

横からアチラさんが口を挟む。

「人間であれば誰もが複数の人格を抱えていると私は考えています。要はそれらの副人格が覚醒《かくせい》するかしないかの違いだけです」

「少なくとも私の知る限り、イムヴァルドホテルに入るまでの彼にそのような徴候はありませんでした。メンタル面においては極めて正常だったと思います」

「そうですか……」

石橋はまたなにやらカルテにメモをした。チャコの話を記録しているのだろう。

「先生としては、奥羅摩で起きた一連の殺戮事件は犯人の副人格が引き起こしたと考えているのか」

アチラ先輩の問いかけに石橋はしばし考え込んだ表情になった。

「ええ。阿知良さんを診断してこの仮説に対する確信が強まりました。過去の事件の犯人の病歴を調べていくと、やはりいくつかは解離性障害の可能性が濃厚でした。狐憑《きつねつ》きや悪魔憑きといった古い記録が世界各地に残されていますが、あれらの多くは解離性同一性障害だと考えられています。昔の人たちは精神疾患を超現実的な存在の仕業と結びつけていた。風龍神の呪いもその一環だと思われます」

たしかにそれは科学的で現実的な解釈だろう。

「でも、いくら何でも多すぎませんか。多くの殺戮事件が奥羅摩駅から三キロメートルの範囲で起きているんですよ」

チャコの言葉に石橋も腕を組んで唇を噛んだ。

「それが最大の謎です。たしかにこの頻度は明らかに異常です。奥羅摩には人格を解離させる何かがある。そもそも奥羅摩地方は他に比べて精神疾患患者の人口比率がわずかながら高いんですよ。もっともそれもわずかなので統計学的に優位とは言い切れません。それを確定するためにはもう少しデータが必要です」

「ボンボンもアチラさんも奥羅摩に潜む『何か』に狂わされたのね」

チャコの声はわずかに濡れていた。

「よし！　その『何か』を俺たちで突き止めようじゃねえか。解明した謎を動画にしてアップすれば俺たちもトップネオチューバーの仲間入りだ」

僕はスマートフォンを取り出してアナリティクスを確認した。再生数とチャンネル登録者数増加の勢いはいまだ衰えていない。アチラ先輩の言うとおり、謎《なぞ》が解明できれば一気にトップに躍り出ることができるかもしれない。

僕たちは世間に注目されている。僕たちの動画が多くの人たちに求められている。

そう思うと胸が熱くなってきた。

ある日、突然有名人になる。

これがネオチューバーなのだ。


次の日。


あれから僕たちは宿に戻った。アチラ先輩はまだしばらく検査を受けることになっている。院長がその結果を警察に報告して、検察が起訴処分にするかどうか決めるそうだ。なので先輩は病院を出ることができない。さらに僕たちは警察からしばらく奥羅摩を出ないよう言われている。仕方がないので宿の延泊をオファーした。資金的に辛いが、収益化の審査が通れば広告収入が入ってくる。それまで耐え凌《しの》ぐしかない。

アナリティクスを確認すると昨日よりは増加のペースが衰えているとはいえ、チャンネル登録者数は四万を超えた。わずか一日でこの増加数はすごいことである。チャンネルのスタート当初は芸能人でもない限り、一日数人の増加でも御の字である。多くの場合、百人を達成するにも数ヶ月かかるという。

「お前たちで謎を突き止めろ」

東京プレデターズの司令塔、アチラ先輩はベッドの上から僕たちに指示した。

「なんだかんだ言ってアチラさんが私たちの足を引っぱってるよね」

病室を後にするやいなや蘭子が言った。

「でもアチラさんのおかげで謎に一歩近づいたんだから」

チャコが先輩をフォローした。彼女は気立ての優しい女性だ。そんなところが人気の魅力だったのだろう。

そして彼女の言うとおり、アチラ先輩によって謎解きの一端が見えてきた。奥羅摩に潜む何かが彼の人格を解離させた。他の事件もそうだろうと考えられる。

「ねえ、チャコちゃん。これを機会に正式に東京プレデターズのメンバーにならない？」

蘭子がチャコの前に立つとあらたまった口調で言った。これは僕も大いに望んでいたことだ。コメントを見るとチャコが復帰したと思っているファンも多い。

実際彼女がメンバーになってくれたら鬼に金棒だ。

「う、うん……考えておくね」

チャコは少し戸惑い気味に答えた。

まだやはりあの忌まわしい事件の傷を引きずっているのだろう。それを察したのか、蘭子も「そっか」と少し残念そうに返した。

それから宿に戻って三人で謎解きに対してどのようにアプローチしていくか話し合いをした。もちろんその様子もカメラに収めている。

少し風が強まってきたようだ。遠くの方から風龍神のうなり声が聞こえてくる。この音を耳にすると身体が反射的に強ばってしまう。チャコも不安そうな顔で窓の外を見つめている。

「とりあえずアチラさんを含めて、事件を起こした人たちの共通点は音楽関係者が多いって話だったよね」

蘭子が手始めとばかりに話題を投げた。

「先輩も『俺は絶対音感の持ち主だ』なんて豪語してたね。ラジオで流れていた楽曲をその場でギターで完コピしてたから本当だと思う」

「絶対音感？　ボンボンもそんなこと言ってたわ」

チャコが指を鳴らしながら言った。「だからステレオのスピーカーにものすごくこだわっていたもの。低音質は聴いていて気持ち悪いんだって。私には違いが分からなかったけど」

「事件を起こした人たちの共通点ってその絶対音感じゃないかな」

僕の言葉に三人は顔を見合わせた。

「それだよ、きっと」

蘭子も身を乗り出してきた。

「もう一度、過去の事件を確認して見ましょう」

音楽関係者である犯人の内訳はレコード店の店主、浪曲師、三味線《しゃみせん》奏者、箏曲家《そうきょくか》、田楽《でんがく》法師。そして応長《おうちょう》二年の事件を起こした盲僧は琵琶《びわ》の奏者だった可能性がある。

「それぞれが音楽のプロフェッショナルだから、絶対音感の持ち主だった可能性は高いわ」

「教団に殺されたという音楽教師はどうなんだろう」

「彼は事件を起こしているわけじゃないから、この件には関係ないんじゃないかな」

　僕の疑問に蘭子が答えた。

「私もそう思う。今回のことに教団は関係ないんじゃないかな」

　チャコの見解に蘭子もうなずいて同意した。今回はとりあえず音楽教師は除外することにした。

「ではボンボンや先輩を含めて、一連の事件の犯人が絶対音感の持ち主だったとしよう。それが殺戮事件にどうつながるんだ」

「問題はそこよねぇ……」

　蘭子は両腕を組んで虚空を見上げた。

　また外で風がうなった。

「こんなに風が強い毎日だと洗濯物が大変ね。ちゃんと固定しておかないと飛ばされちゃうわ」

　蘭子がうんざりした様子で窓の外を見た。

「やっぱりこの風なのかな……」

「チャコちゃん、どういうこと？」

　僕が尋ねるとチャコは僕が手にしているカメラに向き直った。

「ここの住人たちは昔から風龍神の呪いだと言ってきたわ。現実的な説明はつかなくても感覚的に分かっていたんじゃないかな。風龍神、つまり風が原因であることに」

「風かぁ……人をあそこまで狂わせるかなあ」

　蘭子が大きく首を傾《かし》げた。たしかに風が人を狂わせるなんて聞いたことがない。

「むしろ風音よ。あのうなり声を聞いているとすごく不安になる。現にアチラさんは風が強まったタイミングで辛そうにしていたじゃない」

「たしかにそうだったね……」

　蘭子がうんうんとうなずいた。

　こうしている間にも外では不気味なうなり声が聞こえてくる。

「私は奥羅摩の風になにかが潜《ひそ》んでいるんじゃないかと思うんだ」

　チャコは口調を強めた。「だから専門家の意見を聞いてみるのはどうかな」

　チャコの提案に蘭子が瞬きをくり返した。

「専門家って、風音の？」

「うん。科学的に検証してもらうの」

「専門家って知り合いがいるの？」

「心当たりはないわ。言い出しっぺなのにごめんなさい」

チャコは申し訳なさそうに言った。

「そういえば、卒業した先輩の彼氏は医学部の助教なんだけど、音楽療法を研究してるって言ってたわ」

蘭子が思い出したように言った。

「音楽療法？　たしかに音楽にはヒーリング効果があるって聞いたことがあるよ」

「うん、去年先輩とその彼氏と三人で呑《の》んだことがあるんだけど、その彼氏、音楽で病気を治せるんだって熱く語ってた。実績もそこそこ上がって注目されているんだって」

「音楽療法か……つまり音を医学的に研究しているんだよね」

「たぶんそうだと思う」

チャコの問いかけに蘭子が答えた。

「蘭子ちゃん、その人に連絡取れない？　ここの風音を検証してもらおうよ」

チャコは前のめりになって提案した。

「分かった。頼んでみる」

蘭子はスマートフォンを取り出すとまずは先輩に電話をかけた。


次の日。午前十時。

宿に一人の男性が訪ねてきた。長身でなで肩のどことなく頼りなさそうな男性だ。面長の顔に縁なしのメガネをかけている。背中には大きなリュック、大型のトランクケースを引っぱっている。

「蘭子ちゃん、久しぶり」

男性は蘭子に手を振った。

「若林《わかばやし》先生、お久しぶりです。石松《いしまつ》先輩はお元気ですか」

「あ、うん……知らなかったんだ？」

男性はわずかに表情を曇らせた。

「何をですか」

「僕たち先週、別れたばかりなんだ」

「マジですかっ⁉　昨日、先輩に電話したときはそんな話してなかったですよ」

「後輩に弱味を見せたくないんだろう。勝ち気な人だから」

彼は靴を脱いで上がり框《がまち》に足を乗せた。

「そうだったんですね……」

蘭子は男性を宿の食堂に案内した。テーブルについて四人が顔を合わせた。

「東都《とうと》医科歯科大学医学部の若林保《たもつ》です」

若林は僕とチャコに名刺を差し出した。確認すると肩書きは「東都医科歯科大学・音響医学研究科・助教」となっている。蘭子と若林の元カノだった石松は同じ大学の歯学部である。

若林の年齢は三十歳だという。医師の免許を持っているが臨床よりも研究が主になっているらしい。

「音響医学なんて初めて聞きました」

「うちの大学に最近できたばかりのマイナーな分野だよ。だけど注目されてきているんだ」

それから若林は音響医学について熱っぽく語った。それは一時間ほど続いた。

話が途切れそうになったタイミングで蘭子が若林のトランクケースを指さした。

「なにやら荷物がすごいですね」

「いろいろと測定機材が入っているんだ。壊したらとんでもないことになるよ」

彼は立ち上がるとトランクを開いてみせた。中には大小さまざまな、複雑そうな機械が詰め込まれている。

「風音が人を狂わせるなんてことがあるんですか」

血溜まりボンボンと今回の事件のこと、そして今まで調べてきたことの詳細は事前にメールで伝えてある。また彼はメールに目を通すと僕たちがネオチューブに初アップした動画も視聴したようだ。それからすぐに「そちらに向かう」と連絡を寄こした。今回の件に対して相当に強い関心を抱いているのだろう。自宅を早朝に出たと言っていた。

「いやあ、君たちの動画を観て居ても立ってもいられなくなってね。風龍神の呪いの正体が風音ではないかという君たちの見解は実に面白い。音が人を狂わせることはないとはいない。もっともさまざまな条件が揃わないと成立しないだろうけどね。ただ可能性はゼロではない」

「つまり今回の謎の真相に心当たりがあるんですね」

「それを今から調べるのさ」

若林の瞳がキラリと光った。

僕たちは身支度を整えるとさっそくレンタカーに乗り込んでイムヴァルドホテルに向かった。後部のトランクルームには測定機材が収められたケースが入っている。運転手は僕だ。

間もなく僕たちはイムヴァルドホテルに到着した。昼間でも内部は薄暗く、夏なのに肌寒さを感じる。チャコの表情は心なしか強ばっている。アチラ先輩に襲われたのはたった三日前のことだから無理もないだろう。僕ですら足がすくみそうだ。それでもカメラは回し続けている。

「ここが惨劇の舞台か……」

若林はどこか感慨深げな様子で朽ち果てた内装を見回している。

「なにか感じますか」

蘭子は若林にコメントを求めた。

「僕は霊感なんて持ち合わせてないからなにも。そもそも幽霊とか心霊なんてものは信じてない」

「若林さんは科学者ですもんね」

蘭子の苦笑がファインダーに収まっている。

「阿知良さんとか言ったっけ。彼がおかしくなる前になにか異変はなかった？」

「頭痛がしてたみたいでちょっと辛そうにしてましたね」

「なるほどね」

若林は一旦《いったん》ホテルの外に出るとトランクケースを開いた。そして測定器の設置を始めた。僕たちも彼の指示に従って手伝った。

二十分後には準備が完了した。折りたたみのテーブルの上に測定機材三台、ノートパソコン二台がセッティングされている。地面にはそれらの機器に電気を供給するバッテリーが置かれていた。

「これなんですか？」

蘭子が三脚に設置された金属体を指さした。ビール瓶を細長くしたような形状をしている。

「超広帯域マイクロフォン。超高周波から超低周波まで拾うことができるんだ」

「これがマイク？」

「測定用だから音楽の録音には向かないけどね。周波数特性だけでなく、タイム・ドメインを正確に捉え、音声波形の精密な測定が可能なんだよ」

「よく分かんないけどすごいってことは分かります」

「とりあえず測定を開始しよう」

機材を起動させると二台のノートパソコンの画面には波形が表示された。波形は生き物のように上下に伸びたり縮んだりをくり返している。

それから僕たちは何度も場所を変えて測定をくり返した。若林はときどき波形を見つめながらうなり声を上げた。そしてロダンの彫刻のようにじっと考え込んでいた。僕たちは彼の思考の邪魔にならないよう黙って見つめていた。もちろんその様子は撮影してある。

「今一度、奥羅摩山の全景を確認したいんだけど」

場所を変えるため車に乗り込んだ若林が願い出てきた。

「奥羅摩駅前に行きますか」

「もっと広角で見えるところがいい」

「分かりました」

僕たちは奥羅摩山駅を通り過ぎて先を進んだ。二キロほど走ると奥羅摩湖が見えたので湖畔《こはん》の駐車場に停車した。駐車場からは奥羅摩山を一望できた。若林は山の全景をデジタルカメラに収めた。

「なるほど……そういうことか」

彼は顔からカメラを離しながらつぶやいた。そのつぶやきはゴープロのマイクもしっかりと拾った。

「もしかして謎が解けたんですか」

　僕は思わず若林に聞いた。

「うん、だいたいの目星はついた。とはいえまだ仮説の段階だ」

「仮説でもいいから知りたいです！」

　蘭子とチャコが彼に詰め寄った。

「いや、データを検証してもう少し煮詰めてから発表したい。現段階では憶測の域を出てないからね。なんたって今日始めたばかりだからさ」

「そ、そうですか……」

　蘭子の声には落胆の色が浮かんでいる。チャコももどかしげな表情を向けていた。

「これでも僕は科学者の端くれだからね。いいかげんなことはできない。ましてやこの動画は全世界に配信されるわけでしょ。だったら尚更だよ」

　これには僕たちも同意せざるを得なかった。ここでもし若林の仮説が的外れだったら、彼の科学者としての立場にも大きく響くことになるかもしれない。

「分かりました。いつごろなら大丈夫ですか」

　蘭子が聞くと彼はこめかみを指先で何度か突《つつ》いた。

「とりあえず二週間待ってくれ。二週間後にはなんらかの話ができると思う」

「よろしくお願いします」

蘭子は若林の手を取って頭を下げた。
そのタイミングでカメラの電源が落ちた。バッテリー切れだ。

6

二週間後。午後二時。

僕たちは東都《とうと》医科歯科大学医学部の研究科棟にいた。若林《わかばやし》の研究室は三階にあった。

扉をノックすると白衣姿の若林が笑顔で迎え入れてくれた。

「ああ、よく来てくれた」

「お邪魔します」

僕たちは部屋の中に足を踏み入れた。研究室らしく所狭しとさまざまな機材やモニタが並んでいる。金属製のカゴの中では実験用の五匹ほどのマウスが動き回っていた。

僕はゴープロで部屋の様子を撮影した。大学の入口からここに来るまでカメラは回しっぱなしだ。

「不起訴処分だったそうで、よかったですね」

若林がアチラ先輩に声をかけた。二人は初対面だ。

「まあな」

彼はぶっきらぼうに返した。詳しいいきさつはよく分からないが、検察は先輩を起訴猶予の不起訴処分とした。石橋《いしばし》院長がアチラ先輩に有利な証言をしてくれたのかもしれない。そして昨日、釈放されたというわけである。その結果には僕たちも安堵《あんど》で胸をなで下ろした。ちなみに風龍神の二本の牙は、祠《ほこら》に返却してある。

「そんなことより結果を聞かせてくれ。ふざけた内容だったら承知しねえからな」

「アチラさん！」

蘭子《らんこ》が先輩を諌《いさ》めた。どうして初対面の人間にそんな態度が取れるのだろう。しかし若林もさして気にしていない様子だ。パソコンを操作しながらなにやら準備を始めている。

「風龍神《ふうりゅうじん》の呪《のろ》いの正体は風音だと言ったのは君だってね」

若林はチャコに顔を向けた。

「え、ええ」

「まずは君の推測は正しいと思う。それで僕に声をかけてくれたのは大正解だ。君の推測がなかったら的外れな展開になっていたかもしれないね」

若林が微笑《ほほえ》むとチャコは照れくさそうに頭を掻《か》いた。

「おい、もったいぶらないでさっさとしてくれ。これから編集作業をしなくちゃいけないんだ」

「もぉ、アチラさんってば！」

蘭子は肘《ひじ》を先輩の脇腹《わきばら》にぶつけた。彼は「うげっ！」と体を捻《ひね》らせた。

「分かった分かった。さっそく始めよう、まずはこれを見てくれ」

若林はパソコンの液晶モニタを指した。四十インチほどの大きさだ。

地図らしきビジュアルの上で細かい粒子の塊が大小の渦巻きを形成している。

「天気図……ですか」

蘭子が言った。僕の第一印象も同じだった。

「ああ。ただこの画像は気象衛星から撮影されたものではない。スーパーコンピューターを使って奥羅摩《おくらま》付近の風の動きをリアルタイムにシミュレートしたものだ」

「つまりCG画像ってわけか」

アチラ先輩の言葉に若林が嬉《うれ》しそうにうなずいた。

「あれから何度か奥羅摩に足を運んだよ。奥羅摩山の地形、周辺の風や音のデータが必要だからね。後輩たちにも手伝ってもらってできるだけ多くのデータを取ってきたんだ。それから数人がかりでデータの入力作業さ。徹夜続きだったよ。なんとか君たちの動画に間に合わせることができた」

「それはご苦労さん。で、先を進めてもらおうか」

アチラ先輩の不躾《ぶしつけ》な態度に蘭子もチャコもすっかり呆《あき》れた様子だ。ずっと前からそうだから注意したところで変わらない。

「結論から言えばカルマン渦列が原因だ」

「カルマンウズレツ？」

僕たちの声が重なった。聞いたことがない言葉だ。

「ハンガリーの物理学者セオドア・フォン・カルマンの名前からきている。主に気象学や流体力学で使われる言葉だよ。これを見て」

若林は部屋の真ん中に設置された大きなデスクに僕たちを促した。その上には透明のプラスティックでできた底の浅いケースが置かれている。ケースは長さは一メートル半ほど、横は五十センチほどだ。左右辺には背の低い壁があり、上辺と下辺には壁がない。

「これが奥羅摩山」

若林は山の模型をケースの中ほどに置いた。

「これ作ったんですか」

チャコが指さしながら聞いた。

「うん。奥羅摩山の形状を忠実に再現してある」

若林はビーカーにドライアイスを入れた。そのビーカーを四角形の金属製の缶にいれた。缶にはビスケットのラベルがデザインされていた。缶の側面は底辺に近いところで四角くくり抜かれている。その口はケースの中ほどに置かれた奥羅摩山の模型に向いている。

「ドライアイスが入ったビーカーにお湯を入れます」

彼はポットのお湯をビーカーに注いだ。するとビーカーの口から白い煙が勢いよくあふれてくる。すかさず彼は缶に蓋《ふた》をした。すると今度はくり抜かれた口からドライアイスの真っ白な煙が吹き出してきた。

白い、濃度の高い煙は強い勢いで山の模型に吹きつける。

当然のことながら山にぶつかった煙は、山の輪郭に沿って左右に分かれて回り込むと、再び風下で接近しながら、そのまま山を通り過ぎて行く。

「ここに渦ができているだろう。これがカルマン渦列だ」

若林は件《くだん》のポイント、山の模型の風下部分を指さした。山にぶつかって左右に分かれた煙が風下で接近したポイントである。

「たしかに渦がいくつも連なっていますね」

左右に分かれた煙が風下で接近すると、左右それぞれ対照的な渦を形成していた。

「なるほど、このシミュレーションは分かりやすいな。実に面白い」

アチラ先輩にしては素直に納得したようにうなずいてる。

若林は山の模型を取り上げた。すると渦は消えて煙は真《ま》っ直《す》ぐに流れていく。

「カルマン渦列なんて耳慣れない言葉だけど、別に珍しい現象ではないよ。物体に風や水が流れれば普通に起こることさ。冬の天気図なんかにもよく見られるよ。済州島《さいしゅうとう》の南によく出現するね」

彼は天気図がコピーされた用紙を差し出した。たしかに済州島の南に雲の渦が形成されている。

「このカルマン渦列に巻き込まれると人間はおかしくなってしまうと？」

蘭子の質問に若林は首を左右に振った。

「さすがにこの程度で殺戮《さつりく》に走るほどにおかしくなることはないよ。カルマン渦列なんていたる場所で起きている現象だからね。山だけじゃなくてたとえば高層ビルや鉄塔でも渦は発生する。それだと世界中で殺人事件が横行してしまう。でもそうはなってない」

「だったらなんでカルマン渦列なんて持ち出すんだよ」

アチラ先輩が人差し指を若林に突きつけた。

「こちらを見てくれ」

彼は先ほどの液晶モニタに注目を促した。奥羅摩付近の風音をシミュレートした画像だと言っていた。

「これが奥羅摩山、そしてこれが奥羅摩駅、そしてこれが奥羅摩湖だ。これらの線は等高線」

若林は画面を指し示しながら説明した。画面には奥羅摩の等高線地図が表示されている。その上に無数の小さな矢印が不規則に並び、さらには細かい粒子が集まって雲状を形成している。これらの画像はスーパーコンピューターを使って描画されたものだと言っていた。

「これらは雲ですよね」

蘭子は刻一刻と形を変えて動く粒子の塊を指しながら問うた。

「いや、雲ではなくて風の流れを可視化したものだ。小さな矢印はその地点の風向きだね」

「なるほど」

「ここに僕が測定した日付と時間が表示されている。僕が測定したデータと気象庁や民間の気象情報サービス会社のデータを入力して当時の奥羅摩付近の風の動きを正確にシミュレートしたものだ」

僕たちは画面を見つめた。可視化された風が奥羅摩山を回り込むようにして流れているのが分かる。

「ああ！　ここに渦ができてる」

チャコが奥羅摩山の風下を指した。実験のドライアイスと同じように山の風下にいくつもの渦が出現している。

「それがカルマン渦だよ」

「ちょうどイムヴァルドホテルや奥羅摩駅を通り過ぎていくんだな」

アチラ先輩の言うとおり、渦を形成した風はそのままイムヴァルドホテルや奥羅摩駅を通り過ぎて奥羅摩湖付近に到達する。しかしそこから徐々に渦の形状が崩れていった。

「奥羅摩地方は一年を通して風が強い。そしてカルマン渦が発生する条件としてある程度の風力が必要なんだ。つまりあの地域ではかなり高い頻度でカルマン渦に晒《さら》されていたことになる」

「でもカルマン渦が原因じゃないと言ったよな」

「正確には無関係じゃないよ。これを見てくれ」

若林はキーボードのキーをいくつか叩《たた》いた。すると今度はいくつかのカルマン渦が赤く表示された。しかしそれは継続的ではなく、赤くなったり元の白色に戻ったりする。

「今度はなんだよ」

「超低周波音が発生すると赤く表示されるんだ」

「超低周波音？」

僕たちは首を傾《かし》げた。

「そう。そして僕はこの超低周波音が一連の事件の原因だと考えている」

「言っていることがよく分からないわ」

蘭子が首を左右に振った。僕も今ひとつピンと来ない。チャコもアチラ先輩も黙っているからそうなのだろう。

「低周波音が周波数の小さな音であることは分かるよね」

読んで字のごとしだ。さすがにそれは理解している。

「人間の聴覚は二十ヘルツ以下の音は認識できない。つまり聞こえない二十ヘルツ以下の音を超低周波音と呼んでいる。フランスのギャヴローという科学者が超低周波音が人体に与える影響を最初に研究したといわれている。彼が研究を始めたきっかけは研究所で仕事をしていると説明のつかない吐き気や鼓膜の痛みに苦しんだことなんだ。いろいろと調べてみると実験室に入っていた大型換気装置のモーターによって超低周波音が引き起こされたことに気づいた」

「騒音被害というわけですか？　でも超低周波音だから聞こえないんですよね」

蘭子が僕の疑問を代弁してくれた。

「超低周波音は鼓膜を通じて内耳の有毛細胞を振動させる。内耳は体のうちでも最も低周波音を感じやすいんだ。有毛細胞はその信号を脳に送る。何も聞こえないのに脳は『音がする』という異なる信号を受け取った。音がするのに聞こえない。その乖離《かいり》が脳を混乱させる。それが頻繁に継続すれば体調や精神の不調を引き起こすというわけだ。吐き気や動悸《どうき》、苛立《いらだ》ちや恐怖、戦慄《せんりつ》に苛《さいな》まされる。ひどくなると自殺を引き起こすこともある」

「マジかよ……」

アチラ先輩が顔を歪《ゆが》めた。

「超低周波音は米ソ冷戦時代だった五十年代前半から研究されてきた。アメリカはソビエトの核実験によって生じる超低周波音を調査していた。それによって実験エリアの特定や、開発の進捗《しんちょく》状況を把握できたんだ。またイスラエルでは群衆の暴動を抑えるために超低周波音を集会場に流していたというし、ナチス・ドイツはヒトラーの演説中に流して、聴衆の強い怒りや興奮をかき立てたといわれている」

「軍事的に利用されてきたのね」

チャコが哀《かな》しそうに言った。

「いや。超低周波音は波長が長いから特定の方角に向けて用いるのが難しい。研究はされたが実用には至ってないよ。それより問題なのは超低周波音による騒音公害だね。たとえば風力発電所の周囲ではあの大きなプロペラが原因で超低周波音が発生していると科学者たちから指摘されている。でも音が聞こえないから体調不良の原因がそれだとは誰も気づかなかった。気づいたとしても発生源を特定するのが困難だしね。日本では超低周波音公害の基礎研究が手つかずで行政の対応も遅れに遅れているのが実情だ。民事訴訟も多数起きている。世界的にもこの分野の研究に資金が集まって本格的になってきたのはつい最近のことなんだ」

「それにしても超低周波は奥羅摩山の風下でしか起こってないじゃないか」

アチラ先輩の言うとおり、超低周波音の発生を示す赤表示は他では認められない。

「そうなんだ。つまり超低周波音の発生源はこのカルマン渦なんだ。とはいえカルマン渦が必ずしもこのような超低周波音を引き起こすとは限らない。むしろレアケースといっていい」

「じゃあ、どうして発生したんだよ⁉」

アチラ先輩が責めるように質問した。

「カルマン渦が超低周波音を発生させるためにはさまざまな条件が必要なんだ。これはかなり専門的なことだから説明は省くけど……」

若林はホワイトボードを指した。そこには数式がびっちりと書き込まれていた。たしかにこれは理解できそうにない。僕たちはうなずいて先を促した。

「奥羅摩山は、左右対称の形状でほぼはげ山だ。ドーム型のなめらかな曲線がまさにその条件に合致しているんだ。実際にスパコンにデータを入力してシミュレートしてみるところやって超低周波音が出現する。それもかなりの頻度だ。ただ住民の多くは気づかない。

だって聞こえないからね」

「そっか！　絶対音感だ！」

蘭子が指を鳴らした。

「僕もそういう結論だ」

若林はにんまりと笑って親指を立てた。

「つまり、超低周波音がアチラさんの解離性同一性障害を引き起こしたということですか？」

「僕はそう考えている。もっともそれが正解かどうかは今後さらに検証していく必要があるけどね。耳鼻科学、精神医学の専門家の意見も必要だろう」

一連の奥羅摩の殺戮事件の犯人は音楽関係者が多い。彼らが絶対音感の持ち主だった可能性は高い。それだけに他人には聞き取れない超低周波音を音感としてではなく、振動で感じ取っていた。音が聞こえているはずなのに聞こえない乖離に脳が混乱を起こす。それが人格が解離してしまうトリガーになった。

理屈としてはあり得る話だ。

「よし！　筋は通ってる」

アチラ先輩は左の手のひらに右の拳骨《げんこつ》をぶつけた。

「僕も引き続き、奥羅摩事件の研究を続けさせてもらうけどいいかな」

「おう、勝手にやれ」

先輩は「もうお前には用はない」と言わんばかりに手払いをしながら言った。

「なんて失礼なヤツ！」

蘭子が声を唸《うな》らせた。

若林も若林でさっさとパソコンに向き合って研究を再開させた。僕たちの存在を忘れてしまったかのようだ。

そのときスマートフォンの着信音が鳴った。表示を確認するとメールの送信主がネオチューブとなっている。

もしかして！

僕ははやる気持ちでメールを開いた。思ったとおりの内容が記載されていた。

「先輩、収益化審査が通りました！」

「よっしゃあ！」

僕たちは歓喜の声を上げてガッツポーズをした。若林が一瞬だけこちらを見たがすぐに研究に没頭していった。

最初の動画をアップした日に収益化の基準、チャンネル登録者数千人と総再生時間四千時間をクリアできたので、すぐに収益化申請をしたのだ。

東京プレデターズは見事に審査を通過して、晴れて収益化を認められた。今後は動画に広告がつくことになり、再生回数によって広告収入が得られるのだ。

現在、チャンネル登録者数は七万五千人となっている。あれから二本ほど動画をアップしている。アチラ先輩がいなかったので僕と蘭子でゲーム実況動画を作ったのだ。しかしこちらはまるで再生数が伸びなかった。それどころかチャンネル登録者数の伸びが著しく低下した。どうやら東京プレデターズの視聴者たちはゲーム実況を求めてないようだ。さらにチャコが登場しなかったことも大きいだろう。動画は低評価の嵐《あらし》だった。どうやら闇雲に視聴者のニーズを無視した動画を乱発することは逆効果のようだ。今後の方向性も検討していく必要もありそうだ。

ちなみに一番最初にアップしたイムヴァルドホテルの動画の再生数は百十万回となっている。もし収益化ができていれば広告収入三十万円は下らなかっただろう。

バズるってすごいことだと実感した。

「民夫、今回はカルマン渦列と超低周波音でいくぞ。イムヴァルドホテル事件の真相解決編だ。モタモタしてると他のヤツらに出し抜かれちまう。あの気取った学者野郎も怪しいもんだ」

「アチラさん！」

たまらずといった様子で蘭子が口を出した。幸いなことに若林は研究に没頭しているのか気づいていないようだ。

「うるせえぞ、蘭子！　おら、さっさと始めるぞ。今回の動画がバズれば俺たちもトップネオチューバーの仲間入りは間違いなしだ。絶対に外さねえぞ。ガンガン稼いで、『四次元怪獣ペペロン・ディレクターズカット版』を実現させるんだ！」

「作る前からディレクターズカット版ですか」

ゴープロは僕の苦笑を拾っただろう。

「そのときは蘭子、お前をヒロインにしてやるからな」

「はあ……まあ、サンキューです」

カメラのマイクは彼女の失笑も拾った。

「大胆なヌードシーンもあるからな」

「ノーサンキューです」

蘭子の隣ではチャコが声を上げて笑った。

エピローグ

一ヶ月後。


カメラマンが僕たちにカメラを向けている。僕のゴープロと違って高価そうなニコンの一眼レフである。本体には大きなレンズがついている。まさにプロユースのカメラだ。

「チャンネルを開設してわずか一ヶ月ほどでチャンネル登録者数三十万人を達成しました。毎日多くのネオチューバーが誕生していますが、東京プレデターズが今月の最速記録です。まさに彗星《すいせい》の如《ごと》く現れたネオチューバーに多くの人たちが注目しています。これからネオチューブを始める人たちや始めたけど伸び悩んでいる人たちに向けて、動画がバズる秘訣《ひけつ》を教えてください」

若い女性が僕たちにマイクを向けた。彼女は専門学校に通う声優の卵だという。アニメのキャラクターを思わせる可愛《かわい》らしい声だった。声だけでなくルックスも可愛い。彼女、夏野《なつの》しずくは人気ネオチューバーでもある。そこらのプロの声優よりSNSのフォロワーが多いらしい。

今、僕たちは『月刊ネオチューバー』の取材を受けている。『月刊ネオチューバー』は多くの人気ネオチューバーを抱えるタレント事務所「ウーマ」が運営しているサイトである。ここでは毎号、人気急上昇のネオチューバーを紹介している。ここに紹介されるのは新参のネオチューバーにとって何にも代えがたい栄誉である。

あれから僕たちは「イムヴァルドホテル事件・超絶真相解明編」と銘打った動画をアップした。これが前作を遥《はる》かに超える勢いで再生されて、伸びが鈍化していたチャンネル登録者数が予想以上のうなぎ上りを見せた。気がつけば登録者数が三十万人を超えていた。さらに真相解明編の動画の再生数が一千五百万回を超えた。そしてこの動画がネット上で大ニュースになったのである。僕たちには雑誌や新聞の取材や、人気ネオチューバーたちからのコラボ依頼が殺到した。

僕はほとんど顔を出していないので問題ないが、蘭子《らんこ》は外を歩けなくなったという。大学まで押しかけてくるファンも少なくないらしい。

そして何よりチャコが正式に東京プレデターズのメンバーとなった。動画の内容も衝撃的だったが、チャコの存在も大きかっただろう。血溜《ちだ》まりボンボン時代からのファンは大歓喜だった。

「今回、ネオチューブ最大のミステリとされていたイムヴァルドホテルの真相を解明したわけですが、周囲の反響はどうでしたか」

夏野のマイクは蘭子に向けられた。

「民間や公的研究機関が調査に動き出したようで、そちら方面からの問い合わせも殺到しています」

「なんでもこの件で低周波公害にスポットが当たっているようですね」

「はい。低周波公害に苦しんでいる人も多いのに、日本ではまだまだ研究途上ということもあって今までずっと被害者の方たちは見捨てられてきました。これをきっかけに研究が進んで被害者の方たちが救済されたらとても嬉《うれ》しく思います」

蘭子が優等生な回答をする。僕もチャコもうんうんとうなずいた。

インタビューはそれから二時間にも亙《わた》った。もっとも、質問の多くはチャコに向けられた。世間の注目は主に彼女に集まっているのだから当然のことだろう。

リーダーのアチラ先輩はどうにもそれが気に食わないようだった。

「今後、東京プレデターズはどのような活動をされていくつもりなんですか」

久しぶりにアチラ先輩にマイクが向けられた。彼は咳払《せきばら》いをするとマイクに顔を近づけた。

「俺《おれ》たちは世界中で起きているミステリを体を張って解明していく。そのためだったら命をかける所存だ」

先輩は力強く答えた。「命をかける」は大げさだと思ったが、実際に今回は命がけだった。隣の蘭子が肩をすくめている。

「次はどんなミステリを解明するんですか」

「それはお楽しみだな」

「そんなこと言わずに教えてくださいよぉ」

夏野が甘えた声でにじり寄る。

「しょーがねーなぁ。だけどオフレコだぞ」

先輩はまんざらでもなさそうに言った。

「分かりました。ここでカメラを止めます」

インタビュワーの合図でカメラマンはカメラを止めた。

アチラ先輩はそっと夏野の耳に顔を近づけて、なにやら耳打ちした。

「マジっすか⁉」

顔を離した夏野は目を丸くしてる。

「これなら再生数爆上がり間違いなしだろ」

「絶対間違いなしですよ！　いやいやいや、マジでやるつもりなんですかぁ。すごいなあ」

彼女の表情には感心と興奮と驚きが浮かんでいた。

「俺はやると言ったらやる男だ。乞《こ》うご期待な！」

「今度こそ死人が出ますよ、きっと」

夏野が言った。

僕と蘭子とチャコは顔を合わせた。二人の女性は眉根《まゆね》を上げながら小首を傾《かし》げていた。

インタビューが終わって僕たちは駅近くのカフェに立ち寄った。カフェに入るやいなや、チャコと蘭子がファンだという若い男性二人にサインを求められた。二人は快くサインに応じた。

それからそれぞれが注文を終えて四人掛けのテーブルに着いた。

「さて、ここで皆さんに発表があります」

僕はスプーンでコーヒーカップをチンチンと鳴らした。

「なんの発表だよ」

三人は僕に注目した。

「実は先ほど、ネオチューブからメールが届きました」

僕はスマートフォンを掲げた。カフェに入る直前に着信があったのだ。

「もしかして初給料か？」

「ご明察！」

「知りたい！」

蘭子もチャコも身を乗り出して僕に顔を近づけた。

「では発表します！」

僕は口でドラムロールを鳴らした。先輩が喉仏《のどぼとけ》を上下させている。

「僕たちの初給料は……なんと！」

「もったいぶんじゃねえよ！」

先輩がスマートフォンを奪い取ろうするのをひょいっと回避する。

「ずばり六十八万三十円ですっ！」

「六十八万！　すごい！」

蘭子が目を輝かせた。

「一人当たり十七万円です！」

「あとちょっとで大卒の初任給じゃないの！」

蘭子は拍手を鳴らした。本当に嬉しそうだ。そして十七万円なんて僕にとってても大金だ。自分が作った映像がお金を生み出したのは初めてである。

しかしアチラ先輩は目を白黒させている。チャコもそうだ。

「民夫《たみお》、メール見せろ」

僕は言われるままにスマートフォンを渡した。先輩がメールの内容を確認している。

「お前、数字が読めないのか。よく見ろ」

「へっ⁉」

僕は再びスマートフォンの画面を見直した。

「え、ええ……ろ、ろっぴゃくはちじゅうまんさんじゅうえん！」

「マジで⁉」

勢いよく蘭子が顔を近づけてきたので互いに頭をぶつけてしまった。

「イタタ……ってマジじゃん！」

たしかに6800030円とある。ゼロを一つ数え間違えていた。そもそも僕はこんな大金に縁がなかったのだ。

「見たか、お前ら！　これがネオチューブドリームよ！」

アチラ先輩は誇らしげに言った。周囲の客たちが一瞬こちらを見た。

「た、たしかにこれはドリームね……」

蘭子も呆然《ぼうぜん》とした表情で言った。

僕にとってはドリームどころかミラクルだ。こんなことがリアルに起きたことが信じられない。イムヴァルドホテルの真相なんかより、収益額のほうがずっとサプライズである。

「この調子でいけばペペロンも夢じゃねえぞ。次からはさらに気合いを入れていくからな。お前ら、覚悟できてんだろうな」

アチラ先輩はまるで一発逆転をかけるラグビーチームの監督のような表情で言った。

「そういえば、次の企画が決まっていたんですか」

僕が尋ねると彼はニヤリと片方の口角を上げた。彼は夏野に次の企画を耳打ちしていた。僕たちにはまだ知らされていない。そのときは尋ねても不敵な笑みではぐらかされるだけだった。

「おう、決まってるぞ。知りたいか」

「そりゃあ、知りたいですよ」

「他の連中が聞き耳を立てているかもしれんからな」

僕は周囲を見た。僕たちに注目している客は今のところいないようだ。それでも用心に越したことはないだろう。僕たちはアチラ先輩に顔を近づけた。

「次の企画はな……」

先輩はそっと告げた。

「えええええええええええええええええっ！」

僕と蘭子、そしてチャコの驚愕《きょうがく》の叫びが店内に響いた。

【参考文献】

ドニー・アイカー著、安原和見訳『死に山　世界一不気味な遭難事故《ディアトロフ峠事件》の真相』　河出書房新社

本書は、「ランティエ」二〇一九年一〇月号～二〇二〇年三月号に掲載された作品に加筆・修正を加えたものです。

登場人物、団体名等、すべて架空のものです。

Haruki Bunko
ハルキ文庫

な 14-3

東京《とうきょう》プレデターズ チャンネル登録《とうろく》お願《ねが》いします!

著者 七尾与史《ななおよし》

2020年5月18日第一刷発行

発行者 角川春樹

発行所 株式会社角川春樹事務所
〒102-0074 東京都千代田区九段南2-1-30 イタリア文化会館

電話 03(3263)5247(編集)
03(3263)5881(営業)

印刷・製本 中央精版印刷株式会社

フォーマット・デザイン 芦澤泰偉
表紙イラストレーション 門坂 流

ISBN978-4-7584-4341-8 C0193 ©2020 Nanao Yoshi Printed in Japan
http://www.kadokawaharuki.co.jp/[営業]
fanmail@kadokawaharuki.co.jp[編集] ご意見・ご感想をお寄せください。

佐々木譲の本

警官の紋章

洞爺湖サミットのための特別警備結団式を一週間後に控えた道警。その最中、勤務中の警官が拳銃を所持したまま失踪。津久井は追跡を命じられる。所轄署刑事課の佐伯、生活安全課の小島もそれぞれの任務につき、式典会場に向かうのだが……。

巡査の休日

神奈川で現金輸送車の強盗事件が発生し、一人の男の名が挙がる。その男は一年前、村瀬香里へのストーカー行為で逮捕されたが脱走し、まだ警察の手を逃れていた。よさこいソーラン祭りに賑わう札幌で、男から香里宛てに脅迫メールが届く。

ハルキ文庫

佐々木譲の本

密売人

10月下旬の北海道。函館・釧路・小樽でほぼ同時に三つの死体が発見された。偶然とは思えない三つの不審死と札幌で起きた誘拐事件に、次は自分の協力者《エス》が殺人の標的になると直感した佐伯は、一人裏捜査を始める。

人質

5月下旬の札幌。小島は以前ストーカー犯罪から守った村瀬香里とミニ・コンサートに行くことに。一足先に会場に着いた小島はそこで、人質立てこもり事件に遭遇。犯人は冤罪謝罪を要求するが、事件の裏ではもう一つの犯罪が進行していた……。

東京プレデターズ

チャンネル登録お願いします!

七尾与史

ハルキ文庫

角川春樹事務所